밀회

WILLIAM TREVOR
A Bit on the Side

밀회

월리엄 트레버 소설

김하현 옮김

한겨레출판

조이스, 체호프, 업다이크보다 뛰어난 이야기의 장인. _〈하퍼스 앤드퀸〉

그는 절대 실패하지 않는다. 트레버는 미묘한 문장 순서의 변화와 숙련된 색채 전환으로 독자를 열두 개의 작은 세상으로 데려가며, 이 세상들이 합쳐져 *그가 사는 감각적이고 너그럽고 슬프고 감탄스러운 우주를 이룬다.* _〈헤럴드〉

윌리엄 트레버라는 기적을 어떻게 설명해야 할까? 트레버는 인간의 희망과 죄악, 실패를 낱낱이 꿰뚫어 보면서도 다정한 호기심과 한결같은 경이감을 잃지 않는다. _〈아이리시 타임스〉

트레버는 극히 작고 고통스러운 뉘앙스를 기록하는 데 여전히 뛰어나다 …… 독자를 사소한 인간 드라마로 끌어들인다. _〈이코노미스트〉

독창적이고 암시적이다. _〈스펙테이터〉

독자를 최면에 빠뜨리며 차분하고 어두운 유머가 들어 있다. …… 시대를 초월한다. _〈데일리 익스프레스〉

자양분이 되는 진실 가득한 스토리텔링. _〈메트로〉

아름답고 비범하다. _〈스코츠맨〉

개성적이고 절묘하다. 과거에 얽매인 삶과 현실을 불편해하는 인물들을 조명하는 기민하고 통렬하고 씁쓸하게 웃긴 이 단편들은 빈틈없이 다진 섬세함과 정확한 관찰, 심리적·감정적 진실을 담은 걸작이다. _〈선데이 타임스〉

최고의 수준에 오른 이 장르의 대가. _〈파이낸셜 타임스〉

늘 그렇듯 탁월하다. _앨런 매시, 〈스코츠맨〉

차례

고인 곁에 앉다

그가 감겨 있던 눈을 뜨며 마구간을 보겠다고 말했다.

에밀리의 표정에는 아무 반응이 없었다. 그보다 어리지만 그래 보이지 않는 그녀의 얼굴에는 피로 외에는 아무것도 없었다. "창문으로요?" 에밀리가 말했다.

아니, 직접 내려갈 거야, 라고 그가 말했다. "코트 좀 갖다주겠어? 문 옆에 부츠도 준비해주고."

에밀리는 침대에서 몸을 돌렸다. 자신이 돕지 않아도 혼자서 내려갈 사람이었다. 그를 안 지 28년, 그와 결혼한 지는 23년이었다. 코트를 가져다주든 말든 달라질 건 없었고, 말린다 한들 마찬가지였다.

"그러다 쓰러져요." 에밀리가 말했다.

"신선한 공기는 남자를 강하게 만들어."

아래층에서 에밀리는 뒷문 옆에 부츠를 준비해두었다. 코트와 함께 모자와 머플러도 챙겼다. 코트 왼쪽 소매와 어깨가 만나는 곳의 솔기가 터진 것이 보였다. 전에는 몰랐고, 지금은 수선한다 해도 그가 기다려주지 않을 것을 알았다.

"거기서 뭐 하시게요?" 에밀리가 물었지만 그는 별다른 말이 없었다. 좀 정리할 거야, 그가 말했다.

*

그는 그로부터 8일 뒤 죽었다. 의사 앤은 파자마 위에 코트만 걸치고 마구간을 정리한 것이 죽음을 앞당기진 않았을 거라고 말했다. 의사가 떠나고 한 시간 뒤, 그가 죽은 것을 모르고 제라티 자매가 집으로 찾아왔다.

저녁 7시 반이었다. 다음 날 아침 7시 반에 장의사 킨이 올 예정이었다. 에밀리는 제라티 자매가 다른 이유 때문에 자신들을 돌려보낸다고 생각하지 않도록 확실히 설명했다. 물론 남편이 살아 있었더라도 자기 침대 옆에 자매를 들이지 않았으리란 걸 알았다. 두 사람이 늦게 와서 다행이었다.

제라티 자매는 중년의 여성들로 둘 다 결혼을 하지 않았고 죽어가는 이들의 곁을 지켰다. 에밀리도 두 사람 이야기를 들어본 적이 있었지만 아는 사이는 아니었고 심지어 만난 적도 없었다. 그래서 에밀리가 문을 열었을 때 자매는 자기소개를 해야 했다. 에밀리는 지난 7개월 동안 자신이 혼자 견뎌온 병상에 제라티 자매가 선의를 베풀러 올 것이라고는 생각해본 적이 없었다. 자매는 가톨릭 평신도 단체인 마리아 군단의 일원이었다. 자선 활동으로 유명한 마리아 군단은 1880년대에 동방에서 선교 활동을 하다 젊은 나이에 말라리아에 걸린 이 지역 신부 자비에 오셔의 저술을 전파하고 성 빈첸시오회를 지원하는 데 무척 열심이었다.

"힘드시다는 이야기를 화요일에야 들었어요." 두 사람 중 더 작고 마른 사람이 양해를 구했다. "소식을 못 들을 때가 가끔 있어요."

둘 중 더 건장하고 나이가 많은 여성은 장신구를 차고 화장을 했으며 옷차림에도 신경을 썼다. 그러나 대화를 이끄는 쪽은 차분하고 이목구비가 뚜렷한 동생이었다.

"맥클린시 댁에서 말씀 들었어요." 동생이 말했다.

"헛걸음하셔서 어떡하죠."

"헛걸음이라뇨." 여기서 그럴 필요가 있다는 듯 잠시 말을 끊었다. 그리고 "애도의 말씀을 전합니다"라는 말을 덧붙여 방문이 헛되지 않은 이유를 설명했다.

이 모든 대화는 문 앞에서 이루어졌다. 어스름이 어둠으로 변하고 있었으나 에밀리는 작은 앞마당의 회반죽을 칠한 담 너머로 길가에 서 있는 차를 볼 수 있었다. 날이 추웠고 동쪽으로 바람이 불었다. 두 여인은 선의로 온 것이었다. 자신들을 반기지 않을 남자를 위해 카라에서부터 차를 타고 온 것과 너무 늦게 도착한 것이 모두 실수였다 해도. 그의 죽음 덕분에 두 사람은 난처한 상황을 피할 수 있었다.

"차 한잔 하시겠어요?" 에밀리가 권했다.

에밀리는 두 사람이 이런 때 방해가 될 수 없다며 거절하고 떠나리라 생각했다. 그러나 몸집이 크고 어깨가 넓은 쪽이 주저하며 동생을 흘깃 바라보았다.

"혼자 계시다면요." 체구가 작은 쪽이 말했다. "저희야 기꺼이 같이 있어드릴 수 있죠. 그게 도움이 된다면요."

*

고인에게는 종교가 없었다. 에밀리는 차를 끓이며 누군가가 그들에게 이 사실을 말해줬을 수도 있다고 생각했다. 그는 병자의 곁을 지키는 두 사람의 행동에 다른 꿍꿍이가 있다고 말했을 것이다. 에밀리는 정말 그럴 수도 있으려나 생각했다. 두 사람은 주로 죽음이 자기 의사를 밝힐 때 난데없이 나타나는 신앙의 조짐을 기대하며 이곳저곳을 방문하는 걸까? 방문한 집에서 나와 곧장 차를 끌고 사제관으로 향한 뒤 할 일을 끝마치는 걸까? 에밀리는 제라티 자매에 관해 그런 말을 들은 적이 없었고 그렇게 믿고 싶지도 않았다. 선의로 온 거야, 에밀리는 다시 혼잣말을 했다.

두 사람이 떠나도 에밀리는 다시 위층으로 올라가 고인의 얼굴을 바라보지 않을 것이다. 내일 아침 킨이 올 때까지 그를 그대로 둘 것이다. 그간의 짧은 시간에 장례식 날짜가 정해졌다. 다음 주 목요일이었다. 다음 날 아침 에밀리는 몇 명에게 장례식 일정을 알리고 지역 신문 〈애드버타이저〉에 부고를 낼 것이다. 부부 사이에 아이는 없었다. 목요일이 지나면 아직 갚지 않은 빚을 제외한 모든 것이 마무리될 것이다. 에밀리는 브랙*을 썰어 버터를 바르고 찻주전자를 저었다. 그리고 쟁반에 담아 옮겼다.

두 사람은 코트를 벗지 않은 채 서로 조금 떨어져 조각상처럼 가만히 앉아 있었다.

"날이 춥네요." 에밀리가 말했다. "불을 피울게요."

"아, 아니에요. 굳이 그러지 마세요." 두 사람이 만류했지만 에밀리는 불을 피웠다. 여름 내내 벽난로 안에 있던 불쏘시개가 순식간에 타올랐다. 에밀리는 차에 설탕을 넣는지 물으며 차를 따르고 브랙을 권했다. 두 사람은 마치 잘 아는 사이인 것처럼 에밀리를 이름으로 부르기 시작했다. 그리고 자신들의 이름을 알려주었다. 언니는 캐슬린이었고 동생은 노라였다.

"저희가 미처 몰랐어요." 캐슬린이 입을 열자 노라가 말을 가로챘다.

---

* 건포도 등을 넣어 만든 아일랜드 전통 빵.

"아, 괜찮습니다." 노라가 말했다. "개신교도이신 거 압니다. 그래도 아무 상관 없답니다."

캐슬린은 자신들이 감리교인 울프 목사의 옆에도 앉아 있었다고 말했다. 두 사람은 울프 목사에게 책을 읽어주고, 필요한 것은 무엇이든 가져다주었다. 목사가 세상을 떠날 때도 곁에 있었다.

"정말 아무 상관이 없어요." 노라가 다시 한번 말했고, 두 사람은 브랙을 먹었다. 그리고 빵 맛이 무척 좋다고 말했다.

"쉽지 않아요." 대화가 끊기자 캐슬린이 말했다. "처음 몇 시간이요. 저희는 보통 남아 있어요."

"이렇게 그이를 생각해주셔서 감사합니다."

"불을 피우니까 분위기가 밝아지네요, 에밀리." 캐슬린이 말했다.

두 사람은 에밀리에게 말에 관해 물었는데, 그게 그들이 들은 얘기였기 때문이었다. 에밀리는 지나간 일이라고 설명했다. 그리고 이 집을 팔 거라고 말했다.

"너무 외지다고 느끼실 거예요, 에밀리." 캐슬린이 말했다. 그녀의 립스틱이 찻잔 가장자리에 자국을 남겼고 노라가 몸짓으로 그 사실을 일깨웠다. 캐슬린은 립스틱 자국을 닦아냈다. "저희는 도시에 살아요." 캐슬린이 말했다.

에밀리는 거의 30년을 살아온 이 집이 외지다고 생각하지 않았다. 차로 5분이면 카라 한복판에 도착했다. 반대 방향에 있는 망간 브리지까지는 겨우 1분이 걸렸다.

"그런 건 익숙해지니까요." 에밀리가 말했다.

두 사람은 에밀리에게 자신들이 사는 곳을 알려주었다. 카라 외곽의 애시 로드에 있는 집이었다. 에밀리는 담쟁이로 뒤덮이고 앞에 은색 난간이 있는, 크진 않지만 유복해 보이는 그 아름다운 집을 알았다. 에밀리는 그 집이 부동산 감정인 코리건 씨의 집이라고 생각했다.

"제가 왜 그렇게 생각했는지 모르겠네요."

"저희가 코리건 씨에게서 그 집을 샀어요." 노라가 말했다. "3년 전 카라에 왔을 때요." 그전까지는 애시에 살았다고 노라의 언니가 말했다.

"카라가 바로 저희가 찾던 곳이었어요." 노라가 말했다.

에밀리는 두 사람이 분위기를 가볍게 해서 자기 기분을 띄우려 애쓰고 있음을 깨달았다. 그들은 자기들이 젊었을 때 카라가 크게 발전했고, 앞으로도 그럴 거라고 말했다. 도시를 보면 알 수 있다. 어떤 곳은 한 세기가 지나도 침체에서 벗어나지 못한다.

"그럼 이제 카라로 오시는 건가요?" 캐슬린이 말했다.

"어쩔는지 모르겠어요."

에밀리는 차를 더 따랐다. 그리고 빵을 더 덜어 주었다. 의사가 약을 주었지만 먹지 않을 생각이었다. 기진맥진했지만 잠들고 싶지는 않았다.

"일주일 전에 그이가 밖에 나갔어요." 에밀리가 말했다. "침대에서 일어나 파자마 위에 코트 하나만 걸치고 마당으로 나갔죠. 그 일 때문에 더 빨리 간 거라고 생각했는데, 얘길 들으니 그건 아닌가 봐요."

두 사람 다 아무 말 없이 고개만 끄덕였다. 에밀리는 그가 7개월 동안 병상에 누워 있었다고 말했다. 그러는 내내 신문을 읽지 않았다고도 말했다. 마지막에 그가 먹을 수 있었던 음식은 옥수수죽뿐이었다.

"저희는 남편분을 뵌 적이 없어요." 노라가 말했다. "저희가 부인을 몰랐던 것처럼요. 부군과는 길에서 만난 적이 있을 거라고 생각하지만요."

에밀리 안에서 불안이 일기 시작했다. 자기도 모르게 두 손을 맞잡고 꽉 쥐게 만드는 익숙한 두려움이었다. 사람들은 말을 훈련시키는 그를 자주 보았다. 자동차가 속도를 늦추었지만 그는 한 번도 감사를 표하지 않았고 채찍조차 들지 않았다. 순간 에밀리는 그가 죽었다는 사실을 잊었다.

"그이는 외출이 잦았어요." 에밀리가 말했다.

"아, 이건 오래전 얘기예요."

"그이는 열두 달 전에 마지막 남은 말들을 팔았어요. 말들이 남는 걸 원하지 않았어요."

"그럼 부군께서는 경마를 하신 건가요?" 캐슬린이 말했다.

"크로스컨트리였어요. 가끔 펀치스타운에 갔어요."

"와, 멋지네요."

"딴 적은 별로 없어요."

"기복이 있는 일이니까요."

말이 또다시 뒤처져 수개월의 준비가 수포로 돌아가면 실망감이 집 안을 가득 채웠다. 결과를 낙관할 근거는 많지 않았지만 그럼에도 기대는 높았다. 마치 그만큼 기대하지 않으면 불운이 닥칠 것처럼. 에밀리가 결혼했을 때 남편은 커리에서 한 살배기 말들을 훈련하고 있었다. 잘되고 있어, 그는 그렇게 말했다. 사실은 그렇지 않았지만.

"아이는 없으시죠?" 캐슬린이 물었다.

"네, 없어요."

"그렇게 들었어요."

이 집은 이모님이 에밀리에게 물려준 것이었다. 43에이커였고, 양을 쳤다. 가구도 전부 에밀리가 물려받았다. "어렸을 때 이 집에 자주 왔어요. 이모님 성함은 에질이었어요. 들어본 적 있으세요?"

두 사람은 고개를 저었다. 캐슬린이 자기들보다 나이가 훨씬 많으셨을 거라고 말하며 주변을 둘러보았다.

"좋은 집이네요." 캐슬린이 말했다.

"집을 물려줄 사람이 없었어요." 자신이 이 남자와 결혼할 줄을 이모가 아셨더라면 집도 땅도 물려주지 않았을 거라는 말은 덧붙이지 않았다.

"이 집을 파실 생각이세요?" 캐슬린이 최선을 다해 대화를 이어 붙이며 질문을 계속했다. "상황상 집을 파신다고요?"

"잘 모르겠어요."

"누구라도 시간이 필요할 거예요."

"저희는 배우자를 떠나보낸 분들을 많이 만나요." 노라가 낮은 목소리로 말했다.

"결혼한 지 거의 23년이 됐어요."

"신께서 원하셔서 부군을 데려가신 거예요, 에밀리."

제라티 자매는 번갈아가며 계속 애도를 표했고, 말하는 어조와 태도도 계속 달랐다. 또다시, 위로를 받을수록 더더욱, 에밀리는 두 사람이 남편 옆에 머무는 난처한 상황을 모면해서 얼마나 다행인지 모른다고 생각했다. 남편은 에밀리가 두 사람을 안내하고 방에서 나가자마자 다시 에밀리를 불러들였을 것이다. 알면서도 굳이 에밀리에게 그들이 누구냐고 물었을 것이다. 그들을 내보내라고 말했을 것이다. 그는 자기가 한 말을 결코 신경 쓰지 않았다. 다른 사람이 사육장을 지나가기라도 하면 욕설이 이어졌고 온갖 말을 내뱉었으며 가끔은 섬뜩하기까지 했다. 늘 그랬다. 언성을 높이고, 거친 말을 했다. 그러나 폭력을 쓴 적은 단 한 번도 없었다. 에밀리는 종종 남편이 차라리 폭력을 쓰길 바랐다. 말로 표현된 분노의 힘보다 그편이 더 견디기 쉬울 것 같았다. 에밀리는 그의 안에서 곪아 터져 나오는 그 힘을, 자신의 실패에 대한 부정을 늘 느꼈다.

"말과 펀치스타운, 경마장의 세계라니." 캐슬린이 말했다. "그간 재미있는 삶을 사셨네요, 에밀리."

에밀리 눈에는 노라가 고개를 저으려 하는 것 같았다. 자매의 의견이 처음으로 달라지려 하고 있었다. 에밀리는 그 사실에 놀라지 않았다. 그녀를 놀라게 한 것은 캐슬린의 말이었다.

"언니 말은 드문 일이라는 뜻이에요." 노라가 고개를 주억거리며 언니의 말을 정정했고, 그녀의 말투가 모순을 누그러뜨렸다.

"밖에 나다니지 않는 여성들이 많잖아요." 캐슬린이 말했다.

에밀리는 차를 더 따르고 불에 토탄을 더 넣었다. 잊고 있다가 이제야 커튼을 쳤다. 집 안의 불빛이 어둑했다. 남편은 저전력 전구만 고집했다. 그러나 그 어둑함이 방을 아늑하게 했고, 남편이 죽은 지 겨우 몇 시간밖에 안 된 지금 그 아늑함은 옳지 않아 보였다. 에밀리는 여기서든 다른 데서든 앞으로 전구가 나가면 자신이 어떻게 할지 궁금했다. 더 밝은 것으로 바꾸게 될까, 아니면 저전력 전구가 이미 자신의 일부가 된 걸까. 에밀리는 초조함도 자신의 일부가 된 것인지 궁금했다. 옛날에는 안 그랬던 것 같았지만 에밀리는 그 생각이 틀릴 수 있음을 알았다.

"저도 그리 많이 나다니지 않았어요." 대화에 침묵이 찾아들었기에 에밀리가 말했다. 두 방문객 모두 자기 찻잔에 설탕을 넣어 휘젓고 있었다. 티스푼이 식탁 위에 놓이자 노라가 말했다.

"굳이 그러려고 하지 않는 사람들도 있지요."

"그이는 어려운 사람이었어요. 다른 사람들한테서 들으셨
겠죠."

두 사람은 반박하지 않았다. 아무 말도 없었다. 에밀리가 말
했다.

"남편은 말들을 믿었어요. 어렸을 때부터 경주에서 이겨서
유명해지고 싶어 했어요. 해낸 건 별로 없지만요."

"가엾은 분." 캐슬린이 중얼거렸다. "가엾은 분."

"맞아요."

불평해서는 안 됐다, 그러려던 건 아니었다. 에밀리는 그렇
게 말하려 했지만 말이 밖으로 나오지 않았다. 에밀리는 갑자
기 찾아와 너무나도 익숙한 방 안의 가구에 앉아 자신을 응시
하는 두 여자에게서 시선을 돌렸다. 남편은 에밀리가 커튼을
빨려고 떼어내면 화를 냈다. 다들 들여다보잖아, 그가 말했고
에밀리는 그 말을 이해할 수 없었다. 집 앞의 도로는 지나가는
사람이 거의 없었다.

"그 사람은 이 집 때문에 저와 결혼했어요." 이번에도 나오
는 말을 참지 못하고 에밀리가 말했다. 두 여자는 오늘 처음
본 사람들이었고, 에밀리는 고인을 욕보이고 있었다. 자기가
한 말을 부인하려고 고개를 저었지만 그건 부정직한 것처럼
보였고, 험담보다 더 나쁜 것 같았다.

두 여자는 동시에 찻잔을 들어 차를 한 모금 마셨다.

"그 사람은 40에이커의 땅 때문에 저와 결혼했어요." 에밀리가 말했다. 이번에도 원치 않는 말이 제멋대로 튀어나왔다. "전 사람들이 스쳐 지나가는 개신교 여자애였어요. 그때 남편이 다가왔고, 그 사람처럼 저도 로맨틱하다고 생각했어요. 출마표와 경주 리본, 기수들의 알록달록한 색깔, 경마장에 모인 군중 같은 것들이요. 그래서 이렇게 된 거예요."

"아." 캐슬린이 말했다. "그렇군요."

"전 어리석었고 어리석음엔 대가가 따라요. 전 결혼이 줄 수 있는 걸 욕심냈고, 욕심에도 대가가 따르죠. 1년 전에 갚을 걸 갚고 나니 땅이 반 에이커밖에 안 남았어요. 남편이 집을 담보로 받은 대출도 있고요. 그이가 죽어가는 동안 말할 수도 있었어요. '이제 어떻게 하라고요?' 하지만 그러지 않았고, 남편도 아무 말 없었어요. 그이가 마지막으로 무슨 생각을 했는지는 하느님만이 아실 거예요."

두 사람은 에밀리에게 지금 격앙되신 거라고 말했다. 배우자를 잃은 사람은 다 그렇다고, 그럴 수밖에 없다고 번갈아가며 말했다. 노라는 그 말을 두 번이나 했다. 캐슬린은 슬플 때 자신들을 찾아와도 된다고 말했다.

"여러분이 오신 집에는 슬픔이 없어요."

"아, 그래요." 캐슬린이 말했다. 그녀의 커다란 얼굴이 고통으로 일그러졌다. "그래요."

"그이는 자기가 말을 하든 안 하든 진실이 드러난다는 것도 신경 쓰지 않았어요. 제가 쓸모없는 여자라고 말한 적은 없지만 그이의 눈을 보면 알 수 있었어요. 한번은 빗자루로 마구간을 쓰는데 뭐 하러 그러느냐고 묻더군요. 음식은 손도 안 대고 밀어냈어요. 옛날엔 콜리 두 마리가 있어서 좋은 친구가 되어 줬어요. 개들이 죽자 남편은 다시는 개를 키우지 않겠다고 했어요. 수의사는 저희 가까이 오려고 하지 않았어요. 계량기를 검침하러 온 사람은 승합차를 마당에 댔다고 욕을 먹고 나서 무뚝뚝하게 변했어요."

"누구나 좋은 면과 나쁜 면이 있어요, 에밀리." 노라가 조용히 자기 생각을 말했고, 다시 한번 조용히 그 말을 반복했다.

"앉아 있어요, 에밀리." 캐슬린이 말했다. "제가 차를 더 끓여 올게요."

캐슬린이 벌써 찻주전자를 손에 들고 자리에서 일어났다. 그녀는 다른 사람의 부엌에서 차를 끓이는 데 익숙했다. 캐슬린은 알아서 잘할 수 있다고 말했다.

에밀리는 만류했지만 사실 그러면서도 전혀 신경 쓰지 않았다. 오랜 결혼 생활 동안 다른 여자가 부엌에서 차를 끓인 적이 없었다. 에밀리는 남편이 마당에서 걸어 들어와 부엌에 자기 대신 다른 사람이 있는 걸 발견하는 모습을 상상했다. 부엌 뒷방에 페인트칠을 시작했을 때는 남편이 문간에 들어서자 겁을 먹었었다. 남편이 입을 열기도 전이었다. 설탕 포대를 엎어서 온 바닥에 설탕을 쏟았을 때, 그는 에밀리가 토탄 부스러기와 함께 설탕을 쓰레받기에 쓸어 담는 것을 지켜보았다. 그리고 지금 뭐 하는 거냐고, 차에 넣어 마실 수 있는 것을 갖다 버리는 거냐고 말했다. 지금도 부엌 뒷방의 벽은 절반만 칠해져 있었다.

"그이는 자기만의 유별 속에 살았어요." 에밀리는 자신과 함께 남겨진 여자에게 말했다. "나이가 들어서도 말들이 자신을 구해줄 거라고 믿었죠. 심지어 한 마리 남은 말이 병에 걸려서 아무 쓸모가 없었을 때도 그랬어요. 말이 한 마리도 남지 않자 텅 빈 마구간을 박박 닦고 나서 신선한 짚을 깔았어요. 싸게 나온 말을 찾아서 처음부터 다시 시작하려고 했던 거예요. 말한 적은 없지만 그게 그이의 생각이었어요."

집은 깨끗하지 않았다. 지난 몇 년 동안 깨끗했던 적이 없었다. 에밀리는 이 집에, 자기 자신에게, 나오지 않는 라디오에, 타이어가 구멍 난 자기 자전거에 애정을 잃었다. 두 방문객은 여름 파리를 여태 쓸지 않았다는 것, 비질을 한 곳이 없다는 것을 알아차렸을 것이다.

"찻잎 네 스푼이면," 캐슬린이 찻주전자를 난롯가에 놓으며 말했다. "이 정도면 괜찮을까요, 에밀리? 1분 정도 우릴까요?"

캐슬린은 도마 위에서 브랙을 발견하고 빵을 더 썰었다. 빵칼과 버터도 그 옆에 있었다. 캐슬린은 이게 주제넘은 행동이나 방해가 아니었으면 한다고 말했지만 대답은 없었다.

"그이는 거기 앉아서 절 쳐다보곤 했어요." 에밀리가 말했다. "부엌에 있으면 그이의 시선이 절 따라다녔어요. 한번은 식탁 위에 바퀴벌레가 올라왔는데 그이는 꼼짝도 안 했어요. 바퀴벌레가 밀가루에 들어가는데도 손도 안 뻗었어요."

"정말 놀라워요." 노라가 말했다. "그런데도 화를 내지 않으셨잖아요. 화를 내셨어야 한다는 건 아니지만요."

에밀리는 노라의 말을 들었다. 그러나 대답하지 않았다. 에밀리는 자신이 왜 화를 내지 않았는지 몰랐다. 되돌아봐도 알 수 없었다. 그러나 집을 나가야겠다고 생각했을 때 자신이 스스로에게 뭐라고 주장했는지를 기억했다. 집을 나가면 어디로 갈 수 있을지 고민했던 것, 이모님이 선의와 애정으로 물려주신 집을 떠나는 것은 옳지 않다고 되뇌었던 것을 기억했다. 그리고 물론, 남편이 어떻게 살아갈지에 대한 걱정도 있었다.

"차 한 잔 더 하시겠어요, 에밀리?"

에밀리는 고개를 저었다. 바람이 거세져 있었다. 위층 문이 바람에 덜컹거리는 소리가 들렸다. 에밀리는 위층 방에 불을 하나 켜두었다.

"이렇게 붙잡아두면 안 되는데." 에밀리가 말했다.

그러나 제라티 자매는 새로 끓인 차와 함께 또다시 자리를 지켰다. 에밀리가 자신들을 붙잡아두는 것이 결코 아니라고, 캐슬린이 말했다. 40와트짜리 전구 하나에서 나오는 희미한 빛 속에서 벽난로 선반 위의 알람 시계가 11시 20분을 가리켰지만 사실은 그보다 30분이 더 지난 시각이었다.

"그냥 좀 피곤해서 그래요." 에밀리가 말했다. "이런 때에 지나간 일 얘기를 늘어놓으려던 건 아니었어요."

캐슬린이 충격 때문이라고 말했다. 죽음의 충격은 모든 것을 바꿔놓는다고, 아무리 예상된 죽음이었어도 죽음은 언제나 충격이라고 했다.

"제가 남편을 사랑하지 않았다고 생각하지는 않으셨으면 좋겠어요."

자매는 당황했다. 캐슬린은 무릎을 꿇고 벽난로에 토탄을 넣었고, 노라는 자기 찻잔에 우유를 따랐다. 결혼하지 않은 이 여자들이 어떻게 이해하겠는가? 에밀리는 생각했다. 슬픔도 애석함도 없다 할지라도 세상을 뜬 저 남자에게 얼마간의 사랑이 남아 있다는 사실을 저들이 어떻게 이해할 수 있겠는가? 처음부터 자신의 잘못, 자신의 어리석음이었다. 그 누구도 강요하지 않았다.

남편을 잃은 여자와 자매 사이에 대화가 이어졌고 이야기와 연민, 위로와 격려가 오갔다. 더 많은 말이 이어지자 과거가 모습을 드러냈다. 결혼식, 광이 나던 그의 구두, 반짝이던 머릿결, 남편이 아는 사람이 있어서 커리에 있는 기수회관에서 열린 결혼식 뒤풀이. 사람들 이야기가 나왔다. 제라티 자매가 아는 이름도 있었고, 그들 이전 세대의 사람도 있었다. 특별했던 사건도 이야기했다. 남편이 첼트넘에 갔던 해, 글렌바이어 크로스컨트리 대회에서 늙은 회색 말의 다리가 부러져 총으로 쏘아 죽인 일. 제라티 자매는 골웨이에서 자란 어린 시절, 이 도시가 어찌나 세련되고 활기 넘치게 변했는지 알아보지 못할 정도라는 것, 나중에는 에니스코시에 살았고 캐슬린이 그때 종교적 삶에 이끌렸다가 다시 그 느낌을 잃어버린 것, 그때 이후 자신이 그동안 실수를 통해 시험받았음을 알게 되었다는 이야기를 했다. 이렇게 제라티 자매는 대화 속에 스스로를 펼쳐놓았다. 밤이 흘러가면서 에밀리는 그들의 이러한 행동이 적막한 때에는 다른 방식으로 그 적막함을 밀어내야 하기 때문임을 알게 되었다. 에밀리는 고인의 험담을 한 것을 사과하며 다시 자신을 책망했다. 제라티 자매가 떠난 것은 3시 반이었다.

"고맙습니다." 에밀리가 현관문을 붙잡고 말했다. 약했다가 거세진 바람은 이제 사라지고 없었다. 공기가 맑고 신선했다. 에밀리가 자기는 괜찮을 거라고 말했다.

두 여자가 차 문을 열자 자동차 불빛이 깜박거렸다. 미등에 붉은빛이 들어왔다가 배기가스 냄새가 훅 끼치며 엔진에 시동이 걸렸고, 차가 천천히 나아가며 점차 속도를 높였다.

*

위층의 방, 딱딱하게 굳은 주름진 얼굴 위로 시트가 덮여 있었고, 에밀리는 기도를 올렸다. 침대 옆에 무릎을 꿇고 앉아 오랫동안 자신을 모욕한 이 남자의 구원을 빌었다. 두려움이 에밀리가 말한 사랑을 고갈시켜 껍데기만 남았지만, 방문객 앞에서 그랬듯 에밀리는 사랑의 잔재를 부정하지 않았다. 슬퍼할 수 없었고, 애도할 수 없었다. 너무 적은 것만이 남았고, 너무 많은 것이 파괴되었다. 차를 타고 떠난 그들은 이 사실을 알까? 다른 이들이 물으면 이 사실을 설명해줄까?

에밀리는 아래층으로 내려와 찻잔과 받침을 닦았다. 잠들지는 않을 것이다. 침대에 눕지 않을 것이다. 몇 시간이 지나면 장의사가 올 것이다.

*

헤드라이트가 키 작은 돌벽과 길가를 뒤덮은 금불초, 울타리 친 사육장의 미동 없는 양 떼 사이로 보이는 가시금작화를 비추었다. 언제나처럼 캐슬린이 운전을 했다. 노라는 운전을 배운 적이 없었다. 지금껏 이렇게 이상하게 변한 방문은, 자매의 예상과 이렇게 달랐던 방문은 없었다. 그들은 이런 이야기를 나누었고, 잠시 침묵이 이어지다 캐슬린이 최종 의견을 내놓았다. 위층에 고인이 있어서 자신들이 들은 내용이 더욱더 듣기 끔찍했다고.

어두운 차 안에서 어깨를 움츠리고 있던 노라는 그 말에 얼굴을 찌푸렸다. 바로 입을 열진 않았지만, 1.5킬로미터쯤 더 달린 뒤 그녀는 이렇게 말했다.

"난 우리가 고인 옆에 앉아 있었던 거라고 생각해."

*

방문객의 방해로 사라졌던 침묵이 다시 집 안을 채웠다. 마침내 평안을 얻은 남자의 육신에서는 그 어떤 유령도 나타나지 않았다. 그러나 커튼 가장자리로 새벽이 밝아오는 동안 계속 토탄을 넣으며 난로 옆에 앉아 있던 여자는 감각이 동요하는 것을 느꼈다. 피곤함은 점차 사라지고 차분함이 온몸을 감쌌다. 방치된 방 안에서 에밀리는 선의를 보인 여자들에게 자신이 한 말을 하나도 후회하지 않았다. 그들이 이해하지 못했다 해도 상관없었다. 에밀리는 조금 더 앉아 있다가 커튼을 걷었고, 하루가 밀려들었다. 그날 밤이 불러낸 유령이 이곳에 있었다. 한때 그녀 자신의 모습으로.

전통

그들은 언제나처럼 한 명씩 안으로 들어갔다. 햄브로스 다음엔 포로게일, 그다음엔 애크링턴과 올리비에, 매클루스, 뉴컴, 네이피어. 모두가 차례로 흙바닥 위에 죽어 있는 갈까마귀를 보았다. 일곱, 총 일곱 마리였다.

"레깃 짓이야." 매클루스가 말했고 나머지는 말이 없었다. 네이피어만이 함께 레깃을 의심했다. 올리비에를 제외한 나머지는 당황했다. 새들은 목이 부러졌고 그중 한 마리는 머리가 뜯겨 있었다. 흙 위에 누워 있는 새들의 깃털은 이미 축 늘어졌고 구슬 같던 눈은 흐릿해졌다. "잔인한 놈들." 뉴컴이 심드렁하게 말했다. 목소리에 항의나 감정의 기미는 없었다. 올리비에는 그 소녀의 짓임을 알았다.

벨이 울리면 그들은 성당으로 모였다. 아침에는 시간이 몇

29

분뿐이라 헛간에 가서 새들이 잘 있는지 확인하는 것만으로도 빠듯했다. 보통은 일곱 명이 돌아오는 길에 벨이 울리기 시작했다. 그 전에는 아침 담배를 피웠다.

"이런, *제기랄!*" 그들이 서둘러 걸을 때 매클루스가 내뱉었다. 포로게일과 애크링턴은 이제 자기도 동의한다고 말했다. 레깃의 짓이었다. 나머지는 아무 말이 없었다.

그들은 새들에게 말을 가르쳤다. 그들 이전의 여러 세대가 그렇게 했다. 어린 새들을 유인해 날갯깃을 잘라내고 길들였다. 새들을 기를 다른 장소도 있었지만 헛간이 가장 적합했다. 헛간은 넓고 텅 비었으며, 일종의 창문인 문에 난 구멍 위로 육각형 모양의 철망이 덮여 문의 맨 밑에 고정되어 있었다. 다른 용도 없이 버려지고 잊힌 공간이었고, 가끔 헛간 전체에 출입 금지 구역이라는 경고문이 내려왔으나 이 역시 주기적으로 잊혔다. 그래서 수 대에 걸쳐 그렇게 된 것이었다. 그러나 이런 학살은 지금껏 한 번도 없었다.

갈까마귀는 가르쳐도 분명하게 말하지 못했다. 서로 대화를 나누지 않았고 심지어 말이라고 할 만한 소리조차 내지 않았다. 몇 시간의 교육 뒤 이들이 내는 소리는 부정확했고 듣는 사람이 그 의미를 해석했다. 혀를 가르면 더 만족스러운 결과가 나올 수 있다고들 했고 과거에는 실제로 그렇게 했지만 수년 전부터는 그러지 않았다. 그건 바람직하지 않은 일 같았다.

일곱 소년은 1분도 채 안 남기고 성당에 도착해 회랑에서 입장을 기다리는 교사들을 지나 모두 한자리에 앉았다. 아침에 무슨 일이 일어났다는 사실이 다른 학생들에게 단번에 드러났다. 기도문을 중얼거리는 동안 호기심이 피어올랐고, 들끓는 흥분과 함께 송가를 불렀다. 엄숙한 얼굴의 사제가 미사를 집전하며 광야에서의 유혹 이야기를 짧게 언급했는데, 이맘때쯤이 그럴 때이기 때문이었다. 엄숙함은 사제가 본래 지닌 자질이었고, 전날 밤에 일어난 일과는 아무 상관이 없었다. 사제는 그 일을 몰랐다. "성경에 기록하기를," 사제가 말을 이었다. "하느님이 너를 위하여 자기 천사들에게 명해서, 너를 지키게 하실 것이다." 사제는 이 말로 깔끔하게 해설을 끝냈다. 가운을 갖춰 입은 소년들과 교사들은 줄지어 다시 신선한 공기 속으로 나왔다. 오르간 연주는 헨델의 곡이었다.

모두가 점점 더 큰소리로 떠들면서 여느 때처럼 여기저기로 흩어졌다. 소년들은 각자 드문드문 떨어진 교실로 향했고, 교사들은 휴게실에 당장 필요한 책을 가지러 다들 같은 방향으로 이동했다. 햄브로스와 애크링턴이 같이 남았고, 더 똑똑한 반에 속한 매클루스와 네이피어, 뉴컴이 함께 남았다. 포로게일은 피아노 수업이 있었고, 올리비에는 교장에게 호출되었다. 일곱 명 모두가 전날 일어난 잔혹한 사건을 떠올리고 있었고 원한도 분노도 사그라지지 않았다.

포로게일은 기다리는 동안 피아노를 연습했다. 행콕 씨와 마지막으로 만난 이후 별로 연습을 하지 않았기 때문이다. 학교의 도축업자이자 잡역부인 다인스가 교장실 건물에서 나오자 응접실 천장의 푸른색 조명이 꺼졌다. 다인스는 올리비에에게 음흉한 윙크를 날리며 네가 호출된 이유를 내가 너보다 더 많이 안다는 느낌을 풍겼다. 다인스가 늘 하는 장난 중 하나였기에 올리비에는 반응하지 않았다. 올리비에가 문을 가볍게 두드리자 안에서 들어오라는 소리가 들렸다.

"실망스럽구나." 교장이 자기 몸을 데우던 난롯가에서 책과 서류, 압수한 물건으로 어수선한 작은 옆방으로 이동하면서 곧바로 말했다. 건장하고 체구가 큰 교장이 책상에 걸터앉았고 올리비에는 그 앞에 서 있었다. 교장이 말을 이었다. "과학 과목 세 개 중 제대로 된 성적을 낸 게 하나도 없더군. 그런데도 과학 쪽을 선택한 것 같던데." 교장은 말을 멈추고 자기 앞으로 끌어당긴 종이 한 장을 응시했다. "자네의 포부가 그쪽인가?"

"과학을 더 잘 알고 싶은 호기심이 있습니다, 선생님."

"자리에 앉게, 올리비에."

"감사합니다, 선생님."

"호기심이라고 했나?"

"네, 선생님."

"그렇다면 왜 그쪽으로 호기심이 생겼는지 말해보게. 내게는 의무가 있다네. 내가 알면서도 이 순수한 세상에 무지하고 무능한 사람을 내보낸다면 난 가책을 느끼게 될 거야. 이 학교의 학비는 비싸네, 올리비에. 학비가 비싼 건 기대치가 높기 때문이야. 사감도 자네에게 그리 말했을 거야. 자네를 오늘 아침 이곳에 오라고 한 것은 우리가 이 문제를 심각하게 여긴다는 것을 알려주기 위해서야. 자네가 과학 쪽으로 나가는 것이 자네의 재능을 따르는 것인가?"

"아닙니다, 선생님."

"자네는 호기심을 채웠어. 방종했지. 그건 위험한 일이야."

저 사람은 왜 저렇게 점잔 빼며 고상한 척 말하는 걸까? 올리비에는 자문했다. 자기가 잘 모르는 것을 더 배우고 싶어 하는 것이 방종이라면, 자신의 행동은 방종이 맞았다. 그게 어디가 위험하다는 것일까? 올리비에는 궁금했지만 묻지 않았다. 자신이 실험실에서 충분히 좋은 성적을 내지 못했다는 사실은 과거에나 지금이나 그리 놀라운 일이 아니었다.

올리비에는 죄송하다고 말했다. 교장은 전통에 대한 이 학교의 신념을 언급했는데, 편리할 때마다 늘 그랬다. 교장이 격찬한 내용은 올리비에의 실패와 아무 관련이 없었다. 그건 그 자체로 하나의 전통이었고, 요구되는 행동에서 벗어난 모든 일탈은 시간이 만든 계율과 관습을 경솔하게 무시한 결과로 간주되었다. 이 교장의 전임자들도 과거를, 남자가 되는 과정에서 소년들이 이룬 성취를, 그들이 입은 은혜를 주목해야 한다고 부르짖었다. 한편 올리비에의 선배들은 그들의 말을 들으며 올리비에와 똑같은 회의와 경멸을 느꼈다.

"그러면 이렇게 하세." 현 교장이 제안했다. "지금부터 정말 열심히 공부하겠다고 여기서 약속하겠나? 5주 뒤에 다시 함께 상황을 점검해보겠나?"

"아니면 제가 그냥 과학을 포기하겠습니다, 선생님."

"포기? 난 그 말을 좋아하지 않아."

"죄송합니다, 선생님."

"문제를 더 심각하게 만들지 말게, 올리비에. 실패는 그 자체로 형벌이야. 한번 잘 생각해보게."

이 제안과 함께 올리비에는 풀려났다. 돌로 바닥을 깐 서재 밖의 넓은 복도와 응접실에서 올리비에는 여태껏 들은 내용을 즉시 잊어버리고 다시 새 학살이라는 주제로 되돌아갔다. 그는 이미 도출된 결론에 다시 한번 도달했다. 범인은 다른 소년이 아니었다. 레깃은 오늘 오후 체육 시간이 끝난 뒤 붙잡혀 협박과 함께 비난당할 것이다. 올리비에는 교실로 어슬렁어슬렁 걸어가면서 부당한 보복을 예상했으나 자신이 스스로의 추측을 발설하지 않으리란 걸 알았다. 그러지 않는 것은, 자기 생각을 비밀로 감추는 것은, 다른 사람이 모르는 것을 아는 것은 즐거운 일이었다.

*

차 마시는 시간 전까지 수요일은 그녀의 것이었다. 언제나 그랬고, 그녀도 변화를 싫어했을 것이다. 그 한 주의 중간을 그녀는 자기만의 일요일로 여기게 되었다. 이날은 알람 시계가 울리지 않았고, 멀리서 들려오는 성당의 종소리와 초등학교의 벨 소리를 무시할 수 있었다. 심지어 그녀의 무의식도 해야 할 일을 알았다. 그녀는 아침의 반이 지나도록 잠을 잤다. 늘 선명한 꿈으로 뒤척이는 고르지 못한 수면이었지만 그건 아무 문제가 되지 않았다. 졸다 깨다를 반복하며 아침 식사 이후의 지저분한 식당과 수업이 시작된 뒤 급작스레 찾아오는 고요함, 식기실로 옮겨 깨끗하게 닦은 뒤 다시 점심 식사를 위해 커다란 참나무 식탁 위에 갖다 놓는 나이프나 포크 따위를 상상하는 수요일 아침만큼 사치스러운 건 없었다. 토요일 저녁도 휴무였지만 수요일과 달리 별게 아니었기에 보상을 바라지 않고 다른 사람 대신 일하는 경우도 많았다.

이날 아침 그녀는 여느 수요일과 같이 10시 반에 일어났다. 주전자에 물을 끓이는 동안 컬러판 신문 부록을 읽었다. 뒷문을 열고 잠옷을 입은 채로 서서 귀찮은 고양이를 쫓아냈다. 스택풀은 수요일 아침마다 그녀를 찾아오곤 했다. 유일하게 그녀를 찾아온 사람이었고, 그 오랜 시간 동안 11시부터 11시 45분까지 자유시간을 가질 수 있었던 유일한 사람이었다. 그녀는 한참 뒤에 스택풀이 한 여자와 함께 학교를 찾아와 그녀에게 손가락으로 여기저기를 가리켜 보이던 것을 기억했다. 그리고 스택풀이 자신을 가리켰을까 궁금해했던 것도 기억했다. 사람들은 그 여자가 그의 아내가 될 거라고 말했다.

그녀는 자리에 서서 부드럽고 신선한 공기를 만끽했다. 그때 토스트 냄새가 그녀를 다시 부엌으로 불러들였다.

*

그들은 채석장에서 커피를 끓여 잼 병에 담아 마셨다. 커피는 상당히 달게 마셨지만 우유는 넣지 않았는데, 우유는 귀찮은 것이기 때문이었다. 그리고 그들은 태양 아래 누워 담배를 피웠다.

한편 레깃은 보는 눈이 있다고 여길 때에만 다리를 절뚝이는 척하며 살금살금 기숙사로 돌아왔다. 레깃은 갈비뼈가 부러졌다고 생각했지만 자신에게 의학 지식이 있다고 주장한 포로게일이 손가락으로 갈비뼈를 찔러보고는 아니라고 말했다. "절대 아냐." 포로게일이 그렇게 말했지만 레깃은 그 말을 믿을 수 없었다. 그들이 레깃을 괴롭힌 것은 레깃이 부정직한 사람이기 때문이었다. 그들은 그렇게 말했고, 레깃도 자신이 그렇다는 것을 알았다. 그러나 레깃은 아무 죄가 없었다. 레깃은 흉측한 갈까마귀에 손도 대지 못했을 것이고, 하물며 자신을 물 수 있는 부리가 달린 머리를 손으로 쥐지도 못했을 것이다.

"레깃 짓이 아니야." 애크링턴이 긴 침묵을 깨며 말했고, 나머지도 한 명씩 그의 말에 동의했다. 그러나 레깃을 때린 것은 아주 조금도 후회하지 않았다.

"그럼 누구지?" 네이퍼어가 물었고, 올리비에는 그 소녀 짓이라고 말하지 않았다.

"다인스가 아니라면 말이지." 매클루스가 말했다.

올리비에를 제외한 모두가 그 생각을 했다. 다인스는 이 세계의 질서 바깥에 있었다. 이들은 다인스를 때리거나 괴롭힐 수 없었고, 그에게 이 문제에 관해 이야기조차 할 수 없었다. 그 잡역부가 갈까마귀를 키우는 곳을 알긴 했지만 혐의를 물으면 자신이 그동안 침묵해온 것들을 폭로할 가능성이 높았기 때문이다. 다인스는 다루기 힘든 사람이었다.

"난 다인스는 절대 아니라고 생각해." 애크링턴이 말했다. "그 사람이라는 증거가 없어."

몇 년 전 한 소년이 목을 매달았으나 목숨을 끊는 데는 성공하지 못했다. 이후 소년이 정말로 죽으려 한 것은 아님이 밝혀졌는데, 소년이 만든 올가미가 단단히 조여져 있지 않았고 직접 고른 나무의 옹이에 발을 올려놓고 모든 무게를 떠받치게 했기 때문이다. 그러나 소년은 정신적으로 문제가 있다며 학교에 남지 못하고 집으로 보내졌다. 지금 이 이야기가 나온 이유는 새들을 죽인 범인이 분명 그 소년과 비슷한 사람일 것이기 때문이었다. 불안정한 학생들의 이름이 거론되었고, 새 용의자들의 최근 행적이 논의되었다. 올리비에는 여전히 아무 말도 하지 않았다. 그는 소년들 중 가장 작았지만 가장 어리진 않았고 짙은 색 앞머리가 창백한 얼굴 위를 덮고 있었다. 친구들 사이에서 외모가 돋보였고, 다른 사람에게는 없는 섬세함이 있었다. 올리비에가 그곳에 있으면 마치 더 잘 만들어진 예시처럼 보였고, 나머지는 부주의하게 만들어진 것처럼 보였다. 다른 학생들은 청소년의 느낌이 두드러졌다. 재킷 소매가 너무 짧았고 머리카락이 제멋대로 뻗쳤으며, 목소리가 걸걸하고 막 자라기 시작한 까칠한 수염 아래 피부가 울긋불긋했다. 그러나 올리비에가 이 성년의 서곡을 벗어났다는 사실을, 다른 친구들이 남겨진 데 대한 유감 없이 받아들인 그 깡마른 꼴사나움을 벗어났다는 사실을 아무도 알아차리지 못했다.

마지막 남은 커피를 다 마셨고, 담배꽁초는 타다 남은 불씨에 던졌다. 까맣게 탄 나뭇가지가 드문드문 남았다. 소년들은 떼 지어 학교로 돌아와 갈까마귀들의 집이었던 헛간으로 갔다. 일을 도왔던 적이 있어서 학교 농장의 관례를 잘 아는 햄브로스가 멀리서 삽을 가져왔고 공동묘지를 만들기 가장 좋은 곳을 알려주었다. 새들이 한 마리씩 구덩이로 던져졌다. 매클루스가 그 위에 다시 흙을 쌓아 올렸고, 갈까마귀들을 대체할 새들의 포획이 시작되었다.

*

올리비에가 학교에 입학하기 훨씬 전, 구전으로 전해 내려오는 유명한 사건들이 있었다. 한밤중에 울린 성당의 종소리,

어느 반장 휴게실의 창문 사이에 걸려 있던 르누아르의 작품 〈책 읽는 소녀〉가 사라진 사건, 도비 고든이 외투 주머니에 있던 라이터와 파이프를 도난당한 일, 중앙난방 시스템의 불가사의한 고장까지. 수년에 걸쳐 발생한 이 사건들의 공통점은 범인이 문책받지 않았다는 것이었다. 모든 사건은커녕 그중 두 개조차 같은 사람의 소행일 수 없었는데, 학생이 이 학교에 머물 수 있는 시간이 그렇게 길지 않았기 때문이다. 올리비에가 학교에 입학하기 훨씬 전인 7년 전에는 자전거 보관소에서 문제가 일어났다. 무작위로 타이어의 공기가 빠진 것이었다. 그 이후로는 갈까마귀들이 죽기 전까지 아무 일도 일어나지 않았다.

그 소녀가 이번 사건뿐만 아니라 이전에 있었던 다른 사건들의 범인일 거라는 의심은 순전한 직감이었다. 자신이 옳다는 생각이 아무리 분명해도, 자신의 본능을 아무리 확신하고 이 모든 사건의 의도에 대한 자신의 느낌이 아무리 확고해도, 올리비에는 왜 식당 가정부 중 한 명이 새벽 1시에 학교 화재경보기를 울리고 싶어 했는지, 그 여자에게 도비 고든의 파이프가 무슨 용도가 있었을지 알 수 없었다. 처음 이 생각을 떠올렸을 때 올리비에는 이곳 어딘가에서 복수가 일어난 거라고 추측했지만, 너무 적절하고 뻔하다는 생각에 그 추측을 거두었다. 그리고 레깃이 두들겨 맞은 날, 차 마시는 시간에 그 소녀를 바라보면서 또 한 번 그렇게 생각했다. 올리비에는 소녀가 보지 않을 때 그녀를 훔쳐보려 했다. 원래는 상대가 알아채지 못하게 사생활에 침입하는 데 능했고, 스스로도 자부심이 있었다. 그러나 올리비에는 두 번, 혹은 세 번이나 불시에 시선을 돌려받고 감시하던 눈을 즉시 내리깔아야 했다. 이 식당 가정부의 이름은 벨라였다. 하지만 식당과 바깥에서 벨라는 '그 소녀'로 통했다.

식당 가정부들은 접시를 균형 있게 겹쳐서 한쪽 팔로 한 번에 다섯 개씩 옮길 수 있었다. 각 접시에는 소시지롤이나 콩을 곁들인 토스트, 스크램블드에그가 담겨 있었다. 오늘은 소시지롤이었는데, 소시지 두 개가 각각 짙은 갈색의 바삭한 페이스트리로 덮여 있었다. 성 앤드루반의 두 번째 식탁에서는 소시지롤을 콤에게 넘기면 콤이 대신 먹어주었다. 식당의 다른 곳에서는 더 흔한 관례가 지배적이었고, 원치 않는 소시지롤들은 나중에 버려졌다.

오늘 저녁 올리비에는 성 데이비드반의 세 번째 식탁에서 반장 오른쪽에 앉았다. 12일에 한 번씩 돌아오는 자리였고, 반장을 제외한 모든 소년이 매일 한 칸씩 자리를 옮겼다. 반장은 소금이나 후추, 잼을 건네달라고 부탁할 때를 제외하면 아무 말도 없었다. 쌀쌀맞은 것은 반장의 특권이었다. 따뜻한 접시가 일렬로 앉은 소년들에게 차례로 건네졌고, 반장의 접시는 마지막에 머스터드와 함께 도착했다.

올리비에의 관심을 끈 가정부는 이 식탁에서 시중을 들지 않았다. 올리비에는 식당 저 끝에 있는 그녀를 바라보았다. 성 패트릭반의 식탁이 있는 곳, 애크링턴과 뉴컴, 햄브로스가 앉은 곳이었다. 갈까마귀를 길들이는 소년들 중 올리비에만이 성 데이비드반의 식탁에 앉아 있었다. 포로게일과 매클루스, 네이피어는 체육을 잘하는 것으로 유명한 성 조지반의 식탁에 있었다.

식당은 시끄러운 소리로 가득했지만 올리비에의 귀에 들어오는 것은 자신이 앉은 식탁에서의 대화뿐이었고 나머지는 전반적인 소음 사이로 흩어졌다. 이번 주 토요일 저녁의 토론은 유령의 존재 여부에 관한 것이었다. 이 주제는 이미 대화가 끝났고, 국내 뉴스―여성 환자 여러 명을 살해한 의사의 유죄 판결―에 대해 논하며 저마다 사형에 찬성하거나 반대한다고 말했다. 올리비에는 차를 마신 뒤 컵과 받침을 두 소년이 커다란 금속 찻주전자를 담당하고 있는 테이블 저쪽 끝으로 보냈다. 그리고 다시 그 가정부를 바라보았다. 그녀는 이번 식사에는 사용되지 않은 주빈석 앞에 다른 가정부들과 함께 일렬로 서서 접시와 포크 등을 치우려고 기다리고 있었다.

그녀는 이름만 소녀였다. 그녀가 수년간 가장 어린 가정부였던 과거에 지어진 이름이었다. 이 이름은 그녀의 생기 넘치는 아름다움이 식당에 열정을 불어넣었을 때 그녀가 누린 명성을 기리고 있었다. 올리비에는 그 사실이 기이한 사건들에 영향을 미쳤을 거라고 추측했지만 어떤 식일지는 몰랐다. 그녀는 시선을 받는 것을 개의치 않았다. 그런 면도 있었다.

"올리비에," 반장이 이 생각 뒤로 이어진 공백을 깨뜨렸다. "잼."

올리비에가 사과하며 사과잼 그릇으로 손을 뻗었다. 그녀는 이제 중년 후반의 나이였고 키가 컸으며 하얗게 센 머리카락을 모자 뒤로 묶었다. 이목구비에는 여전히 다른 소년들도 알아차리는 아름다움의 흔적이 남아 있었다. 올리비에는 처음 그녀에게 관심이 생겼을 때부터 그녀가 다른 가정부들과 다른 이유를 이해했다. 그건 과거에서 이어져 내려온 이야기 때문도, 그 이야기가 과장된 것이 아님을 보여주는 이목구비 때문도, 다른 가정부들이 식당에서 조심스럽게 소곤거리며 수다를 떨 때 그녀 혼자 침묵을 지키기 때문도 아니었다. 그녀에게는 다른 사람에게는 없는 무언가가 있었다. 다시 그녀의 시선이 올리비에의 시선을 발견했다. 너무 멀리 떨어져 있어서 확신할 순 없었지만 어쨌거나 올리비에는 의도적인 눈길이었다고 확신했다.

페이스트리 안에 든 잿빛 소시지에서 약간 냄새가 났다. 올리비에는 음식이 상한 것이 아님을 알았다. 냄새는 소시지 안의 고기에서 나는 것이었고, 그저 요리 과정에서 고기 본래의 지나친 군내를 끌어낸 것이었다. 그녀가 처음으로 올리비에 쪽을 바라보았을 때 올리비에는 그녀를 알아보지 못했고, 그녀가 유니폼을 입고 있지 않았기 때문에 그녀 옆을 그냥 지나

쳤다. 그때부터 종종 올리비에는 뒷길에서 그녀를 발견했다. 그녀는 오후 휴무이거나 그날의 업무가 끝났을 때, 다른 가정부들이 보통 무리 지어 다니는 것과 달리 혼자였다. 그녀는 아주 조금도 웃지 않았고 올리비에도 웃지 않았다.

자리에서 일어나며 긴 의자가 식탁에서 뒤로 드르륵 밀리는 소리, 윤이 나는 마룻장 위에서 발을 끌며 걷는 소리가 났다. "……펠 크리스툼 도미눔 노스트룸."* 선도 반장이 읊조렸고 저녁 발표가 있었다. 발표가 끝나자 당번 교사가 서둘러 자리를 떴고 반장들이 일렬로 이동했다. 가정부를 제외한 모두가 식당을 떠나면서 끊겼던 대화가 다시 시작되었다.

다시 새가 죽는 일은 없을 것이다. 언제나 변화가 있었고, 한때 올리비에는 다음엔 어떤 범죄가 일어날지 맞혀보려 했지만 형편없이 실패했다. 다음 범죄가 발생할 때 올리비에는 이곳에 없을 것이다. 그는 졸업생 행사에 참여해 무심코 거론된 이야기를 듣는 상황을 상상했다. 무슨 일이 일어난 건지 잘 몰라서 결국엔 대놓고 물어야 하는 상황을 상상했다. 순간 올리비에는 새로 잡은 새들은 안전할 거라고, 반복은 없을 거라고 친구들을 안심시키고 싶었다. 하지만 그만두었다. 다시 담배를 피울 시간이었고, 일곱 소년은 그 목적을 위해 들판 한구석 보이지 않는 곳에 돌을 쌓아 만든 막사로 떼 지어 이동했다.

---

* 우리 주 그리스도를 통하여 비나이다.

그날 저녁은 교장이 직접 저녁 기도를 올렸는데, 이는 자주 있는 일이 아니었다. 교장은 자기가 직접 만든 우화를 소개했다. 한 사람이 매일 특정 행동 패턴을 반복하면서 어떻게 그 패턴을 더욱 강화하는가에 관한 내용이었다. 교장은 그 사람이 어느 날 꿈에서 자신이 정한 길을 벗어났다는 이유로 신에게 냉혹한 비난을 당하고 성공뿐이던 삶에서 실패를 겪는 형벌을 받았다고 말했다.

올리비에는 교장의 말에서 어렴풋이 자신과 관련된 분위기를 느끼고 교장이 과학 분야에서의 자신의 일탈과 뒤따른 실패에서 영감을 얻은 건 아닐까 생각했다. 교장은 설교를 마치기 전 빼놓지 않고 전통의 가치를 언급하며 전통을 따르는 이 학교에는 하느님의 인정이 분명한 크나큰 힘이 있고, 하느님은 언짢으시면 우리를 처벌하신다고 주장했다. 교장의 철학은 우화라는 형식을 제외하면 전과 다를 것이 없었다. 한 바퀴 돌아 시작한 곳에서 다시 끝이 났다. 이 학교, 그리고 소년들을 남자로 만들어준다는 것이 증명된 학교의 오래된 관습들.

이후 켈리스키 번역본의 도움을 받아 호라티우스의 송가를 훑어보던 올리비에는 집중력을 잃었다. 처음에는 학교에 확립된 통과의례에 대한 교장의 지나친 자신감 때문이었고, 그다음에는 식당 가정부의 범죄 때문이었다. 그녀의 죄는 반항의 무기일까? 일부러 의도한 것이었을까, 아니면 그냥 그렇게 된 것일까? 소란이나 불편을 일으킬 때 그녀는 무슨 생각을 했을까? 교장의 신념과 한 여자의 상습적 계략이 나란한 조각 퍼즐처럼 들어맞는 듯 보이는 이유는 무엇일까? 호라티우스는 *앙구스탐 아미케 파우페리엠 파티, 로부스투스 아크리 밀리티아 푸에르 콘디스킷**이라고 말했다. 올리비에는 최선을 다해 라틴어와 영어를 맞춰보았다. 번역본은 단어 하나하나가 딱 맞아떨어지지 않았다.

물론 교장은 자기 이전의 권위자들이 그랬듯 알지 못했다. 식당의 그 가정부 또한 어린 시절부터 전통의 한 부분이었으며, 이제는 남자가 된 소년들에게 비공식적 역사로 접어든 의식을 제공해왔다는 것을. 그런 면도 있다고, 올리비에는 스스로에게 상기시킨 뒤 다시 어떤 단어가 서로 일치하는지 알아내기 시작했다.

*

하루가 끝나면 식당 가정부들과 기숙사 가정부들, 다양한 직책을 맡은 사람들이 집으로 돌아갔다. 일부는 그들 중 몇 명만 끌고 다니는 자동차를 얻어 탔고 일부는 자전거를 탔으며, 일부는 마을까지 걸어갔다. 걷는 사람 중에는 이제는 여자가 된 그 소녀가 있었다. 그녀는 녹음이 우거진 뒷길에서 담배를

---

* 고단한 가난을 즐기는 방법을 배우는 고된 군복무로 단련된 소년.

피웠고, 바로 뒤에는 동료 두 명이 있었으며, 그중 한 명이 손전등으로 길을 비춰주었다. 그녀가 흠모하는 소년의 피부는 도자기처럼 하얗지는 않았지만 그만큼 부드러웠고, 도자기 같은 피부에 종종 나타나는 분홍빛이 없었다. 그녀는 그 창백한 색깔을, 그 얼굴 속의 짙은 눈동자를, 이마의 윤곽과 완벽하게 나란한 앞머리를 사랑했다.

걸어가는 동안 그의 얼굴이 그녀의 머릿속을 가득 채웠다. 그의 목소리는 오래전 다정하게 그녀의 이름을 불렀던 그 소년들의 목소리였다. 그녀가 짐작했듯이, 그는 알고 있었다. 왜냐하면 그도 비슷한 부류였기 때문이다. 그녀는 언제나 비슷한 부류를 알아보았다.

*

첫 번째 지각종이 리드미컬하게 댕그랑 소리를 냈다. 어린 소년들이 자기 책을 챙긴 뒤 복도에서 발소리를 죽였고 서로 아무 대화도 나누지 않았다. 중고등학교 학생들이 예습을 하는 동안에는 소음이 금지되어 있기 때문이다. 올리비에는《롤리와 대영제국》과 실험실 실험 입문서로 앞을 가리고 오렌지색 뒤표지의《과자와 맥주》를 읽었다. *채프먼일까? 그렇게 생각해?* 일렬로 늘어선 책상을 거쳐 전달된 쪽지가 독서를 방해했다. *그럴지도,* 올리비에는 이렇게 휘갈겨 쓴 뒤 종이 쪼가리를 다시 뉴컴에게 보냈다. 거짓말을 해야 했다. 범인의 이름이 거론될 때마다 계속 부정하기만 하면 의심받을 수 있었다.

누군가는 알아낼 것이다. 그녀는 누군가가 알아낼 수 있도록 일련의 사건을 차례로 일으켰다. 다른 모든 추측을 확신하듯이, 올리비에는 이 마지막 추측 또한 몽상이 아니라고 확신했다. 그 이상은 아는 바가 없었고, 앞으로도 모르리라 생각했다. 그는 이 시간쯤 밖에서 한두 번인가 본 적이 있는 그녀의 모습을 머릿속에 떠올렸다. 그녀는 짙은 남색 코트를 걸치고 벨트를 느슨하게 맸으며, 머리에 말 그림이 그려진 스카프를 두르고 있었다.

*

"치어스,* 벨라." 앞에 있던 두 명이 파슬리 레인으로 꺾으며 차례로 말했다. "치어스."

그녀는 이 천박한 단어를 경멸했다. 아무런 의미도 없는 이 단어가 이제 어디서나 사용되었다. "잘 자." 그녀가 대답했다.

파슬리 레인 위로 이리저리 흔들리는 손전등 불빛에 목소리와 이따금씩 터져 나오는 웃음소리가 딸려 갔다. 그녀는 다른 방향으로 움직였고 들리는 것은 부엉이 울음소리뿐이었다. 레

---

* 안녕.

47

일웨이맨 앞에 이르자 여기서도 목소리와 웃음소리가 들렸고, 호지스 부인의 거실에서 텔레비전 소리가 커졌다.

그녀의 어머니는 여전히 살아 있었고, 지금쯤 자기 침대에 누워 있을 것이었다. 그녀는 그런 척을 했다. 그리고 그는 묘지의 주목 사이에 가만히 머물며 그녀가 지나가도 아무 말 하지 않을 것이다. 그녀는 차를 끓여 위층으로 올라간 뒤 늙은 어머니의 눈꺼풀이 내려갈 때까지 잠시 앉아 있다가, 나무로 된 빗장을 풀고 커튼을 오른쪽으로 1인치 움직여 잠시 그대로 놔둘 것이다. 그는 노크하지 않고 집으로 들어올 것이다.

레일웨이맨에서 나온 누군가가 그녀에게 잘 자라고 외쳤고 그녀도 대답했다. 과거에 그녀는 그중 누구라도 가질 수 있었고, 잘 모르긴 해도 지금도 그럴 수 있었다. 오, 하느님, 그녀는 생각했다. 누굴 가졌든 정말 숨 막히는 삶이었을 거야!

그녀는 이제 묘지 옆의 지름길을 피하지 않았고 묘비 사이를 자주 지나다녔다. 한자리에 모인 그레셤 일가의 커다란 묘지가 훼손되어 열려 있었고, 기억에서 잊혀 뭉개진 화환이 달빛 아래에서 으스스해 보였다. 한때 그녀가 시체를 떠올렸던 냄새는 오래된 낙엽이 썩는 냄새였다.

그녀가 평생을 살아온 작은 집은 마을의 제일 끝에 있었다. 어린 시절 그녀의 아버지는 이 집에서 매일 아침 채석장으로 출근했으며 위층에서 세상을 떴고, 그곳에서 어머니도 죽음을 맞이했다. 어머니가 죽던 날 한 소년이 찾아왔고 그녀는 그를 돌려보내야 했다. 성 앤드루반의 반장이었던 테이트먼이었다. *라 멤 쇼즈.** 그녀에게 이 말을 가르쳐준 것은 그였다. *샤캥 아 송 구**를 가르쳐주며 제대로 된 발음을 위해 입술을 삐죽 내밀게 한 것도 그였다. 그 뒤로 오랫동안 그녀는 그와 함께 프랑스와 독일을 여행하며 디저트 앞에서 *라 멤 쇼즈*라고 말하는 자신의 모습을, 그가 주문한 것과 같은 것을 원하는 자신의 모습을 상상했다. 그 소년은 이름을 모르는 현재의 소년과 달리 교사들의 총애를 받는 학생이었다.

그녀는 현관의 걸쇠를 열고 방으로 곧장 걸어 들어가 커튼을 쳤다. 외풍을 막기 위해 문 앞에 친 무거운 커튼이었다. 차와 프티뵈르 비스킷을 들고 자리에 앉자 전기난로의 두 열선이 발목을 따뜻하게 데워주었다. 소년들은 언제나 은밀한 면을 즐겼고, 어떤 면에서는 다른 것만큼이나 그 점을 좋아했다. 그녀도 마찬가지였다. 소년들만큼은 아니었지만, 거의 그랬다.

*

기숙사가 조용해지자 올리비에는 다시 그녀에 대해 생각했다. 그녀가 어렸을 때는 기분 변화에 따라 표정이 어떻게 바뀌

---

* 같은 것.
** 모두에게 저마다의 취향이 있다.

49

었을지 궁금했다. 그는 그녀가 차분한 성격일 거라 상상했다. 식당에서 감사기도를 기다리며 서 있을 때 다른 가정부들이 안달을 내는 것과 달리 때때로 그녀에게서 차분함의 기미가 느껴졌기 때문이다. 이렇게 추측하면서 올리비에는 그녀가 다른 코트를 입고 스카프 없이 머리카락을 흩날리는 모습을 상상했다. 풀을 먹인 유니폼이 다리미판 옆 바닥에 펼쳐져 있고, 다리미의 열기를 확인하기 전에 손가락에 물을 묻히는 모습을 상상했다. 양말을 신은 두 발과 두 눈 속의 웃음기, 그리고 그녀의 벗은 몸을 상상했다.

저스티나의 신부

　오로지 저스티나 케이시만이 상황을 이해했다. 클로헤시 신부는 반복되는 생각에 고개를 저으며 다시 깊은 사색에 빠졌다. 솔직히 이 여자애의 이야기는 말이 되지 않았다. 이러한 모순은 아무 죄가 없는 저스티나 케이시가 자기 죄를 고백할 때 늘 그렇듯 익숙한 방식으로 마음을 불편하게 했다. 이럴 때마다 클로헤시 신부는 자신이 무능하고 멍청하다고 느꼈고, 신부로서 마땅히 이해해야 할 것을 이해하지 못한다고 느꼈다.

　저스티나가 방금 떠난 고해실을 나오면서 클로헤시 신부는 그녀를 찾았다. 저스티나는 뒤쪽에 있는 성수반(聖水盤) 근처에서 손가락 사이로 묵주를 늘어뜨리고 있었다. "신부님, 제가 나쁜 짓을 저질렀어요." 저스티나는 이렇게 주장했고, 클로헤시 신부는 그녀가 무엇이 나쁜 짓인지조차 모른다는 사실을 다시 한번 자각하며 죄를 사해주었다. 그러나 묵주의 구슬을 세지 않는다면, 그가 성모송 기도를 지시하지 않는다면 저스티나는 행복하게 돌아가지 않을 것이다. 저스티나는 제단에 놓는 놋쇠 꽃병과 십자가를 자발적으로 며칠에 한 번씩 광이 나게 닦았다. 토요일 저녁이면 집에서부터 델 정도로 뜨거운 물 한 양동이를 들고 와서 성당 제의실 벽장에 걸린 대걸레로 바닥을 닦았다. 금요일이면 일주일간 쌓인 촛농을 긁어내고 오래된 선교 전단을 자기 마음에 들게 정리했다.

쉰네 살에 몸집이 점점 불고 있고, 기미가 훤히 드러난 정수리 주위로 붉은 머리카락을 짧게 깎은 클로헤시 신부는 저스티나 케이시가 성수에 손끝을 담가 성호를 그은 뒤 성당을 떠나는 모습을 지켜보았다. 바닥의 타일 위에서 저스티나의 발소리는 아주 작았다. 마치 그녀의 신앙이 그러기를 명한 것처럼. 자신은 지금 걷고 있는 성역보다, 타오르는 촛불과 성모마리아상보다 덜 중요한 것처럼. 심지어 아무도 읽지 않는 선교전단보다도 덜 중요한 것처럼. 클로헤시 신부는 저스티나가 첫 번째 성찬식 때 다른 아이들보다 살짝 앞으로 나와 앙상한 은방울꽃 다발을 품에 꼭 안고 있었던 것을 떠올렸다. 성찬식이 끝난 뒤 저스티나는 앞으로 자신이 놋쇠 꽃병과 십자가를 닦아도 되냐고 물었다.

저스티나 뒤에서 성당 문이 소리 없이 닫혔고 클로헤시 신부는 공허함을, 자신에게서 무언가가 사라졌음을 느꼈다.

*

저스티나는 어슬렁거리며 가게의 진열대를 살폈다. 헤히르의 가게에는 사탕이 담긴 깡통이 있었고, 그 뒤로는 아기 모양 젤리와 소 눈알 모양 젤리, 가운데가 쫀득한 과일 젤리와 토피 사탕이 반쯤 담긴 유리병들이 늘어서 있었다. 메릭의 가게에는 겨우 일주일 전에 진열이 바뀐 옷들이 걸려 있었고, 크랜리의 가게에는 고기가, 내튼의 가게에는 네덜란드산 도기와 냄비가 진열되어 있었다. 맥글래션네 가게의 곡물과 배리네 가게의 찻잎 봉지, 비스토 그레이비 소스와 닭고기 햄 페이스트 광고판에 고운 먼지가 쌓여 있었다. 스캘리 부인의 가게 밖에는 양배추가 축 늘어져 있었고 당근의 푸르스름한 가장자리에 노란빛이 돌았다.

"저스티나, 오늘 어때?" 스캘리 부인이 가게 문간에서 말을 걸었다. 두툼한 허리춤을 덮은 꽃무늬 작업복이 팔짱 낀 팔뚝 아래로 접혀 있었다. 저스티나는 스캘리 부인의 말을 들으려고 걸음을 멈추며 부인은 언제나 팔짱을 낀다고 생각했다. 한쪽 어깨를 문에 기댄 채 머리에 헤어 롤러 한 개를 매달고 슬리퍼를 신고 팔짱을 낀 모습. 감자의 무게를 재거나 순무를 포장하지 않을 때면 스캘리 부인은 늘 그런 모습이었다. "좋아요." 저스티나가 말했다. "전 괜찮아요, 스캘리 부인."

"사과를 들여놨어. 집에 가면 사람들한테 사과가 나왔다고 말해주겠니?"

"그럴게요."

"찌그러진 복숭아 통조림도 몇 개 있어. 제값은 받지 않을 거야."

"전에도 말씀하셨어요, 스캘리 부인."

"그래서 집에 말했어?"

"그럼요."

저스티나는 계속 걸었다. 전에 매브에게 복숭아 이야기를 전했지만 언니는 아무 말도 없었다. 그러나 길포일 씨는 그녀의 말을 듣고 웃음을 터뜨렸다. 집에 돌아온 믹시는 통조림이 찌그러져서 녹이 슬었을 수도 있으니 조심해야 한다고 말했다. 믹시는 매브의 남편이었고, 길포일 씨는 믹시의 아버지였다. 다이아몬드 스트리트는 그들이 사는 곳, 매브가 작은 가정을 지휘하는 곳, 대부분의 시간 동안 매브가 가족 구성에 분개한다는 사실을 숨기지 못하는 곳이었다. 유능하고 차가우며, 키가 크고 짙은 색 머리칼을 가진 아이 없는 여성 매브는 자기가 발목을 잡혔다고 생각했다. 어머니가 돌아가셨을 때 저스티나를 돌봐줄 사람은 매브뿐이었고, 아버지는 저스티나와 매브가 기억도 못 하는 먼 옛날에 돌아가셨다. 매브는 시아버지의 노화로 인한 질병으로 그와 같이 살게 되었을 때, 믹시의 술집 출입을 막아야 한다는 사실을 결혼 전에 깨닫지 못했을 때 또다시 발목이 잡혔다. 아이가 없어서 어쩌냐는 연민의 말을 들을 때마다 매브는 집에 돌봐야 할 애들이 있으니 괜찮아요, 라고 말하곤 했다.

저스티나는 투데이투나잇 가게에서 아이스크림을 하나 샀다. 더블린 버스에서 막 석간신문이 내려졌다. 헤드라인에 *반대표 승리*라고 쓰여 있었고 저스티나는 그게 무슨 뜻일지 궁금했다. 그녀가 아는 사람들이 병과 캔에 든 탄산음료와 중앙 냉장고에 있는 냉동 음식, 선반에 놓인 잡지를 집어 들고 있었다. 저스티나는 아이스크림을 핥고 콘의 가장자리를 야금야금 깨물어 먹으며 사람들 사이를 돌아다녔다. 구두약과 소독약, 불쏘시개, 가격이 할인된 인스턴트 수프가 있는 복도 사이를 왔다 갔다 했다. 슈퍼퀸에서 사오는 것을 깜박했을 때에는 전부 이곳에서 간편하게 살 수 있었다.

"넌 착한 아이야." 두 수녀 중 한 명이 철망 바구니에 버터를 집어넣으며 말했다. 더 나이가 많고 엄숙해 보이는 수녀는 아무 말도 없었다.

"아, 그렇지 않아요." 저스티나가 말했다. 그리고 두 사람에게 아이스크림을 내밀었지만 두 수녀 중 누구도 아이스크림을 핥아 먹지 않았다. "저는 절대 착하지 않아요." 저스티나가 말했다.

*

"왜 이렇게 늦었어?" 부엌에 있던 매브가 물었다.

"스캘리 부인이 또 복숭아 얘기를 했어. 투데이투나잇에 애그니스 수녀님과 룰 수녀님이 계셨고."

"거길 뭐 하러 갔어?"

"그냥."

저스티나는 잠시 말을 멈췄다가 아이스크림 이야기를 했고, 매브는 동생이 순간 아이스크림 이야기를 하지 않는 것은 거짓말이라고 생각했음을 알았다.

"젠장, 네 꼴 좀 봐!" 몹시 화가 난 매브가 참지 못하고 소리쳤다. "시내를 어슬렁거리는 거 말곤 할 일이 없니?"

"고해성사를 해야 했어."

"제발 좀!"

"왜 그래, 매브?"

매브가 고개를 저었다. 눈에 피로가 느껴져서 눈을 감고 싶었고, 곧 그 피로가 온몸으로 퍼지는 게 느껴졌다. 매브는 저스티나가 들어오기 전에 하던 일, 삶은 감자를 써는 일로 돌아갔다.

"식탁 차려." 매브가 말했다. "재킷 벗고 식탁 차려."

"브레다한테서 편지 왔어." 저스티나가 말했다.

저스티나는 등으로 뒷문을 닫았지만 부엌으로 더 들어오지는 않았다. 그게 저스티나의 습관이었다. 마치 자신이 이곳에 온 이유를 잊어버린 것처럼 아무것도 하지 않고 싱크대 옆에 가만히 서 있는 것도 그녀의 습관이었다. 기억이 닿는 평생 매브는 동생의 이러한 부족함에 짜증이 났다. 저스티나가 이런 저런 상품이 들어왔다거나 할인된 상품이 있다는 가게 주인의 말을 전하는 것도, 시내에서 거의 10킬로미터 떨어진 곳에 있는 농부에게서 저스티나가 또다시 자기 수송아지에게 풀을 먹이고 있다는 전화를 받는 것도 짜증이 났다. 농부는 그게 싫은 건 아니라고 늘 덧붙였다. 그저 송아지들이 기운이 좋아서 저스티나를 밀어붙일까 봐 걱정될 뿐이라고 했다.

"브레다 편지 좀 읽어줄래, 매브?"

"너 브레다 멀리해. 알아들어?"

"응, 브레다는 여기 없잖아."

"걘 계속 거기 있을 거야."

"식탁 차릴까, 언니?"

"내가 그러라고 하지 않았니?"

"식탁 차릴게."

*

클로헤시 신부는 저스티나의 반대 방향으로 걸었다. 저스티나가 성당을 떠날 때 신부를 사로잡은 상실감은 요즘 신부가 거의 늘 느끼는 더 일반적인 박탈감에 자리를 내주었다. 성당의 위엄은 오래전에 사라져 사제 생활을 절망에 빠뜨렸고, 그를 향해 손짓하던 소명 의식은 전만큼 강렬하지 않았다. 그동안 그는 신도 수가 줄어드는 것을 지켜보았고 버려졌다는 느낌과 싸웠다. 시대 윤리의 혼란이 교회 안까지 파고들었다. 그 혼란과 싸우면서 그는 자신을 인도해달라고 신께 기도했지만 응답은 없었다.

시내 한복판의 광장에 있는 저항 세력 지도자의 석회암 석상으로 향하는 몇 분 동안, 태도에서는 드러나지 않는 익숙한 우울이 클로헤시 신부를 따라붙었다. 성당이 겪는 어려움을 비밀에 부쳐야 한다는 생각은 마음의 짐을 전혀 덜어주지 않았고, 피나기 신부의 교구가 현재 공석이라는 사실도 마음을 무겁게 했다. 자동차 사고로 치료 중인 피나기 신부는 외향적이고 사교적이었다. 그는 신앙을 지니고 골프장에 가는 신부였고, 신앙은 골프장에서 아무 방해도 되지 않았다. "이런, 물론 저희는 최선을 다할 겁니다." 피나기 신부는 이렇게 말하는 버릇이 있었다. 클로헤시 신부는 그와 함께 있는 것이 그리웠다. 가끔은 그의 존재가 거의 보호자처럼 느껴졌다.

"잔돈 있으세요, 신부님?" 입구에서 한 젊은 여자가 구걸을 했다. 옆에 있는 숄 안에 아기가 잠들어 있었다. "오늘 동전 몇 닢이라도 없으세요?"

여자는 신부를 위해 기도하겠다고 말했고 신부는 그녀가 원하는 동전을 찾으며 고맙다고 말했다. 신부는 그 여자를 알았다. 여자는 늘 그곳에 있었다. 여자에게 언제 미사에서 만날 수 있느냐고 물어볼 수도 있었지만 굳이 그러지 않았다.

작은 광장 너머에 있는 멀배니의 전자제품 가게에서 요란한 음악이 흘러나오다 밥 딜런의 경망스러운 푸념으로 바뀌었다. 멀배니는 음악을 틀어서 유명 연예인의 생일을 축하하는 전통을 직접 만들었고, 오늘은 밥 딜런의 예순 번째 생일이었다.

비록 이런 날에 음악은 오로지 한 곡만, 그것도 그날 내내 딱 한 번만 틀었지만, 클로혜시 신부는 음악이 조용한 시내를 소란스럽게 한다고 생각했고 한번은 이에 대해 멀배니에게 말하기도 했다. 그러나 멀배니는 페리 코모나 돌리 파튼 같은 사람들의 음악이 갑자기 흘러나오면 노인들에게는 향수를 불러일으킬 것이고, 젊은이들에게는 영예로운 음악계의 새로운 곡을 듣는 신나는 일이 될 거라고 주장했다. 신부의 항의가 이렇게 즉석에서 묵살된 것은 골프 코스를 기준 타수로 끝낸 것, 즉 당연한 일이었다. 이는 성직자의 영향력 약화를 저항 없이 받아들이는 피나기 신부가 종종 사용하는 표현이었다. 세상은 변하고 있어요. 밥 딜런이 다시 한번 상기시켜주었고 멀배니의 스피커는 곧 잠잠해졌다.

"정말 근사한 날 아닌가요, 신부님?" 한 여자가 그에게 말했고 그가 동의하자 여자가 하느님께 감사한다고 말했다. 클로혜시 신부는 자신이 설교를 할 때 무슨 말을 해야 할지 몰라

화가 난다는 것을, 한 단어 한 단어를 더듬더듬 말하며 고통을 감출 방법을 찾는다는 것을 이 여자가 아는지, 이 사람들 중 누구라도 아는지 궁금했다. "피나기 신부님은 좀 어떠세요?" 여자가 물었다. "뭔가 들으신 거 있으세요, 신부님?"

그가 여자에게 말해주었다. 피나기 신부는 잘 회복하고 있다고. 그날 아침에 그렇게 들었다.

"그동안 피나기 신부님을 위해 기도드린 덕분 아닐까요?" 여자가 말했고 클로헤시 신부도 동의했다. 그는 다시 시내를 지나 그와 피나기 신부가 사는 집으로 향하기 시작했다.

집에 도착하자 차가 준비되어 있었다. 먼 곳에 있는 산의 이름을 딴 코머라뷰는 철제 난간을 사이에 두고 큰길과 분리된 앞마당에 손수건나무가 심긴 회색 단독주택이었다. 사제관을 더 좋은 용도로 사용할 수 있다고 판단한 것은 클로헤시 신부와 피나기 신부였다. 두 사람은 결국 주교의 허락과 축복을 얻어 사제관을 오래전부터 시내에 필요했던 청소년 회관으로 바꾸었다.

"햄과 샐러드가 있어요." 집의 여주인이 그의 앞에 음식을 차리며 말했다.

*

"물론 그래야지." 저스티나가 브레다 매과이어의 편지를 읽어줄 수 있느냐고 묻자 길포일 씨가 말했다. "지금 가지고 있어?"

저스티나에게 편지가 있었고, 길포일 씨는 아무도 없는 뒷마당으로 나가서 읽자고 제안했다. 그의 며느리는 요즘 브레다 매과이어의 이름만 나와도 길길이 날뛰었으므로 브레다가 더블린에서 어떻게 지내는지는 더더욱 들으려 하지 않을 것이다. 다른 사람이 동생과 대신 놀아주는 것이 매브에게 고마운 일이던 때도 있었지만, 이제 두 소녀는 성인이 되었고 브레다 매과이어는 정도를 벗어났으므로 상황은 전과 완전히 달랐다.

'난 대저택에 살아!' 아들이 배관공 일을 하면서 교체한 버려진 세면대와 구멍 난 부구 마개의 보관소가 된 꽃 한 송이 없는 작은 뒷마당에서 길포일 씨가 소리 내어 편지를 읽었다. 주철로 된 난방용 방열기와 욕조 근처에 쐐기풀이 자라나 있었고 민들레와 소리쟁이가 잔뜩 피어 있었다. 길포일 씨는 한쪽 구석을 정리해 부엌에서 가져온 의자를 놓아두었다. 그리고 볕 좋은 일요일 아침마다 그곳에서 신문을 읽었다.

길포일 씨는 콧수염이 있고 머리가 하얗게 센 남자였다. 한때는 건장하고 다부진 편이었지만 지금은 그때만 못했는데, 시간이 여러 노화의 특징을 남기고 갔기 때문이다. 누가 봐도 구부정한 허리와 관절염에 걸린 어깨, 담석증, 뒤피트랑 구축으로 굽은 손가락은 그를 완전히 딴사람으로 만들었다. 젊은 시절에는 그 또한 배관공이었다.

'네가 들어본 적 없을 그런 집이야.' 길포일 씨는 편지를 읽으며 내용을 머릿속으로 상상했다. 배우들이 살고 늘 커피가 준비되어 있으며 아침이 늦게 시작되는 집. 길포일 씨는 브레다 매과이어가 그런 곳에 거처를 얻었다는 것을 믿기 힘들었지만 그럴 수도 있다고 생각했다.

욕조 가장자리에 앉은 저스티나는 믿기 힘들지 않았다. 길포일 씨가 읽어준 모든 내용을 이의 없이 받아들였다. 저스티나는 자기 친구가 편지에서 묘사된 녹색과 파란색 기모노를 입은 모습을 상상할 수 있었다. '꼭 용이 나를 감싼 느낌이야.' 길포일 씨가 이 부분을 읽고 나서 기모노는 일본의 전통 의상이라고 설명해주었다. 그는 담석이라 생각되는 것이 배 속 어딘가에서 움직이는 것을 느꼈다. 주기적으로 만나는 의사는 그의 나이에 이런 갑작스러운 통증은 당연하다고 말했다.

'데이비 번스 술집 같은 곳을 넌 절대 볼 수 없을 거야. 문 앞까지 사람들이 들어차 있다니까. 경마장에도 사람이 가득해. 난 그렇게 살아.' 브레다 매과이어는 집이 없다, 길포일 씨는 속으로 생각했다. 돈은 있다. 그 점은 알 수 있고, 지어낸 이야기가 아니다. 브레다가 묵고 있다고 말한 집은 부둣가에서 가까운 아일랜드브리지 쪽 외곽에 있었고 여기에도 어느 정도 진실의 흔적이 있었다. 부둣가에 가면 만날 수 있지, 아마도 50년 전쯤 한 벽돌공이 그에게 말해준 적이 있었고, 지금도 부둣가는 여전히 남자가 매춘부를 찾아가는 곳이었다. '날 좋은 데로

데려가는 사람도 한 명 있어.' 길포일 씨가 편지를 읽었다. '이름은 빌리야.'

"저 말 좀 들어봐요!" 저스티나가 속삭이듯 말했다. 무도회가 열리는 호텔과 가게, 극장의 이름이 나왔다. 팔찌를 샀다고 했고, 저스티나는 친구와 빌리가 헤네시 씨의 시계점처럼 유리 뚜껑을 덮은 카운터에 서 있는 모습을, 두 사람 앞에 목걸이와 팔찌가 펼쳐진 모습을 상상했다. 식당 안의 두 사람, 이건의 가게에서 본 것과 똑같은 그릴 요리를 나르는 웨이트리스, 갈빗살과 감자튀김, 베이컨, 달걀, 소시지를 상상했다. 빌리는 브레다가 떠나기 전날 텔레비전으로 함께 본 영화 속의 조종사 같았다. '너는 어떻게 지내?' 길포일 씨의 목소리가 이어졌다.

저스티나는 이 질문에 대답할 수 없었다. 학습 장애 때문에 글로는 전혀 의사소통을 할 수 없기 때문이었다. 그러나 브레다는 옛날처럼 자연스럽게 그 사실을 기억했다. '내가 조만간 너한테 전화할게'라고, 길포일 씨가 소리 내어 읽었다. 담석이 움직였는지 통증이 자리를 옮겨 등으로 넘어갔다.

"빌리 정말 멋지지 않아요? 브레다한테 이것저것 사주는 거요." 저스티나가 말했다.

"그러네."

"빌리라는 이름도 정말 멋지지 않아요?"

"그래 맞아."

수많은 죄를 비밀로 덮으며 길포일 씨는 생각했다. 브레다는 자신이 모르는 여러 이름을 가짜 이름으로 대신했고, 선물들은 부둣가의 문간에서 오가는 돈을 말한 것이라고.

"브레다와 빌리 꿈을 꿀 거예요." 저스티나가 욕조 가장자리에서 안으로 미끄러지며 말했다.

*

클로헤시 신부는 브레다에게서 전화가 와서 매브가 자신에게 화가 났다는 저스티나의 고해성사를 듣고 있었다. 저스티나는 브레다 얘기를 해주려고 부엌으로 갔지만 매브는 듣지 않았고 그러다 매브가 갑자기 물기를 닦던 컵을 던져버렸다고 했다. 매브가 울기 시작한 것은 그때였다. 눈물이 볼을 타고 목으로, 원피스의 깃으로 흘러내렸다. 자기 침대도 정리할 줄 모르고 끝없이 자기 몸 아픈 얘기만 하는 노인만으로도 충분히 골치가 아팠다. 술집에 들락거리는 믹시와 못 배운 동생, 쓰레기장 같은 뒷마당만으로도 충분히 골치가 아팠다. 설상가상으로 이제는 만날 일이 없다고 생각한 브레다 매과이어 같은 창녀가 다시 나타났는데, 아일랜드에 이보다 더 많이 견딜 수 있는 여자가 또 있을까?

저스티나가 모든 것을 고백했다. 그리고 자신이 나쁜 사람이라고 말했다. 아까만 해도 그녀는 브레다와 깔깔 웃으며 통화를 했는데, 어느 순간 매브가 부엌에서 눈물을 흘렸다. 브레다는 더블린으로 오라고, 함께 신나는 시간을 보낼 수 있을 거라고 말했다. 하지만 돈은 챙겨 오라고 했다. 길포일 씨한테 받아내든 하라고, 그리고 자신이 타고 온 것과 똑같은 2시 반 버스를 타라고 했다. 와서 이틀만 있어. 나쁠 게 뭐가 있어? "네가 보고 싶어 하는 건 전부 다 보여줄게." 브레다가 말했다.

고해성사를 들을 때 늘 그렇듯 클로헤시 신부의 손가락은 굳게 맞물려 있었고 철망 사이로 흘러드는 고백을 한쪽 귀로 잘 들을 수 있도록 고개를 기울이고 있었다. 고해성사 중에 그가 말을 끊은 적이 있는 사람은 저스티나뿐이었고, 이번에도 그는 말을 끊었다.

"아, 안 됩니다 저스티나. 안 돼요." 신부가 말했다.

"언니를 위해 성모송 기도를 올릴까요, 신부님?"

"더블린으로 가면 안 돼요, 저스티나. 언니를 더 화나게 하고 싶진 않잖아요."

"브레다가 거기 있어서 그런 건데요."

"알아요, 알아요."

클로헤시 신부는 저스티나와 브레다가 겨우 대여섯 살일 때 다이아몬드 스트리트에서 놀던 것을 떠올렸다. 저스티나의 새까만 앞머리가 얼굴 위로 곱슬거렸고 브레다는 족제비처럼 깡말랐었다. 학교에 입학한 브레다는 수녀들의 골칫거리였고 교활하며 계산적이었다. 영악하게 말했고, 말없이 반항했다. 더 나이가 들자 입술에 립스틱을 발랐고, 결국엔 욕설이 쓰인 티셔츠를 입고 다녔다.

"버스 타고 가는 건 나쁜 짓이에요, 신부님?"

"아마도 그럴 겁니다. 고백할 건 더 없나요, 저스티나?"

"언니가 울었다는 것만 빼면요."

"고해실에서 나가면 초에 불을 붙이세요. 토요일에 바닥 청소를 하고 놋쇠도 닦으세요."

클로헤시 신부는 첫 번째 성찬식 이후 교회 밖 제단 옆에 홀로 서 있던 저스티나의 모습을 다시 떠올렸다. 저스티나는 은방울꽃을 손에 꼭 쥔 채 햇볕을 향해 얼굴을 들고 있었다. 저스티나가 가장 듣고 싶어 하는 것이 기도임을 알았기에, 저스티나가 고해실을 떠나기 전 신부는 낮은 목소리로 기도를 올렸다. 저스티나가 자기 친구를 만나러 갈지 모른다는 것, 자신이 해준 말을 잊어버릴지 모른다는 것, 어떻게든 버스비를 구해서 아무에게도 말하지 않고 가버릴지 모른다는 것이 그를 두렵게 했다.

*

이틀 뒤, 저스티나가 성당의 바닥을 닦고 있을 때 클로헤시 신부가 다이아몬드 스트리트에 있는 저스티나의 집에 들렀다.

"들어오세요, 신부님. 들어오세요." 길포일 씨가 말했다.

길포일 씨를 따라 안으로 들어가자 텔레비전에서 애스턴빌라와 아스널의 축구 경기가 나오고 있었다. 아들도 함께 보고 있었는데 매캐런 단지의 탱크가 넘쳐 흘렀다는 전화를 받고 나갔다고 했다. 길포일 씨가 텔레비전을 껐다. 매브는 베이컨을 사러 나갔다. 곧 돌아올 거라고 길포일 씨가 말했다.

두 사람은 수년 전에 길포일 씨가 성당 제의실에 설치한 싱크대 이야기를 했다. 클로헤시 신부는 싱크대가 지금도 튼튼해서 늘 사용한다고 말했다.

"벨파스트 싱크대입니다." 길포일 씨가 말했다. "우리가 그 친구한테 붙인 이름이죠. 그것보다 더 나은 싱크대는 없을 겁니다."

"그런 것 같네요."

"앉으세요, 신부님. 전 앉아야겠어요. 이제 다리가 말을 안 들어서 말이죠."

부엌에서 소리가 났다. 길포일 씨가 며느리에게 클로헤시 신부님이 오셨다고 외쳤고, 매브가 코트를 걸치고 머리에 스카프를 두른 채로 들어오자 클로헤시 신부가 말했다.

"저스티나에 대해 드릴 말씀이 있습니다."

"저스티나가 신부님을 귀찮게 했나요?"

"아, 그건 아닙니다."

"걔가 성당에 살다시피 하잖아요."

"저스티나는 언제나 환영입니다, 매브. 다른 게 아니라, 저스티나가 요전에 브레다 매과이어 얘기를 했어요. 혹시 저스티나가 더블린에 가려고 하진 않을까 걱정이 되어서요."

그러자 침묵이 흘렀다. 신부는 길포일 씨가 무어라 말을 하려다 마음을 바꿨다는 것과, 믿지 못하겠다는 매브의 눈빛을 알아차렸다. 그는 매브가 자신을 억누르는 모습을 지켜보았다. 매브는 전에도 한두 번 신부가 저스티나 걱정을 했을 때 무례할 정도로 퉁명스럽게 군 적이 있었다. 신부도 아무 말을 하지 않았고, 침묵이 이어졌다.

"저스티나는 그러지 않을 거예요." 마침내 매브가 말했다.

매브는 짜증을 참아내는 데는 성공했지만, 말투에서 그릇된 희망의 기색을 감추지는 못했다. 매브의 눈에 희망이 스쳤고, 매브는 마치 그걸 부정하려는 듯 고개를 저었다.

"그 애가 어떻게 그럴 수 있겠어요, 신부님?"

"버스가 매일 다닙니다."

"그러려면 돈이 있어야죠. 한 푼이라도 생기면 바로 써버리는 애예요."

"그냥 말씀드리는 게 좋겠다고 생각했습니다. 잘 감시하실 수 있도록요."

매브는 대답하지 않았다. 길포일 씨가 저스티나는 절대 버스에 타지 않을 거라고 말했다. 자신이 광장을 걸어 다니면서 버스가 들어오는 곳을 계속 주시하겠다고 했다.

"저스티나가 다른 사람 차를 얻어 탄다면 더 큰일일 겁니다."

클로헤시 신부가 이렇게 말하자 매브가 피로한 듯 두 눈을 감았다. 매브는 한숨을 쉬고 뒤돌아서 자신의 분노와 씨름했고, 클로헤시 신부는 그런 매브가 측은했다. 쉽지 않은 일이었고, 매브는 최선을 다했다.

"저희가 잘 감시할게요." 매브가 말했다.

*

그날 밤, 토요일 미사를 마치고 성당 문을 닫으며 클로헤시 신부는 자신이 절망의 먹이가 된 것은 아닐까 생각했다. 절망은, 특히 신부의 절망은 성서에서 가장 큰 죄였다. 광장 모퉁이에서 사람들이 선 채로 대화를 나누며 담배에 불을 붙이고 다음 날 오펄리 팀이 승리할 가능성을 논했다. 여자들이 서로 팔짱을 끼고 거닐며 이야기를 나누었다. 아이들이 오도널의 가게에서 감자칩을 들고 나왔다. 성당의 위엄은 사라졌을지 몰라도, 신도 수가 줄고 자신의 영향력이 거의 남지 않았을지 몰라도 이제 가난이 있던 곳에 돈이, 겸손이 있던 곳에 야망이 있었다. 이들은 이전 세대가 서보지 못한 길 위에 선 해방된 사람들이었다. 이들은 자신이 입고 싶은 옷을 입었고, 자신이 하고 싶은 말을 했으며, 머물거나 떠나갔다. 오늘 신부가 찾아간 여자가 가능만 하다면 덜떨어진 동생에게서 벗어나려 하는 것은 너무 큰 바람일까? 신부가 브레다 매과이어의 티셔츠 문구를 처음 읽었던 날은 오늘과 그리 다르지 않은 토요일 저녁이었다. 새까만 티셔츠 위에는 굵은 노란색 글자가 단순하고도 직설적으로 쓰여 있었다. *퍽 미(Fuck Me).*

익숙한 시내의 거리에서 사람들은 그에게 존경을 담아 다정하게 말을 건넸다. 좋은 밤 보내시길, 건강하시길 바란다고 했다. 설교 시간에 자신이 더 이상 무어라 말할지 모른다고 해서 그들을 비난할 수는 없었다. 사과해야 마땅하지만 그러면 안 된다는 것을 알았다. 광장에서 그는 이제 AIB 은행 지점이 된 먼스터앤드레인스터 은행과 멀배니의 텔레비전 가게 사이에 있는 에밋 바에 들어갔다. 피나기 신부는 토요일마다 성당 문을 닫은 뒤 이곳에 들렀고 클로헤시 신부도 가끔 그렇게 했다. 그럴 때면 비미시 스타우트 맥주 두어 잔을 마시고 담배를 몇 개비 피우며 40년 전에 그리스도교 형제회 학교를 함께 다닌 두 남자와 대화를 나누었다. 둘 다 유례없는 호경기 속에서 인생을 충분히 잘 살아왔고 아이들을 키우고 교육시켰으며 지금도 여전히 점잖았다. 클로헤시 신부는 언제나처럼 두 사람을 좋아했고, 그들의 단순한 삶에 질투가 날 때조차 두 사람을 좋아했다. 에밋 바에서 주로 이야기를 하는 쪽은 신부가 아니라 두 사람이었고 그들은 언제나 클로헤시 신부의 입장을 섬세하게 헤아렸다. 몇 년 전 널리 사랑받던 주교에게 자식이 있다는 사실이 알려졌을 때도, 다른 성직자들의 여러 비행이 드러났을 때도 두 사람은 그 일을 입에 올리지 않았다.

"똑같은 걸로 줘, 래리." 둘 중 덩치가 더 큰 남자가 말했다. 화사한 색깔의 넥타이가 셔츠 칼라에 느슨하게 걸려 있었고 이마에 기미가 거무스름하게 퍼져 있었다. 굼뜬 손이 빈 잔들을 바 너머로 밀었다. "그리고 신부님 것도 한 잔 줘."

"난 오펄리가 이길 것 같지 않아." 그의 친구가 말했다. 더 단정하고 몸이 다부진, 농기구 회사의 영업 사원이었다. "절대 그럴 리 없어."

붐비는 바에서 음악 소리는 희미했다. 마치 다른 방에서 들려오거나 고장 난 장치에서 흘러나오는 것 같았다. 요란하게 터져 나오거나 잔잔하게 흐르는 웃음소리가 소음에 묻혔다.

"고마워요." 자신을 위해 채워진 술잔에 손을 뻗으며 클로헤시 신부가 말했다.

만약 그가 성당이 천천히 무너지고 있다고 말한다면 상황이 곤란해질 것이다. 사람들은 난처해할 것이다. 말하지 않는 편이 좋다고, 그의 친구들은 생각할 것이다. 때로는 의식의 문을 닫아야 했다.

토요일 저녁 에밋 바에서 종종 그를 덮치는 고립감이 또다시 찾아왔다. 수백 년간의 믿음이 만들어낸 삶의 방식에서는 삼위일체의 신비가 당연한 것으로 받아들여졌고 성당의 막강한 지위와 겸손함이 일상의 일부였다. 그러다 사람들은 난데 없이 권리를 움켜쥐었고, 질서를 버리고 혼란을 택했다. 성직자와 주교의 옛 모습, 그들의 힘과 교구 주민들이 받던 구원은 이제 텔레비전 풍자극에서 조롱당하고 비난받았으며 불합리한 것으로 그려졌다. 다른 시내와 도시, 시골 교구의 또 다른 성직자들이 각자의 금욕과 검은 사제복 속에 고립되어 있다는 사실은 한때 위안이었으나, 이러한 위안의 원천은 이미 오래전에 고갈되었다.

게르 토이빈의 상태가 좋다면 오필리 팀의 깃발이 게양될 거라고, 그의 두 친구는 합의를 보았다. 최종 스코어가 점쳐졌다. 신부도 말을 보탰고, 대화가 계속 이어졌다. 오래된 시멘트 공장이 있던 티나킬티 로드에 집들이 지어질 예정이었다. 매든스 호텔은 개량 공사를 하는 6개월 동안 문을 닫을 것이다. 비료회사가 윌리엄슨 야드를 인수할 거라는 소문이 있었다.

"더 안 마셔?" 30분이 지났을 때 클로헤시 신부는 누군가가 자신에게 묻는 소리를 들었다. 그리고 당연히 한 잔 더 마실 거라는 말이 들려왔다.

신부는 고개를 저으며 두 번째 담배를 마저 피우고 꽁초의 불을 비벼 껐다. 그리고 짧은 대화를 몇 마디 더 나눈 뒤 술 마시는 사람들 사이를 헤집고 나왔다. 몇 번의 악수와 함께 잘 가라는 인사가 오갔다.

어둑해지는 시내의 거리에서 그의 상념은 계속되었다. 이제는 사라지고 없는 성스러운 세계에 대한 자각이 있어야 한다는 것은, 그의 소명 한가운데에 있는 일종의 진실이었다. 그러나 그는 소명이 성직자의 삶을 멋대로 앗아 간다는 사실을 부정할 수 없었다. 다가가기 쉽고 사교적인 피나기 신부는 토요일 저녁 에밋 바에서 앞장서서 노래를 불렀다. 약간 취기가 올랐지만 나쁠 것은 없었다.

클로헤시 신부는 천천히 걸었다. 진부해진 상념은 밤이 되어 가게들이 반쯤 문을 닫은 시내에 남겨졌다. 상념이 사라진 자리는 저스티나 케이시의 조심스러워하는 두 손이 광택제와 걸레를 얌전히 펼쳐놓고 제단 위의 장식품을 내려놓을 때까지 그대로 비어 있었다. 저스티나는 갈색으로 변한 백합 꽃잎을 떼어냈다. 촛대에 쌓인 촛농 찌꺼기를 긁어냈다. 선교 전단을 다시 배치했다.

이것이 현실이었다. 클로헤시 신부가 알든 모르든, 이것이 그가 가진 것이었다. 저스티나 케이시는 이 마을에 머물 것이다. 길포일 씨가 저스티나를 더블린 버스에 올라타지 못하게 할 것이고, 매브가 저스티나를 감시할 것이며, 시간이 지나면 브레다 매과이어도 저스티나를 잊을 것이다. 비좁은 고해실에서는 또다시 불필요한 고해와 용서가 이어질 것이다. 그리고 자신에게서 신을 본 얼굴에서 만족감이 사라질 것이다.

저녁 외출

극장의 바에서 사람들은 계속 대화를 나누었다. 2분 뒤 공연이 시작된다는 안내 방송이 나왔는데도 음료를 마저 들이켜지 않았다. 바는 쾌적한 수준 이상으로 북적였고 카운터 바로 앞과 구석까지 사람들로 미어터졌다. 일부는 객석으로 이어지는 여러 개의 출입문을 향해 이제 막 걸음을 떼고 있었다.

"1분 뒤 공연이 시작됩니다." 스피커에서 단호한 목소리가 흘러나오자 순식간에 바가 텅 비었다.

바에 있는 남직원은 괴짜였다. 얼굴이 침울하고 뼈와 가죽만 남았으며 안경을 썼다. 낡은 끈처럼 가늘다고, 스스로 그렇게 말했다. 여직원은 그보다 훨씬 어렸고, 쾌활하고 통통했다.

"저기 봐봐요." 여직원이 말했다. "저 여자요."

한 여자가 다른 사람들과 함께 떠나지 않고 자리에 남아 있었고, 떠나려는 기색도 없었다. 그녀는 구석에 놓인, 바에 몇 없는 테이블 중 하나에 앉아 있었다. 그녀의 주변에, 벽에 달린 선반과 의자 위에 온통 빈 잔들이 놓여 있었다. 그녀의 잔에는 진토닉이 4분의 3 정도 차 있었다.

"귀가 안 들리나?" 남직원이 말했고 여직원은 극장이 잘 듣지 못하는 사람들을 위한 장소는 아니라고 말했는데 일리가 있는 말이었다. 물론 잠시 보청기를 껐다가 그 사실을 잊었을 가능성도 있었다.

그들이 말하는 여자는 두 가지 색조의 초록빛 옷을 말쑥하게 차려입었다. 한쪽은 트위드이고 한쪽은 방수천인 코트가 테이블의 다른 의자에 걸쳐져 있었다. 여전한 아름다움이 여자의 이목구비를 환히 밝혔으나 그 아름다움이 예전만큼 무심하고 우연할 듯 보이지는 않았다. 금발 사이에 흰머리가 드문드문 나 있어서 시간이 불러온 다른 변화들과 잘 어울리는 특별함이 더해졌다.

"저, 손님." 남직원이 말했다. "공연이 시작되었습니다만."

*

런던은 얼마나 멋진 도시인지! 제프리는 정수리에 새하얀 비둘기 똥이 묻은 헨리 해블록 경의 검은 동상을 바라보며 생각했다. 4월의 해 질 녘 빛이 점점 사라지고 있었고, 제프리는 새벽이 이른 아침으로 바뀔 때와 더불어 이 시간에 런던이 가장 아름답다고 생각했다. 트래펄가 광장은 길이 꽉 막혔고 느릿한 빨간 버스와 참을성 있는 택시들이 서행하고 있었으며 간혹 자전거들이 자동차 사이를 누볐다. 신호등 앞에 사람들이 모여 있었다. 작은 무리를 이룬 사람들은 신호가 바뀌어 다시 앞으로 나아가길 고분고분 기다리는 동안 자신의 일부를 잃어버린 듯 보였다. 비둘기들이 자기 구역으로 급강하해 먹이를 찾아 뒤뚱거리거나 서로에게 달려들었고 날개를 퍼덕이며 하늘로 날아올라 계속 다투었다.

제프리는 헨리 해블록 경과 비둘기, 거대한 네 마리 사자에서 등을 돌렸다. 그때 조명이 켜지며 내셔널 갤러리의 파사드가 밝게 빛났다. "여자를 기다리게 하면 안 되지." 제프리가 낮은 소리로 중얼거렸고, 지나가며 그 말을 들은 두 소녀가 키득거렸다. 그러나 제프리는 여자를 더 오래 기다리게 했는데, 도착하기 전에 세인트마틴 레인에 있는 솔즈베리에 들어가 벨즈 위스키를 시켰다가 다시 더블이 낫겠다고 소리쳤기 때문이었다.

그에겐 위스키가 필요했다. 정확히 말하면 두 번째 위스키가 필요했다. 그러나 제프리는 자신을 질책하며 그 생각을 떨쳐냈다. 자신이 술에 취하면 누구에게도 도움이 안 될 것이었다. 다시 거리로 나온 그는 어디에선가 달가닥거리는 작은 플라스틱 통을 찾아 우비 주머니 속을 뒤졌고, 재킷에서 통을 찾은 뒤 입 냄새를 없애주는 사탕 두 개를 입에 넣었다.

*

　에벌린은 남직원의 늙고 지저분한 얼굴에서, 푹 꺼진 두 볼과 틀니에서 살짝 뒤로 물러났다. 직원은 다시 한번 공연이 시작되었다고 말했다.

　"고마워요." 에벌린이 말했다. "그런데 저는 그냥 일행을 기다리고 있어요."

　"먼저 들어가고 싶으시면 저희가 나중에 친구분을 들여보내드리겠습니다. 티켓을 갖고 계시다면요. 연극 초반에는 입장을 까다롭게 막지 않을 때도 있거든요."

　"아니에요, 사실 그냥 여기서 만나기만 하는 거예요. 극장엔 들어가지 않을 거예요."

　에벌린은 두꺼운 뿔테 안경 뒤로 남자의 눈에 서린 당혹감을 읽었다. 그리고 그의 혼란 사이로 드문 일이라는 생각이 스치는 것을 읽었다. 그는 자신이 도달한 결론을 받아들였다.

　"괜히 말을 걸어서 죄송합니다. 제가 동료에게 그렇게 말했거든요. 각자 티켓이 있으면 두 사람 다 늦을 필요가 어디 있냐고요."

　"친절하시네요."

　"감사합니다, 손님."

에벌린이 앉아 있는 자리 근처에서 남자가 선반 위에 놓인 잔들을 치우고 축축한 회색 행주로 선반을 훔쳤다. 그리고 자리를 옮겨 능숙하게 균형을 잡으며 유리잔을 더 집어 들었다. "친구를 기다리고 있대." 그가 바 뒤의 싱크대에서 설거지를 하고 있던 여직원에게 말했다. "오늘 밤 공연을 보려는 건 아니고."

에벌린은 바 뒤에서 날아오는 시선을 느꼈다. 추측은 나중에 이어질 것이다. 시간이 남아돌 때는 그러는 것이 당연했다. 지금 이 순간 그녀는 그저 혼자 있는 여자일 뿐이었다.

"한 잔 더 마실 수 있을까요?" 에벌린이 순간 마음을 정하고 외쳤다. "시간이 있으시면요."

에벌린은 어떤 사람이 걸어 들어올지 궁금해하며 직접 추측하기 시작했다. 오, 주여! 당치 않은 인물이 도착해 불쑥 추측이 끝날 때 그녀는 종종 이렇게 생각했다. "아, 안 돼." 심지어 혼자 이렇게 중얼거리며 아무도 기다리지 않는 척 헛된 연기를 한 적도 있었다. 그러나 그들은 언제나 끈덕지게 그녀에게로 왔다. 로이드 은행 지점장, 합창곡의 광팬, 알고 보니 선실 승무원이었던 은퇴한 해군 장교, 사과한 뒤 자리를 뜬 아내를 여읜 교수, 보드게임 제작자까지. 심지어 입을 열기 전에도 이들의 끈덕짐과 미소는 그 아래 여러 죄악을 감추고 있는 듯 보였다.

그녀는 언제나 강박적으로 일찍 약속 장소에 나왔고, 이번에도 역시 상대를 기다리며 이렇게 다짐했다. 이번이 좋지 않으면 다시는 반복하지 않을 것이다. 그냥 관둘 것이다. 물론 실망스럽겠지만, 오히려 안심이 될지도 몰랐다.

주문한 음료가 나왔다. 남직원은 꾸물거리지 않았다. 그가 잔돈을 가져다드리겠다고 말하자 에벌린이 고개를 저었다.

"감사합니다, 손님."

그녀는 웃음으로 대답을 대신했고, 한 남자가 열린 문으로 모습을 드러냈을 때도 여전히 웃고 있었다. 남자는 마치 바가 사람으로 붐벼 많은 여자들 사이에서 한 사람을 찾아내야 하는 듯 주변을 둘러보며 머뭇거렸고 긴장감을 감추지 않았다. 가까이 다가온 남자가 고개를 까딱하며 인사하고 말을 걸었다.

"제프리입니다." 남자가 말했다. "에비?"

"음, 정확하게는 에벌린이에요."

"아, 정말 죄송합니다."

그의 우비는 군데군데 낡았지만 지저분하지는 않았다. 툭 튀어나온 광대뼈가 눈에 띄었고, 광대뼈가 잡아당긴 부분의 피부가 팽팽했다. 영양 상태가 전혀 좋아 보이지 않았다. 흰머리 하나 없는 짙은 색 머리칼이 힘없이 늘어져 있어서, 여자는 남자가 감기에서 회복 중일지도 모른다고 생각했다.

"한 잔 더 하시겠어요?" 남자가 신사다운 태도로 제안했다. "견과류나 감자칩은요?"

"고맙지만 전 괜찮아요."

남자가 까다로운 사람이라는 것을 알 수 있었다. 저 예민한 태도 뒤에 취약함이 있을까? 에벌린은 언제나 세련된 말솜씨를 조건에 넣었고 그 점에서 그는 문제가 없었다. 만약 그가 실제로 감기에서 회복 중이라면 당연히 창백해 보일 터였고, 그건 그 누구도 어쩔 수 없는 일이었다. 남자는 우비와 파란색 머플러를 벗고 연갈색 코듀로이 바지와 잘 어울리는 트위드 재킷을 드러냈다.

"제가 장소를 여기로 정해서 놀라셨어요?" 남자가 말했다.

"조금은요."

남자를 만나고 나니 그의 장소 선택이 놀랍지 않았다. 그에게는 상황을 신중하게 고려했음을 보여주는 무언가가 있었다. 공연이 시작되면 극장의 바는 텅 비었다. 그러므로 다른 사람에게 다가가는 난처한 상황도 없을 것이었다. 남자가 그렇게 말하진 않았지만 에벌린은 알았다. 남자는 기다리게 해서 미안하다고 뒤늦게 사과를 했다.

"정말 괜찮아요."

"진짜 한 잔 더 안 드셔도 괜찮겠어요?"

"네, 정말이에요."

"그러면 제 것만 주문할게요."

바에서 제프리는 와인에 관해 물었다. "화이트 와인 있습니까? 드라이한 걸로요."

"있습니다, 손님." 남직원이 뒤로 걸어가 얼음통에 담긴 와인병을 집어 들었다. "그리누예요." 직원이 말했다. "저희는 보통 차갑게 보관합니다. 화이트는요."

"그리누요?"

"그게 와인 이름입니다, 손님. 라 콤 드 그리누. 라벨이 살짝 뜯어졌는데, 그게 이름이에요. 그리누가 여기선 아주 인기가 좋아요."

제프리는 이 남자가 싫어졌다. 그는 자기 주문을 받는 직원들을 보통 싫어했다. 그는 여직원이 중년의 딸들이 하듯 남자를 돌봐줄 거라고, 나이 든 노인의 고민과 병에 대한 얘기를 들어주고 크리스마스 파티에 남자를 초대할 거라고 짐작했다. 그리고 여자는 낮에 커튼 재료를 팔 거라고 추측했다. 남자는 여자와 같은 백화점에서 일하다 오래전에 은퇴했을 것이다. 그들의 현실인 극장의 바는 그런 느낌일 것이다.

"좋습니다, 그걸로 한 잔 주세요." 제프리가 말했다.

*

　그들은 잠시 날씨 이야기를 했고, 그러다 자신들이 있는 바 이야기를 하며 파괴되어 원래 천장의 모퉁이만 겨우 남은 조지 왕조 시대의 회반죽 장식을 언급했다. 이따금씩 극장 안의 객석에서 박수 소리와 웃음소리가 들려왔다. 두 사람은 조심스럽게 더 사적인 대화로 넘어갔다.

　그들은 남자가 마흔일곱이라고 했다. 개인정보란에 그들이 써놓은 남자의 직업은 *사진가*였고, 에벌린은 유명인의 집 바깥에 우르르 몰려 있거나 범죄 현장을 비집고 들어가는, 텔레비전에서 본 사진가들을 떠올렸다. 그러나 전화기 너머의 여자는 신문사에서 일하는 사진가가 아니라고 재차 말했다. "그런 거랑 전혀 달라요." 여자가 말했다. "결혼식장에서 일하는 사진가도 아니고요." 이 분야에서 유명한 사람이라고, 차이가 있다고 여자는 말했다.

　에벌린은 유명 사진가들의 이름을 떠올려봤지만 카르티에 브레송밖엔 기억나지 않았고 머릿속에 그 어떤 이미지도 떠오르지 않았다. 에벌린은 어떤 종류의 카메라를 가장 좋아하는지 물어볼까 생각하다가 그 대신 어떤 종류의 사진을 찍느냐고 물었다.

　"도시 풍경요." 남자가 말했다. "정말 도시 풍경만 찍어요."

　에벌린이 자신 있게 고개를 끄덕였다. 마치 그 일의 중요성을 이해한 것처럼, 도시 사진의 매력을 잘 아는 것처럼.

"이즐링턴도 좀 찍고요." 남자가 말했다. "혹스턴의 좁은 뒷골목들도 찍고요. 사람들은 거기 뭐가 있는지를 안 봐요."

그의 일생의 프로젝트는 런던의 별난 모습들을 사진으로 찍는 것이었다. 그는 몇 군데의 지명을 언급했다. 헝거포드 브리지, 드러먼드 스트리트, 워십 스트리트, 브릭 레인, 웰클로즈 광장. 그리고 맨홀 뚜껑과 접시형 텔레비전 안테나의 그림자, 슬레이트 지붕에 내린 비에 대해 이야기했다.

"정말 흥미롭네요." 에벌린이 말했다.

그녀가 찾는 것은 우정이었다. 가끔 다운스나 해안가에 갈 때면 고독의 무게를 느꼈다. 영화관이나 극장에서는 종종 다른 사람을 붙잡고 이런저런 연출에 대한 자신의 생각을 말하고 싶었다. 촛불을 켠 저녁 식사를 대접받고 싶은 마음은 별로 없었다. 단체, 그러니까 브라이언스턴스퀘어 소개 단체는 처음에 그것이 그녀가 가장 원하는 것이라고 추측했다. 그러나 그녀도 호감 가는 사람의 관심이라면 거절하지 않았을 것이다. 결혼은 중요하지 않았지만 그렇다고 완전히 배제하지도 않았다.

에벌린의 지인들은 그녀가 브라이언스턴스퀘어 소개 단체의 회원이라는 것을 몰랐지만 그렇다고 그녀가 그 사실을 부끄러워하는 것은 아니었다. 놀라는 사람도 있을 테지만 에벌린은 그러한 반응을 쉽게 견뎌낼 수 있을 터였다. 그보다 더 받아들이기 어려운 점은, 전부터 늘 받아들이기 어려웠던 점은 단체 내에서도, 단체가 제공하는 만남에서도 진실이 생각보다 중요치 않은 것 같다는 불편한 느낌이었다. 에벌린은 최대한 정직하게 개인정보란을 채웠다. 작은 박스 두 개 중 하나를 골라서 표시할 때에도 매번 깊이 고민했고, 나이도 현재 쉰한 살이라고 정확히 적었다. 실제로 누군가와 만나게 되면 잘못된 인상을 주지 않으려고 피나게 노력했다. 그러나 그렇게 하는데도 언제나 똑같은 불편함이, 그녀가 참여하는 활동에서는 거짓이 자연스러운 것이라는 성가신 인식이 남아 있었다.

*

"운전하세요?" 제프리가 물었다.

그는 에벌린이 놀라움을 감추며 고개를 끄덕이는 것을 지켜보았다. 이 질문은 언제나 상대방을 놀라게 했고, 제프리는 그 이유를 알 수 없었다. 그는 에벌린이 유능한 사람처럼 보인다고 생각했고 자신이 받은 정보란에 무어라 쓰여 있었는지 기억해내려고 애썼다. 어학원에 다녔다고 했던가? 그와 비슷한 내용이 머릿속에 떠올랐고 제프리는 그 말을 꺼냈다.

"한참 전이었어요." 에벌린이 말했다.

그녀는 지금 혼자였고, 제프리가 아는 것처럼 자기 시간의 일부를 자선사업에 쏟고 있었다. 그는 분명 에벌린에게 풍족

한 개인 자산이 있을 거라고 추측했다.

"어머니가 1997년에 돌아가셨어요." 에벌린이 말했다. "말년을 제가 돌봤죠. 하루 종일요."

제프리는 어머니의 유산을 상상했다. 그리고 아버지는 오래 전에 세상을 떠났을 것이라 짐작했다.

"사진은 제가 잘 모르는 분야예요." 에벌린이 말했다. 제프리는 그럴 줄 알았다는 느낌을 어렴풋이 풍기며 어깨를 으쓱했다. 이 하나가 약간 아팠다. 며칠 전 밤에 아팠던 오른쪽 아래 어금니가 그날처럼 급작스럽게 욱신거리기 시작했다.

"관심이 많으셨나 봐요." 제프리가 말했다. "언어에요."

에벌린은 단체에서 제프리의 관심을 끌려고 무던히도 애썼던 보험회사 직원과 병원 수간호사보다 더 조짐이 좋았다. 제프리는 앞선 두 여자를 다 거절했지만 단체는 때때로 그러듯이 강하게 밀어붙였다. 이번 만남도 썩 마음에 들지는 않았지만 어쨌거나 수락한 것이었다. 그는 신중하게 이런저런 질문을 던지며 정통한 외국어 지식을 전달하는 일이 사실은 그리 흥미로운 생계 수단이 아님을 알게 되었다. 그는 남직원이 아스피린을 구비해두었을지 궁금했다. 어쩌면 여직원에게 아스피린이 있을 확률이 더 높을지도 몰랐다. 그게 아니라면 남자 화장실에 자판기가 있을지도 모른다.

"여기요." 제프리가 말했다.

"네 그럼요. 화장실에 아스피린이 있습니다." 여직원이 자기 핸드백을 뒤진 뒤 고개를 젓자 늙은 남직원이 말했다. "문 열면 바로 있습니다."

그러나 제프리가 자판기에 1파운드를 넣어도 아무것도 나오지 않았다. 그는 자판기가 고장 났다는 경고문을 너무 늦게 발견했다. *고장*. 우표 크기만 한 종이에 휘갈긴 경고문은 너무 높은 곳에 붙어 있었다. 제프리는 화가 나서 욕설을 내뱉었다. 여자가 없었다면 소란을 피우며 1파운드를 내놓으라고 요구하고 어쩌면 2파운드를 넣었다고 거짓말까지 했을 것이다.

"차가 있으세요?" 다시 극장의 바로 돌아온 제프리는 꽤나 직설적으로 물었다. 화장실에서 돌아오는 길에 여자가 운전할 수 있다고 말했던 것이 떠올랐기 때문이었다. 운전 여부를 묻는 질문은 지독하게 길고 지루한 개인 자료 뭐시기에도 있었지만, 그는 확실히 하기 위해 언제나 직접 물어보았다. 브라이언스턴스퀘어 소개 단체가 신경 쓰는 점에 대해서는 기대치가 그리 높지 않았다. 그저 자신과 자신의 카메라 장비를 런던 이곳저곳으로 날라줄 차 소유주, 그가 혼자서 은밀히 생각했던 것처럼 자기 일에 휘말려줄 사람을 원했다. 그는 삼각대를 펼쳐서 설치하는 방법이나 단순한 노출계를 사용하는 방법, 메모하고 기록하는 방법을 알려주면 그대로 할 수 있는 조용한 사람, 작업에 참여하는 것을 즐거워할 사람을 상상했다. 오로지 그가 착수한 계획과 관련된 대화만을 상상했고, 그 밖에 다른 것은 필요치 않았다. 18개월 전에 작성한 브라이언스턴스퀘어 가입 신청서에는 당연히 이런 상세한 내용을 적지 않았는데, 현명하지 않은 행동이라고 판단했기 때문이었다.

"그냥 궁금해서요." 극장의 바에서 그가 말했다. "차를 소유하고 계신가요?"

그는 에벌린이 고개를 젓는 모습을 바라보았다. 1년 전까지는 닛산이 한 대 있었다. "거의 쓰질 않았어요." 에벌린이 설명했다. "쓸 일이 정말 없었어요."

불편한 심기를 드러내진 않았지만 실망이 그를 무겁게 짓눌렀다. 늘 그렇듯 실망감이 그를 피곤하게 했다. 그나마 가장 가능성이 있던 사람은 낡아빠진 포드 에스코트를 가진 사회복지사였고, 그보다 훨씬 전에 미니를 몰던 클럽 접수원이 있었다. 그러나 두 사람 다 실질적인 도움이 될 만큼 오래 만나지 않았고 마지막에는 불편한 사이가 되었다. 그렇게나 헛수고를 했는데, 이번에도 마찬가지였다. 제프리는 그냥 여기서 걸어 나가는 편이 낫겠다고 생각했다.

"이번엔 제가 그쪽 것까지 주문할게요." 에벌린이 핸드백에서 지갑을 꺼내며 말했다. 제프리는 그 핸드백 속에 아스피린도 있을지 궁금했다.

그러나 그는 묻지 않았다. 집에서 출발할 때 그는 또다시 허탕을 친다 해도 최소한 저녁 식사에서 위안을 얻을 수 있을지 모른다고 생각했다. 치통 이야기를 하면 그 계획을 망칠 수 있었다. 이제 그는 레타프를 떠올렸다. 문 앞에서 종종 메뉴를 들여다보던 곳이었다.

"제 건 와인이었어요." 그는 에벌린에게 자기 잔을 건네준 뒤 텅 빈 공간을 지나 바로 향하는 그녀의 모습을 지켜보았다. 옷차림이 나쁘지 않았다. 레타프의 가격을 감당 못 할 이유가 없었다.

*

에벌린은 제프리가 자기 카메라 이야기를 하며 제조사 이름과 플래시, 노출 같은 내용을 자세히 설명하는 것을 들었다. 보아하니 제프리에게는 카메라가 아홉 대 있었고 아주 오래되거나 현재 시장에 나와 있는 것들보다 더 좋은 카메라도 있었다. 런던을 담은 그의 사진집은 이미 계약이 끝났고 분량이 거의 1000여 페이지에 달할 예정이었다.

"우와!" 에벌린이 중얼거렸다. 세 번째 진토닉을 반쯤 마시자 그녀는 좋을 게 하나도 없다는 사실을 알면서도 이곳에 남을 만큼 기분 좋게 따뜻하고 행복해졌다. "세상에, 정말 바쁘시겠어요!" 에벌린이 말했다. 그리고 제프리의 세상은 자신의 세상과 매우 다르다고 덧붙였다. 그녀는 자기 이야기를 해서는 안 된다는 것, 자신의 온갖 자잘한 이야기를 꺼내면 지루해지리라는 것을 알았다. 20년도 더 전에 사랑했던 사람의 청혼을 거절한 이야기에 누가 관심을 보이겠는가? 지금 돌아보니 그저 의심의 그림자가 있었을 뿐 청혼을 거절할 타당한 이유가 없었다는 것을 누가 알고 싶어 하겠는가? 오늘 처음 만난 사람은 그녀가 지금도 여전히 보는 얼굴을 보지 못할 것이고 그녀가 듣는 목소리를 듣지 못할 것이다. 그 이후로 왜 그녀가 다른 사람을 원하지 않았는지 이해하지 못할 것이고, 그 이후로 그녀의 눈에 진실처럼 보인 이야기, 그러니까 의심이 사랑의 혼란을 틈타 농간을 벌였다는 이야기를 들으려 하지 않을 것이다. 오늘 처음 만난 사람이 오래 이어진 어머니의 병과 교외 전원주택에서의 다행스러운 죽음을 둘러싼 사정을 듣고 싶어 할 거라고 그 누가 기대할 수 있겠는가? 이 모든 것들을 한데 모은 것이 바로 인생이었고, 사람들은 그 여파 속에 살았다. 그러나 이 또한 말하지 않는 편이 나았다. 에벌린은 이런 생각을 하며 옆에 앉은 사람에게 미소 지었다. 그러지 말아야 할 이유가 없었다.

"레타프 생각을 하고 있었어요." 제프리가 말했다.

에벌린은 레타프가 또 다른 카메라일 거라 생각하며 고개를 저었고, 제프리는 레타프가 레스토랑이라고 말했다. 그때, 지속될 수 없는 것은 시작하지 않는 게 좋겠다고 말하기란 쉽지 않았다. 그의 행동으로 미루어 볼 때 그 역시 같은 결론에 도달한 것 같았다. 그들은 서로의 취향이 아니었다. 처음에는 가능성처럼 보였던 것이 흔히 그렇듯 45분이 지나자 더 이상 가능성으로 보이지 않았다. 많은 것이 괜찮았다고, 에벌린은 그렇게 말하고 싶었다. 즐거운 만남이었고, 당신 또한 즐거웠길 바란다고 말하고 싶었다. 에벌린의 잔은 여전히 채워져 있었고, 제프리의 잔도 마찬가지였다. 서두를 필요가 없었다.

"다 마시면 저는 집으로 돌아가는 게 좋겠어요." 에벌린이 말했다. "괜찮으시다면요."

에벌린은 그에게도 삶에 그림자를 드리운 실수가 있었는지, 그래서 결코 익숙해지지 않는 공백을 메우려고 누군가를 찾고 있는 것인지 궁금했다. 그리고 자신의 순간적인 호기심이 드러났을 것에 대비해 미소를 지으며 안전하게 호기심을 감추었다.

"그냥 생각만 해본 겁니다." 제프리가 말했다. "레타프에 가는 걸요."

*

극적인 순간에 막간의 커튼이 내려왔다. 박수 소리가 들렸고 처음으로 재잘거리는 소리가 바에 들려온 뒤 순식간에 공간을 가득 메웠다. 대화의 파편들이 만들어낸 소음이 고요함을 방해하며 번져나가다 스피커의 안내 방송이 휴식 시간이 3분 남았음을, 그러다 2분, 1분 남았음을 알렸다.

"죄송하지만 가게 문을 닫을 시간입니다." 늙은 남직원이 말했고 통통한 여직원이 서두르며 빈 잔을 모으고 아침에 청소부들이 바닥을 닦을 수 있도록 의자들을 한쪽 벽으로 옮기고 있었다. "정말 죄송합니다." 남직원이 말했다.

제프리는 어쨌거나 이곳은 일반적인 바가 아니냐고, 나는 한 잔 더 마셔야겠다고 난동을 부릴까 생각했다. 새벽 2~3시에 잠에서 깨어나 지나간 저녁을 생각하며 우울해지는 자신의 모습을 상상했다. 그는 트래펄가 광장에 있는 헨리 해블록 경의 엄숙한 얼굴과 자신이 혼잣말을 했다는 이유로 키득키득 웃던 두 소녀를 떠올릴 것이다. 화장실의 *고장* 안내문을 떠올릴 것이다. 여자는 그의 시간을 낭비하는 대신 그 망할 놈의 서식에 차가 없다고 더 정확하게 써놓았어야 했다.

그는 유리잔 하나를 들어서 바 뒤에 거꾸로 걸려 있는 술병들을 향해 던져버리는 상상을 했다. 누군가가 먹다 남긴 레몬 조각이 공중을 날아가고 산산조각 난 유리가 재떨이와 얼음통 안에 들어가서 직원들의 할 일이 늘어나는 상상을 했다. 그리고 자신이 한마디도 없이 이곳을 걸어 나간 뒤 남겨진 여자가 바 뒤에 있는 두 직원에게 사과하는 모습을 상상했다. 이 사람들도 터무니없었고, 아스피린이 없는 것도 터무니없었다.

*

"훌륭했어요, 극장의 바에서 만난다는 생각이요." 로비를 지나며 에벌린이 말했다. 관객들의 웃음소리가 한차례 들려왔다가 즉시 잠잠해졌다. 매표소는 문을 닫았고, 매표소의 화려한 놋쇠 난간에 안내판 하나가 세워져 있었다. 건물 바깥에서는 두 사람이 보지 않은 연극의 포스터들이 공연의 장점을 맹렬히 선전하고 있었다.

"그럼." 제프리가 말했다. 그러나 단호함은 없었다. 여태껏 다른 면에서도 그래 보였듯 확신이 없었다.

그러나 에벌린은 절대로 오해한 것이 아니었다. 그녀가 알아차리자마자 분명 그 또한 알아챈 것이 분명했다. 에벌린은 그가 자신의 수많은 카메라 중 하나를 들고 혹스턴의 작은 골목들을 살금살금 돌아다니는 모습을 상상했다. 사진가에게 예술가적 기질이 없어야 할 이유는 없었고, 신경질적인 건지 뭔지 모를 그의 특성도 그런 기질에서 나왔을 것이었다.

"혹시나 해서 여쭤보는데요." 그가 말했다. "아스피린 있으세요?"

그는 이가 아팠다. 에벌린이 자기 핸드백을 뒤졌다. 가끔 그녀도 파라세타몰을 가지고 다니기 때문이었다.

"이를 어쩌죠." 에벌린이 계속 가방을 뒤지며 말했다.

"괜찮습니다."

"많이 아프세요?"

제프리는 괜찮아질 거라고 말했다. "레타프의 화장실에 가봐야겠어요. 가끔 화장실에 자판기가 있거든요."

두 사람은 발을 맞춰 걸었다. 제프리는 그래서 레타프에 가

자고 한 것은 아니라고 말했다. "그러면 좋을 것 같았어요." 그가 말했다. "아쉬워하며 같이 저녁 식사 하는 거요."

모퉁이에 다다르자 그가 지금까지 걸어온 길보다 더 좁고 한산한 길을 가리켰다. "저기예요." 그가 말했다. "푸른빛이 나는 곳요."

남자가 안쓰러워진 에벌린은 마음을 바꾸었다.

*

화장실에 자판기가 없었기 때문에 휴대품 보관소에 있는 여자가 테이블로 파라세타몰을 가져다주었다. 제프리가 고맙다고 말하며 나중에 팁을 주겠다는 몸짓을 했다. 자주색 재킷을 입은 피아니스트가 하얀색 그랜드피아노 앞에 앉아 스콧 조플린 메들리 연주를 멈추지 않은 채 가끔 기다란 레모네이드 잔에 담긴 음료를 향해 손을 뻗었다. 젊은 프랑스인 웨이터가 메뉴와 식전 빵을 들고 왔다. 추천 메뉴를 설명해주었지만 그의 영어를 알아들을 수 없었다. 제프리가 다시 한번 말해달라고 했지만 아무 소용이 없었다. 늘 이런 식이라고, 완두콩과 폴렌타를 곁들인 양고기 요리를 주문하며 제프리는 생각했다.

"아프셔서 어떡해요." 에벌린이 말했다.

"이제 가라앉을 거예요."

레스토랑은 그리 붐비지 않았다. 피아노와 너무 가까운 테이블 몇 개는 여전히 비어 있었다. 피아니스트가 〈마운틴 그리너리〉를 현란하게 연주하기 시작하자 누군가가 박수를 보냈다. 피아니스트가 연주를 하며 고개를 홱 젖히자 금발의 머리칼이 한쪽으로 흘러내렸다.

"와인을 시킬까요?" 제프리가 제안했다. "괜찮으세요?" 그는 돈을 낼 의사가 없다는 것을 절대 미리 말하지 않았다. 그냥 흘러가는 대로 두는 게 좋다고 늘 생각했다.

"물론 괜찮죠." 에벌린이 말했다.

"감사합니다." 아래턱에 통증이 계속되었지만 제프리는 저녁 내내 그랬던 것보다 기분이 좋았고, 파라세타몰의 약효가 나타나면 통증 또한 줄어들 것임을 알았다. 여자들이 저녁 식사에 동의하면, 실망감이 사라지기 시작하면 언제나 기분이 훨씬 좋아졌다. "라모트 베르주롱으로 주세요." 제프리가 와인을 주문했다. "95년산으로요."

*

에벌린은 화분이 여러 개 놓인 저 멀리 구석 테이블에서 한 여자가 계속 자신을 힐끔거리는 것을 알았다. 그 여자는 남자 두 명, 여자 한 명과 함께였다. 희미하게 낯이 익었다. 여자와 같이 있는 남자 중 한 명도 그랬다.

"손님." 나이 어린 웨이터가 에벌린이 주문한 에스칼로프를 들고 와서 두 커플이 누구인지 생각해내려는 그녀의 노력을 방해했다. "맛있게 드십시오."

"고마워요."

에벌린은 레스토랑의 1930년대 스타일과 은은한 푸른색 조명, 하얀색 그랜드피아노, 앞치마를 두른 웨이터가 마음에 들었다. 에스칼로프도, 버터를 잔뜩 끼얹은 시금치도, 제철이 살짝 지난 햇감자도 마음에 들었다. 와인도 마음에 들었다.

"이곳, 나쁘지 않네요." 제프리가 말했다. "어떠세요?"

"아주 좋아요."

그들은 극장의 바에서보다 더 편하게 대화를 나누었다. 대화 주제는 바로 그 극장의 바였는데, 그곳이 두 사람의 공통화제였기 때문이다. 그들은 남직원이 이상하다는 데 동의했다. 보통 나이가 훨씬 어린 여성을 의미하는 '여직원(barmaid)'이라는 단어가 아직도 흔히 쓰이는 게 이상하다는 데에도 동의했다. 이 단어는 이전 시대의 유물이었다.

"음, 글쎄요……." 와인을 한 병 더 시키자는 제안에 에벌린이 입을 열었다가, 곧 안 될 게 뭐 있냐는 생각이 들었다. 두 사람은 또 다른 공통 화제인 브라이언스턴스퀘어 소개 단체에 대해 이야기했다.

"그 사람들은 일을 엉망으로 만들어요." 제프리가 말했다. "사람을 헷갈리게 만든다니까요. 그 작은 박스들과 설문지로도 사람 파악을 못 해요."

"맞아요, 정말 그럴지도요."

레스토랑 저쪽 끝에서 계속 에벌린을 힐끔거리던 여자는 이야기를 들려주는 것처럼 보이는 남자 한 명의 말을 듣고 있었다. 남자가 말을 마치자 웃음이 터졌다. 또 다른 남자가 담배에 불을 붙였다.

"세상에!" 그러려던 것은 아니었는데, 에벌린은 감탄사를 내뱉었다.

*

제프리는 고개를 돌려 몇 테이블 너머로 옷을 깔끔하게 차려입은 네 사람을 보았다. 두 여자 중 한 명은 검은색과 진홍색 줄무늬 드레스를 입었고, 안경을 쓴 다른 한 여자는 백금발을 우아하게 틀어 올렸다. 두 남자는 검은 양복을 입고 있었다. 제프리는 광고업계 사람들 같다고 생각했다. 그들이 앉은 테이블 뒤편의 화초 때문에 인상이 한층 강렬해졌다. 제프리는 저런 부류의 사람들을 알았다.

"친구분들이에요?" 제프리가 물었다.

"빨간 옷을 입은 여자와 담배 피우는 남자가 저희 아파트 위층에 살아요."

에벌린은 무슨 집을 팔았다고 했다. 알고 보니 가족이 함께 살던 집이었다. 그녀는 어머니가 돌아가셨을 때 그 집을 팔고 지금 말한 아파트를 샀다. 혼자 사는 사람에게는 그 아파트가 더 적절했다. 에벌린이 불현듯 기억해낸 그 사람들의 성(姓)은 패스모어였다. 아는 사이는 아니었다.

"하지만 저들은 당신을 알고요?"

제프리는 꽤 유쾌해졌다. 기분이 전환되고 있었다.

"절 본 적이 있을 거예요." 에벌린이 말했다.

"오가면서요?"

"그런 거겠죠."

"커피 드실래요?"

제프리가 웨이터에게 신호를 보냈다. 와인을 다 마시면 갈 것이다. 보통 그때쯤 제프리는 자리를 떴다. 슬쩍 화장실로 간 뒤 코트를 챙겼다. 단체에 불만이 접수된 적도 있었지만 그때 제프리는 여자가—그 사람 이름은 벨루치였다—자신을 저녁 식사에 초대했고 식사가 끝나기 전에 술에 취해서 어떻게 하기로 했는지를 잊은 거라고 말했다.

"친구분들께 인사하고 싶으면 하세요." 제프리가 말했다. "전 여기에 있을게요."

에벌린이 미소를 지으며 고개를 저었다. 제프리는 자기 잔에 와인을 더 따랐다. 가늠해보니 병에 와인이 네 잔 정도 남아 있었고, 에벌린은 이미 원하는 만큼 와인을 마신 것 같았다. 커피가 도착했고, 에벌린이 여전히 알 수 없는 미소를 지으며 커피를 따랐다. 제프리는 에벌린이 마신 술의 양을 계산했다. 이곳에 오기 전에 진토닉 두 잔을 마셨고, 여기서는 와인을 족히 네 잔은 마셨다. "전 패스모어 부부의 이름도 몰라요." 에벌린이 말했다. "패스모어는 1층 문 옆에 있는 벨에 쓰여 있던 거고요."

제프리는 에벌린이 손을 뻗을 경우를 대비해 와인을 앞으로 밀어두었다. 잠시 조용하던 피아니스트가 다시 〈웨스트 사이드 스토리〉의 곡들을 연주하기 시작했다.

"멋진 곳이네요." 에벌린이 낮은 목소리로 말했고, 제프리는 에벌린의 두 눈이 자신의 눈을 유심히 바라봤다고 장담할 수 있었다. 방금 전의 행복은 사라지고 마음이 불편해졌다. 제프리는 문제가 생기지 않기를 바랐다. 에벌린의 기분을 흐트러뜨리려고 제프리가 말했다.

"전 다시는 브라이언스턴스퀘어 소개 단체 때문에 골머리를 앓지 않을 겁니다."

에벌린은 제프리의 말을 듣는 것 같지 않았다. 피아노 소리가 시끄러웠기 때문에 그리 놀랍진 않았다.

"혹시," 에벌린이 말했다. "담배 있으세요?"

후해진 에벌린의 미소가 얼굴 전체에 퍼져 있었다. 에벌린은 자신이 개인정보란에는 *비흡연자*에 체크했지만 이제 그런 건 더 이상 중요치 않다고 말했다. 제프리는 솔즈베리에서 산 실크컷 담배의 투명 포장지 가장자리를 엄지손가락으로 누른 뒤 테이블 너머에 있는 에벌린에게 내밀었다.

"옛날엔 피웠어요." 에벌린이 말했다. "흡연이 용인되던 때에는요."

에벌린이 담배 한 개비를 꺼냈고 제프리가 위에 *레타프*라고 쓰인 작은 성냥갑을 집어 들었다. 그가 에벌린에게 불을 붙여주었고 에벌린의 손가락이 그의 손가락에 닿았다. 제프리도 담배 한 개비를 꺼내 불을 붙였다.

"너무 좋네!" 에벌린이 연기를 내뱉고 이렇게 말하며 몸을 앞으로 기울였다. 그녀의 두 뺨이 상기되어 있었고 담배 연기가 공기 중을 떠다녔다. "원래는 담배를 정말 좋아했어요."

에벌린이 마치 제프리의 손을 잡으려는 것처럼 한 손을 뻗었지만 그러는 대신 소금통을 만지작거렸다. 확실히 조금 취해 있었다. 다른 한 손으로는 한창때의 베티 데이비스처럼 두 손가락으로 가볍게 담배를 들고 있었다.

"차를 파셨다니 아쉽습니다." 다시 분위기를 흐트러뜨리려고 제프리가 말했다.

에벌린은 대답하지 않고 마치 제프리가 재미있다는 듯이, 완전히 다른 이야기를 한 듯이 웃음을 터뜨렸다. 그녀는 제프리의 말을 귀 기울여 듣고 있었다. 에벌린이 제프리의 얼굴을 너무 빤히 쳐다보고 있어서, 그녀를 알아본 사람들의 눈에도 분명 그렇게 보였을 것이다. 저녁이 가기 전에 이 여자가 나를 만질 거라고, 제프리는 생각했다.

"저 사람들 짐을 챙기고 있어요." 에벌린이 말했다. "이제

가려나 봐요."

제프리는 뒤쪽을 돌아보지 않았지만 곧 그들이 근처를 지나
갔다. 그들은 에벌린을, 또 제프리를 바라보며 미소를 지었다.
패스모어 씨는 고개를 살짝 숙였고, 그의 아내는 손가락으로
가볍게 인사를 건넸다. 그럴 가치가 있다고 판단한다면 그들
은 아파트의 다른 주민들에게 오늘 일을 떠벌릴 것이다. 아래
층에 사는 외로운 여자가 자기보다 어린 남자를 만나고 있다
고. 제프리는 아무 감정도, 동정이나 연민도 느끼지 않았다. 그
런 감정에 익숙한 사람이 아니었다. 몇 잔의 술과 흔하지 않기
에 굴복한 유혹. 관객이 떠났을 때 그 모든 것들의 잔해는 그
리 많지 않았고, 그것들이 아무 언급 없이 그저 남겨져 있다는
사실에 제프리는 놀라지 않았다.

웨이터가 다가와서 죄송하다는 듯 이곳은 금연 구역 테이블
이라고 말하자 에벌린은 담배꽁초를 비벼 껐다. 에벌린의 얼
굴은 다시 평정을 되찾았다. 양 볼에 비쳤던 홍조는 사라지고
없었다. 평소의 상태로 되돌아가는 동안 침묵이 쌓였고, 마치
별일 없었다는 듯 차분하게 침묵을 깬 쪽은 에벌린이었다.

"왜 차가 있냐고 두 번이나 물어보신 거예요?"

"제가 잘못 알아들었다고 생각했어요."

"그게 왜 중요한데요?"

"차 있는 사람이 있으면 일하는 데 도움이 되거든요. 장비가
무거운데 전 차가 없어서요."

제프리는 자기가 왜 그 말을 하는지 몰랐다. 전에는 이런 말을 한 적이 없었다. 에벌린은 마치 예의상 그 질문을 꺼냈다는 듯이 아무렇지 않게 고개를 끄덕였다. 제프리가 또다시 자기가 왜 그 말을 하는지 모르는 채 다음과 같이 말했을 때도 에벌린은 고개를 끄덕였다.

"혹시 계산을 해주실 수 있을까요? 죄송하지만 전 내지 못할 것 같아요."

웨이터가 제프리에게 가져다준 계산서를 향해 에벌린이 손을 뻗었다. 그리고 묵묵히 수표를 쓰며 얼마를 추가로 내야 하냐고 제프리에게 물었다.

"아, 10퍼센트쯤요."

에벌린은 지갑에서 1파운드를 꺼냈다. 제프리는 그것이 휴대품 보관소에 있는 여자에게 줄 돈이라는 것을 알았다.

*

그들은 지하철역까지 함께 걸어갔다. 제프리는 도시 풍경 촬영은 주말에만 한다고, 밥벌이로는 음식 사진을 찍는다고 말했다. 어떤 수프와 채소 통조림에 그의 사진이 사용되었는지 들으면서, 에벌린은 그가 런던 거리 풍경을 담은 책은 출간은커녕 완성되지도 않을 거라고 덧붙이진 않을까 생각했다. 그는 그러지 않았지만, 어쨌거나 에벌린은 그렇게 짐작했다.

"그럼, 저는 이쪽으로." 지하철 표를 산 뒤 에스컬레이터 아래에 도착하자 제프리가 말했다.

제프리가 자신의 부끄러운 사진 작업에 대해 이야기한 것은 그에게 에벌린이 중요하지 않았기 때문이었다. 에벌린은 아무런 원망 없이 그 사실을 알아차렸다. 그가 에벌린의 어리석은 일탈을 목격했을 때, 그 또한 그녀에게 중요하지 않았다.

"치통은요?" 에벌린이 물었고 제프리는 이제 아프지 않다고 말했다.

그들은 악수를 나누지 않았고 함께 보낸 저녁 시간을 어떤 식으로든 언급하지 않았다. 그러나 헤어질 때 두 사람에게는 약간의 놀라움이 남았다. 마땅히 일어났어야 할 상황과 비교하면 그들이 서로를 이용한 것은 스스로에 대한 존엄이었다. 그 기분은 서로 다른 두 개의 승강장에서 열차를 기다리는 동안에도, 각자가 타야 할 열차가 도착해 다시 멀어져갈 때에도 여전히 남아 있었다. 그 기분은 그들이 깜박이는 어둠 속을 이동할 때에도 계속되었고, 함께 나눈 즐거움만큼이나 은밀했다.

그라일리스의 유산

여행을 멈추려던 건 아니었지만 일찍 도착했기에 시간이 있었다. 그라일리스는 길을 우회해 지난 23년간 찾지 않은 집으로 되돌아갔다. 올드포트 로드에서 몇 킬로미터 떨어진 곳에 있는 집의 정문은 온통 녹이 슨 채 덤불에 파묻혀 있었다. 짧은 진입로가 왼쪽으로 꺾였고, 집은 일렬로 늘어선 버드나무에 가려 보이지 않았다.

남편을 잃고 집에 혼자 남겨진 여자가 이 집을 팔고 더블린으로 떠나자 한 농부가 집을 구입해 벽난로 선반과 납으로 된 지붕을 챙겼다. 농부는 한 번도 이곳에 머물지 않았지만 집이 처음으로 텅 비고 그라일리스가 딱 한 번 집을 다시 찾았을 때 자갈 위에 농부의 차가 서 있었다. 그때 이후로 모든 것이 황폐해졌다는 얘기가 들려왔다. 그러나 전에도 그런 조짐이 없었던 것은 아니었다. 창틀의 페인트가 벗겨졌고 정원도 방치되어 있었다. 혼자 남은 여자는 이런 것들을 별로 신경 쓰지 않았다. 원래는 여자의 남편이, 타고난 천성은 전혀 그렇지 않았지만 모든 것을 돌봤다.

그라일리스는 차에서 내리는 대신 자갈 위로 자라기 시작한 잔디 위에서 천천히 차를 돌렸다. 그리고 진입로의 움푹 파인 구멍들을 주시하며 차를 몰다가 비좁은 샛길의 커브를 돌며 속도를 줄였다. 1.5킬로미터쯤 더 가자 그가 오후 용무를 위해 선택한 도시로 안내하는 이정표가 나왔다. 그가 사는 도시에서 차로 한 시간 거리에 있는 이 도시는 그를 아는 사람이 아무도 없었기에 목적에 더 적합했다.

여전히 시간 여유가 있었고, 그라일리스는 차를 주차한 뒤 기계에서 표를 받았다. 차 문을 잠그고 대빗 스트리트로 걸어가 신문 판매원에게 물으니 레너핸과 클리퍼티의 사무실은 네 건물 너머에 있으며 원래는 조합 철물점이었다고 말해주었다.

"클리퍼티 씨가 1분 이상 기다리게 하진 않으실 거예요." 널찍한 접수처에 있는 여자가 그에게 장담했다. 접수처에는 그날의 신문들이 놓여 있었고, 그중 펼쳐진 것은 지난주의 〈아이리시 필드〉뿐이었다.

"추천받고 저희에게 오신 건가요, 그라일리스 씨?" 기다린 시간이 1분이 훨씬 넘었기 때문에 클리퍼티가 사과를 한 뒤 물었다. 클리퍼티는 트위드 양복과 같은 재질의 넥타이를 걸쳤고 셔츠에는 석류석으로 만든 커프스단추가 달려 있었다. 시골 변호사치고 멋이 있었고, 육중한 몸집에 나이보다 일찍 하얗게 센 머리칼의 숱이 풍성했다. 그와 비교해 그라일리스는 더 긴장해 있었고, 코듀로이 바지와 모조 스웨이드 재킷으로 변변찮게 차려입었다. 그는 뼈가 앙상할 정도로 야윈 59세 남성이었고, 점점 벗겨지는 금발이 군데군데 하얗게 세어 있었다.

"사업체 전화번호부에서 봤습니다." 그라일리스가 변호사의 질문에 답했다.

그라일리스가 깔끔하게 정리된 책상 너머로 가져온 봉투를 건넸다. 초록색 가죽으로 덮인 책상 모서리에 무늬가 새겨져 있었다. 클리퍼티가 봉투에서 잘 접힌 편지지를 꺼내 내용을 읽다가 종이에 메모를 한 뒤 다시 편지를 읽었다.

"오래전에 알던 여성분입니다." 그라일리스가 말했다.

"제가 제대로 이해한 게 맞는다면, 하시려는 일은 전혀 불법이 아닙니다, 그라일리스 씨. 유산은 거절하실 수 있어요."

"그게 제가 궁금해하던 겁니다."

클리퍼티는 편지를 봉투 안에 넣었지만 그라일리스에게 되돌려주지는 않았다. "이 사람들, 유명한 변호사 사무실 사람들입니다. 저희도 같이 하는 일이 좀 있고요. 유산을 받기 곤란한 상황이라고 제가 편지를 써드릴 수 있습니다. 그게 원하시는 바라면 말이죠. 제안받으신 유산은 기존 재산과 함께 통상적으로 처리될 겁니다."

"유산에 담긴 뜻을 무시하고 싶진 않습니다. 유언장에 제 이름이 올라 있으니, 그러고 싶진 않아요."

"이름이 올라 있는 것 이상이신데요, 그라일리스 씨. 받으신 안내문 내용을 보면 유언장에 다른 이름은 별로 없어요. 자선 단체를 제외하면요."

그라일리스는 변호사의 생각을 감지하고 그 생각에 반박하고 싶은 본능을 느꼈다. 시골 변호사가 짐작으로 자기 흥미를 채우는 것은 당연한 일이었고, 지방 도시의 가족법 관례에 극적인 사건이 될 여지가 있는 것도 당연했다. 그라일리스는 사실을 제공할 수도 있었지만 그러지 않았다.

"작은 기념품 정도가 좋을 것 같습니다." 그라일리스가 말했다. "장식품이나 도자기, 뭐 그런 것들요."

"매우 큰 금액의 돈을 받으셨습니다, 그라일리스 씨."

"그래서 제가 여기까지 온 겁니다. 그 돈 대신 다른 작은 것을 받을 수 있는지 알아보려고요."

그 집에는 황금방울새가 그려진 재떨이가 있었다. 그러나 그 이후로 깨졌을 수도 있으므로 그라일리스는 재떨이 이야기를 꺼내지 않았다. 그 집에는 그가 언제나 가장 좋아했던, 두 가지 빛깔의 푸른색으로 된 꽃잎 모양 접시도 있었다.

"그냥 다른 뭔가를 받을 수 있을까 했습니다. 그게 가능하다면요."

나무 밑의 수풀에 눈풀꽃이 피었을 때 그녀는 그가 좋아할지도 모른다며 이미 꺾어놓은 꽃들을 그에게 주었다. 축축한 신문으로 포장하면 시들지 않는다고 했다. 그는 그렇게 할 수 없다는 것을 깨달았을 때 그녀가 말을 멈추던 모습을 떠올리려고 애썼다. 그녀는 꽃을 다시 꽃병에 집어넣으려 했지만 쉽지 않았고, 이미 축 처져버린 꽃들이 바닥에 흩어졌다. 괜찮다고, 다시 꺾어 오면 된다고 그녀는 말했다.

"물론 가능할 겁니다." 클리퍼티가 말했다. "원하시는 걸 가져가시는 거요. 아까는 그냥 드린 말씀입니다."

변호사는 뻣뻣하게 마구 자라난 눈썹을 매만지는 버릇이 있었다. 그는 느긋하게 한쪽 눈썹을 만진 뒤 다른 한쪽으로 넘어갔다. 그리고 계속 말을 이었다.

"그래도 유언장을 봐야 조언을 해드릴 수 있습니다."

"더블린 쪽에서 유언장을 보내줄까요?"

"복사본을 보내줄 겁니다."

클리퍼티가 고개를 끄덕이며 이렇게 말했고, 대화는 끝이 났다. 그가 그라일리스에게 어떤 업계에 종사하느냐고 물었고, 그라일리스는 자신이 사는 동네의 분관 도서관을 책임지고 있다고 말했다. 그리고 오래전에, 먼스터앤드레인스터 은행이 아직 그 이름으로 불리던 시절에는 그 은행에서 일했다고 덧붙였다. 그라일리스는 자리에서 일어났다.

"밖에 있는 직원에게 다음 주 이날로 예약하시면 됩니다, 그라일리스 씨." 클리퍼티가 이렇게 말했고 두 사람은 악수를 나누었다.

*

그라일리스는 평탄하고 단조로운 풍경 사이를 천천히 달리다 돌아가려던 도시에 거의 도착했을 때 차를 세웠다. 잭도일 여관 바깥에는 차가 한 대도 없었고 창문을 가리는 은색 이중 철창에도 자전거가 매여 있지 않았다. 안에 들어가자 주문받는 여자가 그의 이름을 불렀다.

여자는 제임슨 위스키를 따라주며 요즘 어떻게 지내냐고 물은 뒤 자리를 떴다. "더 필요한 게 있으면 카운터를 두드려요." 여자가 말했고, 그녀가 돌아간 부엌에서 지글지글 베이컨 굽는 냄새가 풍기기 시작했다. 바에 다른 손님은 없었다.

변호사에게 자신의 아내는 세상을 뜨고 없다고, 과거의 기만을 가리키는 것처럼 보일지 모를 유산이 피해를 입힐 결혼 생활은 이제 존재하지 않는다고 설명했어야 했다. 그렇게 많은 돈을 받지 않으려 하는 것은, 조언을 구하러 다른 도시까지 간 것은 그저 자신이 사는 동네에서 호기심과 뒷소문을 피하고 싶었기 때문이라고 설명했어야 했다. 그는 자신이 설명하지 않은 이유를 몰랐다. 클리퍼티가 과거에 기만당했다가 또다시 기만당하고 있는 아내를, 평계와 거짓말이 재등장하는 상황을 멋대로 안타까워하리란 생각을 하지 못한 이유를 몰랐다.

그라일리스는 위스키를 들고 구석 자리로 갔다. 자신의 결혼 생활에 대해, 그 안에서 사랑이 변한 것에 대해, 더 이상 사랑이 존재하지 않게 되었을 때 자신이 느낀 슬픔에 대해, 그 이후의 순간과 사건들에 대해 말했더라도 이상해 보이지 않았을 것이다. 추억에 휩쓸린 그라일리스는 수녀원 학교의 초록색과 파란색 교복을 입은 소녀를, 밝고 싱그러운 그녀의 얼굴 속 수줍음을 보았다. 먼스터앤드레인스터 은행의 얼빠진 신입 직원들이 거리를 지나가자 그녀는 반쯤 미소 지으며 고개를 돌렸고, 친구들 앞에서 부끄러워하며 볼을 붉혔다. 나중에 나이가 들어 아버지의 주간 수표와 매상을 들고 처음 은행에 걸어 들어왔을 때도 그녀는 수줍어했다. 두 아이의 엄마가 된 중년에도 그녀는 거의 변하지 않았고, 그 모습은 3년 전 어느 겨울밤 빙판길에서 비극적인 사건이 벌어질 때까지 그대로 남아 있었다.

그라일리스는 위스키를 한 모금 마시고 담배에 불을 붙였다. 그리고 천천히 담배를 태우며 위스키를 좀 더 마셨다. 전문직 종사자의 정확한 태도 너머에서 변호사는 자연스럽게 그의 아내보다는 유산을 남긴 여성에게 더 관심이 갔을 것이다. *68년의 인생*이 변호사가 읽은 편지에 드러난 유일한 정보였다. 여자 쪽이 더 나이가 많았음을 변호사는 눈치챘을 것이다.

위스키가 그라일리스의 몸을 따뜻하게 데웠고 담배가 위안이 되어주었다. 그라일리스가 설명하지 않은 것은 설명할 수 없기 때문이었고, 설명할 수 없었던 것은 설명할 것이 너무 많아서가 아니라 너무 적기 때문이었다. 그러나 그렇다 해도 아내가 세상을 떠나고 없다는 말은 할 수 있었을 것이다. 그는 파란색 에나멜 위에 하얀 글씨가 쓰인 문 옆의 장식용 표지판을 바라보며 좀 더 앉아 있었다. *여기서 전화를 하실 수 있습니다.* 카운터를 두드리자 그가 어린 시절을 기억하는 매끄러운 머릿결의 청년이 다가왔다. 그가 말했다. "작은 걸로." 레너핸과 클리퍼티 사무실의 접수처에 있던 직원이 다음 주 예약 시간을 적은 카드를 주었고, 그 카드에 레너핸과 클리퍼티 사무실의 전화번호도 적혀 있었다. 지금은 5시에서 몇 분이 지난, 그리 늦지 않은 시각이었다.

"클리퍼티 씨와 통화가 가능할까요." 아까와 같은 직원이 전화를 받자 그라일리스가 말했다. "잊어버리고 말하지 않은 게 있어서요."

그라일리스는 기다리며 또 다른 담배에 불을 붙였다. 그의 술잔은 앞의 선반에 놓여 있었고, 그 옆에 *코카콜라*라고 쓰인 재떨이가 있었다. "클리퍼티 씨?" 클리퍼티가 전화를 받자 그가 말했다.

"안녕하세요, 그라일리스 씨."

"상황을 자세히 설명하고 싶어서요."

"어떤 상황이죠, 그라일리스 씨?"

"아내가 세상을 떠났다는 말을 제가 안 한 것 같아서요."

변호사가 동정 어린 소리를 냈다. 그가 유감을 표했고, 그라일리스가 이렇게 말했다.

"제 아내가 살아 있다고 오해하셨을 것 같았습니다."

"무슨 말씀인지 알겠습니다."

"착오가 없으면 했습니다."

"그럼요."

"힘드네요, 갑자기 이런 일이 일어나는 게."

"상황을 잘 알겠습니다, 그라일리스 씨. 원하시는 대로 해드릴 거고, 잘되리라 낙관합니다. 혹시 다른 문제가 있으면, 걱정되시는 점이 있으면 다음 주에 오실 때 말씀해주세요."

"그저 방금 말씀드린 내용을 전하고 싶었습니다. 다른 건 없습니다."

"그럼 이만 끊을까요?"

"제가 받지 않은 건 누가 갖게 되죠?"

"친척이요. 아닐지도 모르지만, 어딘가에 조카의 자식이 있을 겁니다. 보통은 그렇습니다."

"고맙습니다." 그라일리스는 이렇게 말한 뒤 무엇을 해야 할지 몰라 수화기를 내려놓았다.

그는 술잔을 들고 앉아 있던 자리로 돌아왔다. 변호사를 만나면 기분이 괜찮아질 거라고 생각했다. 전화기 표지판을 보고 전화를 걸어야겠다고 마음먹었을 때도 그렇게 생각했다. 그러나 유산 상속을 알리는 편지와 함께 시작된 불편함이 여전히 남아 있었다. 그는 왜 자신이 그 집으로 갔는지 몰랐다. 왜 자신이 오늘 처음 만난 사람에게 아내가 세상을 떠난 것을 말하지 않았다는 이유로 초조해졌는지 몰랐다. 그가 상황을 자세히 설명하고 싶다고 말했을 때 그건 위스키의 힘을 빌린 말이었고, 전화기 숫자를 누를 수 있었던 건 위스키가 준 용기 때문이었다. 그는 오래전에 누그러져 사라진 죄책감이 되살아난 것이 당황스러웠다. 그동안은 아무런 고통도 상처도 없었다. 배신을 만들어낸 왜곡과 침묵이라는 거짓말을 감당해냈었다. 그가 용서받은 모습은 그 순간 자신의 모습처럼 보이지 않았다. 여전히 설명되지 않는 부분이 있었고, 변호사의 이해 속에는 여전히 추잡함이 남아 있었다. 기만당한 아내는 잠들지 못하고 자기 무덤 위를 떠돌았고, 나이 많은 여자 역시 무덤 속에서 자신에게서 달아난 연인을 다시 불러냈다.

*

"젠장, 이만큼 나빴던 적이 없어!"
"이제 더 나빠질 거야. 그렇고말고."
두 남자가 양 가격이 하락한 것을 한탄하며 바에 자리를 잡았다. 매끄러운 머리칼을 가진 청년이 바로 돌아와 주문을 받왔고, 나이 든 남자가 목줄을 맨 하얀 그레이하운드와 함께 안으로 들어왔다. 청년이 그에게 스미스윅 맥주를 따라주며 〈이브닝 헤럴드〉는 아직 안 나왔다고 말했다. "엉망이구면." 늙은 남자가 투덜거리며 대신 〈털러모어 트리뷴〉 위로 등을 구부렸다.

그라일리스는 남은 위스키를 마저 마셨다. 사고 이후 〈아이리시 타임스〉에 부고가 실렸을 때, 그가 방문한 반쯤 무너진 집의 주인은 아무런 애도의 표시도 전하지 않았다. 그는 짧은 편지가 올지도 모른다고 생각했지만 곧 그건 적절하지 못한 일이라고 생각했다. 그녀도 그렇게 생각했을 것이다.

그는 두 번째 담배를 비벼 껐다. 집에서는 담배를 전혀 피우지 않았고, 그건 혼자가 된 이후로도 마찬가지였다. 분관 도서관은 흡연이 금지되어 있었는데, 그가 주장한 규칙이었다. 그러나 1979년의 가을, 뒤이은 겨울과 봄에 그가 자주 찾은 거실에서는 담배를 사이에 두고 우정이 싹텄고, 립스틱이 묻은 코르크 필터가 황금방울새가 그려진 재떨이 위로 쌓여갔다. 그 장면이 지금도 고통스러울 만큼 선명하게 새겨져, 마치 사진처럼 정지한 상태로 그의 생각 속에 자리 잡고 있었다.

그라일리스는 술잔을 들고 바로 돌아갔다. 매끈한 머리칼을 가진 청년과 잠시 날씨 이야기를 나누다 술집에서 나왔다. "건강 조심하세요, 그라일리스 씨." 청년이 뒤에서 외쳤고, 그가 그러겠다고 말했다.

운전하면서 그는 아무 생각도 하지 않으려 애썼다. 그가 아직 먼스터앤드레인스터 은행의 신입 직원이던 때 그의 아내가 된 소녀도, 그의 분관 도서관에서 책을 빌려서 알게 된 여자도 생각하지 않았다. 지나가는 풍경은 그가 술집에 들르기 전에 지나친 풍경과 별반 다르지 않았다. 아일랜드어와 영어로 곧 나타날 도시의 이름을 써놓은 표지판이 나왔을 때도 마찬가지였고, 도시의 변두리로 진입했을 때에야 잘 가꾼 정원에 여름 꽃들이 피어난 단층집 몇 개가 나타났다.

앞 유리에 가격이 표시된 차들이 라이어든의 앞마당에 늘어서 있었고 *당신의 닛산 중개인*이라는 프랜차이즈 안내문이 붙어 있었다. 발전소를 지나니 롤리 자전거포의 녹슨 초록색 간판이 나왔고, 근처에는 사람 두 명과 그들의 자전거뿐이었다.

저녁의 교통량 때문에 도시 중심가로 진입하는 속도가 느려졌다. 그라일리스는 옆의 창문을 내리고 창턱에 팔꿈치를 올렸다. 원래는 집으로 곧장 가려 했지만 마음을 바꿔 분관 도서관이 있는 카트밀 스트리트로 방향을 틀었다. 이곳에선 차량이 고요함을 방해하지 않았다. 가끔 남자애들이 스케이트보드를 타고 덜거덕거리며 왔다 갔다 했지만 지금은 없었고, 보행자도 거의 없었다. 그는 라임나무 아래 차를 댔다. 그리고 강을 따라 걷기 시작해 길 건너 버려진 창고들 사이에 웅크리고 있는 한 작은 건물로 향했다. 카트밀 스트리트에 늘어선 창고들은 라임나무, 강과 함께 이 길만의 독특한 분위기를 자아냈다.

오늘 그는 1시에 도서관 문을 닫았다. 주중 오후에 문을 닫는 유일한 날로, 이날은 중심가에 있는 다른 가게들도 문을 닫았다. 열쇠를 돌려 문을 따고 다시 도어락에 비밀번호를 입력한 뒤 엷은 파란색 문을 밀었다. 카운티 도서관을 끈질기게 괴롭혀 이 도시에 분관 도서관을 열게 만든 것은 해버티 씨였는데, 그는 로어노스 스트리트의 실패한 식료품 잡화상이자 일평생 총각이었고 서부물 소설가 중에서도 제인 그레이의 광팬이었다. 또한 그 도서관의 첫 번째 사서가 된 사람도 해버티 씨였다. 그라일리스는 도서관이 처음 문을 열었을 때부터 책을 빌려 보았고, 평범한 도서관 부지와 책 선반으로 가득 찬벽, 문 옆의 좁은 대출대에서 편안함을 느꼈다. 그는 분관 도서관을 가장 자주 찾는 방문객이었고, 급성 관절염으로 도서관 업무가 점점 버거워졌을 때 해버티 씨는 그라일리스를 후임자로 지목하며 은행 직원의 창창한 미래로부터 그를 꾀어냈다. 그는 그 모든 불이익에 대해 깊이 생각해보지도 않고 해버티 씨의 제안을 승낙했다. "도대체 왜요?" 그와 결혼한 소녀는 당황과 실망에 휩싸여 항의했다. 안정적인 직장은 마땅히 있어야 하는 것이었다. 곧 있을 그의 승진은 도시의 땅딸막한 회색 랜드마크, 난간과 나뭇결 고운 현관문이 있는 은행 옆 주택에 살게 된다는 뜻이었다. 여자는 그 집과 결혼했다. 책은 두 사람이 공유하는 취미였던 적이 한 번도 없었고, 그녀에게 책이 꼭 필요했던 적도 없었다.

책이 꼭 필요했던 여자는 가게에서 나오면서, 차에 타면서 그라일리스의 눈에 자주 띄었다. 그가 여태까지 알았던 종류의 여성들과는 달랐다. 그녀는 키가 크고 나름의 아름다움이 있었다. 침착한 태도와 옷차림에서 남들과는 다르다는 것이 드러났고, 해버티 씨가 은퇴한 것을 모르고 멍한 얼굴로 그가 어디에 있는지 궁금해할 때는 더욱더 다른 사람들과 달라 보였다. 그녀는 그라일리스와 이야기를 나눌 때 미소를 지었고, 그는 전에 그녀의 미소를 본 적이 없었다. 다음번에는 대화가 더 길어졌고, 그다음 번에는 더욱 쉬워졌다. 그녀에게 어떤 소설가를 추천하느냐고 물었을 때 그는 프루스트와 맬컴 라우리를, 포스터와 매덕스 포드를, 개스켈 부인과 윌키 콜린스를 소개해주었다. 그는 그녀를 위해 《더블린 사람들》을 한 권 더 들여놓았는데, 기존에 있던 책은 비를 맞아 글씨를 알아볼 수 없게 되었기 때문이었다. 그는 《브라이턴 록》과 《밤은 부드러워》로 그녀의 관심을 이끌었다. 그녀는 혼자서 엘리자베스 보웬을 찾아냈다.

점심시간이면 그는 깔끔한 그녀의 거실에서 와인을 따랐다. 그들은 자신이 경솔하다고 생각하지 않았는데, 자신들은 그런 사람이 아니기 때문이었다. 두 사람은 스콧 피츠제럴드 소설 속의 경솔한 사람들에 대해, 펠리스 플롭하우스에 대해, 취한 광장과 돌코테 물방앗간에 관해 이야기를 나누었다. 주드의 고난은 여러 새롭고 작은 차원을 얻었고, 프루디 부인과 데이지 밀러가 그랬듯 조 가저리의 선량함이 하루를 기쁘게 했다. 엘런 웨지워스가 죽었고, 더멋 트렐리스는 잠들었다. 모리스 벤드릭스는 친구의 아내를 껴안았다.

그들은 자기 삶에 대해 이야기하는 데는 관심이 없었다. 그들의 대화는 그렇지 않았으나, 본인들이 모르는 사이 그들의 우정으로 전과 달라진 방 안에는 그들의 삶이 있었다. 두 사람은 감정을 건드리지 않았고, 후회나 과거에 있었을지 모를 것들을 건드리지 않았다. 그들은 단어를 통제하는 능력을 잃지 않았다. 그녀는 지나간 과거를, 그는 아직 그곳에 있는 것을 배신하지 않았다. 그녀가 커피를 내오면 그는 내리는 비나 차가운 봄의 햇살을 바라보다 고개를 돌렸고, 다시 와일드펠 홀에 대해 이야기했다. 그녀는 넓은 현관을 배경으로 계단 위에 서 있었고, 그의 백미러에 보이던 그녀의 모습은 곧 버드나무로 바뀌었다.

소문이 시작되었다. 길 위에서 그의 차가 목격되었고, 사람들은 그녀가 도서관을 자주 찾는 것을 알아챘다. 아직 심각하진 않았지만 곧 심각해질 것이었다. 그도 그녀도 그 사실을 알았으나 입 밖에 내지는 않았다. 낮이 길어지기 시작할 때까지 세 번의 계절이 지나갔다. 여름이 되면 두 사람은 야외 잔디밭의 흰색 테이블에 앉을 것이었으나, 여름은 오지 않았다.

그라일리스는 오늘 아침에 반납된 책들을 다시 책장에 돌려놓았다. 여전히 누군가가 《알라의 정원》을 읽었고 범죄 소설

117

이 인기 있었으며, 조젯 헤이어가 위상을 유지하고 있었다. 빛바랜 책등이 오래된 종이 냄새가 만든 세상을 에워쌌다. 그녀는 그의 이 공간이 부럽다고 말했다.

그는 나가기 전에 주변을 둘러보았다. 문 옆의 대출대에 붙은 포스터가 6월에 열리는 딸기 축제를 알렸다. 문 위에는 짚으로 만든 브리지다 성녀의 십자가가 걸려 있었다. 그녀가 그에게 부럽다고 말한 것은 텅 빈 이삿짐 차량이 덜컹거리며 도시를 지나 그녀의 물건을 가득 싣고 느릿느릿 떠나간 날 저녁이었다. 두 사람은 개러허 부인이 《지혜의 일곱 기둥》을 대출하는 것을 기다린 다음 작별 인사를 나누었다. 그날은 화요일이었다.

그는 문을 잠근 뒤 차를 타고 떠났다.

*

그의 텃밭에서 양상추의 속이 차오르고 있었다. 그는 양상추를 하나 따고, 쪽파와 파슬리도 땄다. 그리고 잠시 돌아다니다 덮개 아래서 잘 익은 토마토 하나를 딴 뒤 텃밭 옆길에 놔두었던 수확물을 주워 모았다. 그는 정원과 집으로 돌아오는 길의 허무함에 전혀 익숙해지지 않았고, 앞으로도 익숙해질 일은 없을 거라 생각했다. 그는 부엌에서 수프 통조림과 정어리 통조림을 땄다. 그리고 양상추를 헹구었다.

'그 사람 그러고 나서 나한테 전화를 했어.' 그는 부엌의 문간에 서서 클리퍼티가 지금쯤 이렇게 말하는 모습을 상상했다. 그리고 자신의 하루를, 그가 얼마를 포기하는 건지 따져보던 변호사의 경고를 돌아보았다. '그 사람 문제가 뭔지 모르겠다니까.' 클리퍼티가 이렇게 말하며 그밖엔 오늘 별다른 일이 없었다고 덧붙였다.

어딘가에 위스키가 있었다. 그라일리스는 부엌의 병들 사이에서 위스키를 찾아냈다. 그리고 위스키를 약간 따른 뒤 샐러드에 넣으려고 오일과 식초를 섞었다. 라디오에서 농업계 소식과 시장의 최신 동향이 흘러나왔고 요란한 디제이가 수다를 쏟아내다 시끄러운 음악이 시작되었다. 그 이후의 적막함이 기쁨을 주었다.

그라일리스는 부엌 식탁에 나이프와 포크를 차리며 오늘 밤 아이들 중 한 명에게서 전화가 올까 생각했다. 자식들이 그래야 할 이유는 없었다. 얼마 전 전화가 왔을 때 두 아이는 아무 문제도 걱정거리도 없다고 했다. 그는 아직 식사를 하고 싶지 않아서 위스키를 더 따랐다. 이 집에서 혼자 술을 마신 게 언제인지 기억나지 않았다. 집에 있는 위스키는 손님을 위한 것이었다.

그는 술잔을 들고 정원으로 나가 아직 피지 않은 펜스테몬과 장미, 크로코스미아 사이를 걸었다. 2월에 일렬로 심은 아티초크가 꽃잎이 떨어진 해바라기처럼 웃자라 있었다. 따스한 노을 속에서 라벤더 향기가 풍겼다.

위스키의 힘을 빌린 말은 이제 사사로운 일, 더 이상 패닉을 일으키지 않는 질서 정연한 기억 속의 속삭임이었다. 변호사를 찾아가면서, 그 집으로 돌아가면서 그는 기억 밖에서는 건드리지 말아야 했던 것을 건드렸다. 기억 속에서는 모든 것이 영원히 그곳에 있었고 아무것도 변할 수 없었다. 분관 도서관에서 은퇴해도 돈은 많지 않을 것이므로 오늘의 행동은 일종의 표현이었다. 그 행동을 낯선 사람이 어떻게 해석하느냐는, 호기심이 무엇을 떠올리고 소문이 무엇을 퍼뜨리느냐는 중요치 않았다. 그 대신 다시 싱그럽고 밝은 얼굴과 은근한 수줍음이 있었다. 그 대신 다시 진홍빛 도는 황갈색 담배를 입술로 가져오는 나이 많은 여자가 있었다. 다시 결혼 생활의 행복이 있었고, 다시 포옹을 상상했다.

그 이상은 없었고, 앞으로도 없을 것이다. 장식품도 받지 않을 것이다. 그러면 현실을 속이게 되기 때문이었다. 도자기 한 점도 받지 않을 거라고, 그는 그렇게 편지를 쓸 것이다. 비밀의 그림자 속에 겨울 꽃이 흩어져 있었고, 기만이 조용한 사랑을 기렸다.

고독

나는 의자 위에 서서 잠금장치를 향해 손을 뻗는다. 현관문을 열고 의자를 다시 제자리에 끌어다 놓는다. 현관 옆의 거울을 보고 머리를 빗는다. 나는 일곱 살이고, 아빠가 아래층으로 내려오길 기다리고 있다.

우리 집은 파란색 현관문이 달린 좁다란 집으로, 런던의 한 광장에 있다. 아빠는 멀리 떠나 있다가 막 돌아왔다. *첫날 아침엔 카페에 갈 거야.* 아빠가 내게 보낸 엽서를 한참 전에 엄마가 읽어줬다. "이런 걸 피라미드라고 한단다." 내가 손가락으로 사진을 가리키자 엄마가 말했다. 그리고 덧붙였다. "곧 아빠가 오실 거야." 하지만 그 뒤로 50일이 지났다.

아빠가 계단에서 휘파람 부는 소리가 들린다. "런던 다리가 무너지네." 그리고 아빠는 나를 껴안는다. 내가 잠들어 있던 지난밤에 도착했기 때문이다. 아빠는 내가 이만큼 자란 게 믿어지지 않는다고 말한다. "네가 지독하게 보고 싶었단다." 아빠가 말한다.

우리는 광장을 가로질러 자동차와 거리가 있는 곳까지 함께 걷는다. "커피요." 아빠가 카페에서 말한다. "커피 부탁합니다. 그리고 러시안 케이크도 하나 주세요. 누굴 위한 건지는 아시겠죠."

그러나 그러는 내내 무슨 일이 벌어져 있고 그러는 내내 나는 그것을 절대 말하면 안 된다는 사실을 안다. 그런 걸 목격한 아이는 잊는 게 최선이라고, 업실라 부인이 말했고 찰스가 그의 기다랗고 새까만 머리를 끄덕였다. 찰스는 아이를 탓할 순 없다고 말했다. 애들은 늘 소파 뒤에서 놀고, 애들이 할 수 있는 것은 쳐다보는 것뿐이다. "내 알 바는 아니지." 찰스가 말했다. "가난한 흑인 남자가 참견할 일이 아냐." 그리고 내가 여전히 부엌문 바깥에 서 있는 걸 모르고 업실라 부인은 역겨워 죽겠다고 했다. 찰스는 그래도 우리 엄마가 아빠와 함께 쓰는 침실에 자기 친구를 들이진 않았다는 점을 상기시켰다. 적어도 그 정도의 섬세함은 있었다. 그러나 업실라 부인은 그게 섬세함이냐고 했고, 엄마의 친구를 추잡한 남자라고 불렀다.

"프랑스어 배우고 있니?" 카페에서 아빠가 말한다. "프랑스어가 좋아?"

"역사만큼 좋진 않아요."

"역사에선 뭘 배웠어?"

"정복자 윌리엄의 아들도 눈에 화살을 맞았어요."

"어느 쪽 눈? 어느 쪽 눈인지도 말해줬어?"

"아뇨, 그건 안 가르쳐줬어요."

카페에서 우리를 맞이한 웨이트리스는 언제나 우리를 챙겨준다. 아빠는 우리가 늘 같은 자리에 앉아서 그런 거라고 말한다. 그리고 저 직원이 티치아노 머리칼을 가지고 있다고, 그게 저 머리 색깔의 이름이라고 말한다. 아빠는 언제나 사람들 이야기를 한다. 사람들이 이런저런 특징을 가졌다고 말하고, 그 사람에 대해 추측하거나 질문을 던진다. 우리에게 길을 물은 사람이나 거지, 아빠를 붙든 사람, 가게에서 만난 사람 모두와 곧잘 대화를 시작한다. "사탕 왕처럼 다 가졌네." 한번은 카페에 있는 사람이 이렇게 말하는 것을 들었다. 아빠는 웃으며 고개를 저었다.

카페에 있는 내내 나는 아빠에게 말해주고 싶다. 왜냐하면 아빠가 여행에서 돌아오면 나는 아빠에게 모든 걸 말하기 때문이다. 그날 밤 내가 꾼 꿈에 대해, 그 모든 게 다시 벌어진 꿈에 대해 이야기하고 싶다. "끔찍한 악몽을 꿨구나." 엄마는 나를 달래주었지만 어떤 꿈이었는지는 몰랐는데, 내가 얘기하지 않았기 때문이다. 나는 얘기하고 싶지 않았다.

"미술관은 어때?" 커피를 다 마시자 아빠가 제안한다. "아니면 오늘 인형 박물관에 갈까? 봐봐, 아빠한테 이게 있어."

아빠가 여행에서 사 온 손수건을 테이블 위에 펼친다. 색이 다 바랬고, 너무 성겨서 군데군데가 훤히 비친다. 아빠는 이게 오래된 이집트 실크라고 말한다. 손수건에는 패턴이 있고, 내가 그걸 볼 수 있도록 아빠가 패턴 위로 검지를 움직인다. "네 거야." 아빠가 말한다. "네 거."

인형 박물관으로 가는 버스 안에서 아빠가 이집트 이야기를 한다. 이집트는 해가 너무 뜨거워서 피부가 벗겨질 수도 있고, 너무 뜨거워서 오후에는 누워서 쉬어야 한다. 언젠가 아빠가 날 이집트에 데려갈 것이다. 언젠가 내게 피라미드를 보여 줄 것이다. 버스에서 내려 박물관으로 걸어갈 때 아빠가 내 손을 잡는다.

나도 길을 안다. 그러나 박물관에 도착하자 내가 가장 좋아하는 인형이 선반 위에 없다. 직원이 그 인형은 아파서 병원에서 회복 중이라고 말한다. 아빠는 저분이 그냥 그렇게 말하는 거라고 한다. 아빠가 인형에 대해 묻는다. 그 스페인 인형은 다음 주에 돌아올 것이다. "그러면 다음 주에 다시 오자." 아빠가 약속한다. "늦게까지 안 자고 파티할 사람이 누구지?" 집으로 돌아갈 때 아빠가 말한다.

파티는 오늘 밤이다. 와인이 부엌 식탁에 꽉 차게 두 줄로 늘어서 있다. 쟁반 위에는 다른 술들이 있고, 잔들이 채워지길 기다리고 있다. 파티가 있는 날에는 찰스가 도와주러 특별히 일찍 온다. 아빠가 돌아오면 언제나 파티를 연다.

"저기 앉아서 샌드위치 먹으렴." 업실라 부인이 요리 중인 음식 위로 잿빛 머리를 숙이고 있다. 너무 바빠서 고개를 들 틈이 없다. 찰스가 내게 윙크를 하고 나도 윙크를 보내려 하지만 잘되지 않는다. 찰스가 내가 앉은 곳 근처를 지나가고, 먹고 싶지 않은 샌드위치는 이제 그 자리에 없다. "착하기도 하지." 샌드위치를 먹었냐고 물어서 그렇다고 대답하자 업실라 부인이 말한다. 찰스가 미소를 짓는다. 데이비가 킬킬 웃고 애비게일도 킬킬 웃는다.

애비게일과 데이비는 진짜가 아니지만 거의 대부분 내 곁에 있다. 그날, 문이 열리고 엄마와 엄마의 친구가 거실로 들어왔을 때도 애비게일과 데이비는 그곳에 있었다. "괜찮아." 엄마가 말했다. "애는 여기 없어." 그러자 데이비가 킬킬 웃었고 애비게일도 킬킬 웃었으며 나는 둘을 조용히 시켰다.

"이런, 이런." 업실라 부인이 내게 착한 아이라고 하자 부엌에서 찰스가 말한다. 찰스는 이 말을 하도 자주 해서 업실라 부인을 짜증 나게 한다. "왜 저러는 거야?" 부인은 매번 내게 묻는다. "무슨 뜻이야, 저게?" 그리고 찰스는 언제나 웃는다.

나는 내가 먹지 않은 샌드위치를 줘서 감사하다고 업실라 부인에게 말한다. 부인은 내가 고마워하는 것을 좋아하기 때문이다. 위층으로 올라가는 길에 카페에 있던 사람이 사탕 왕처럼 다 가졌다고 말했을 때 아빠가 그 말을 엄마에게 전한 것이 기억난다. 아빠는 이렇게 아름다운 아내까지 가졌다는 의미였을 거라고 말했다. 내가 이 얘기를 하자 업실라 부인은 다르게 생각할 수도 있다고 말했다. 카페에 있던 사람은 엄마가 받은 유산을 말한 걸 수도 있다고 했다.

위층에서 아빠는 침실 문 옆에 서 있고 엄마는 침대를 정리하고 있다. 아빠는 엄마에게도 손수건을 선물했다. 내 것보다 더 컸고, 이미 엄마는 손수건을 스카프처럼 두르고 있다. "당신 정말 아름다워!" 아빠가 말하자 엄마가 웃음을 터뜨린다. 옛날에 아빠가 엄마에게 준 목걸이가 짤랑거리는 소리 같다. 화장실 욕조의 수도꼭지에서 물이 조금씩 내리흐르고 있다. 엄마가 이제 몸을 담그려고 수도꼭지를 잠갔다. "와인병 따는 거 도와줄 사람?" 아빠가 말하고 엄마는 아빠에게 창문을 열어달라고 한다. 내 이마에 키스하는 엄마의 입술이 부드럽다. 엄마의 향기 때문에 두 눈을 감고 언제나 그 향기를 맡고 싶어진다. "우리 아기." 엄마가 내게 속삭인다.

부엌에서 아빠가 와인의 코르크 마개를 열고 나는 그것들을 한데 모아 개수를 센다. 붉은색 병은 사실 초록색이지만 병을 비울 때까지는 초록색을 볼 수 없다고 아빠가 말한다. 아빠는 코르크 따개를 밀어 넣기 전에 마개를 감싼 반질거리는 비닐을 뜯어낸다. "보자, 이제 다 했다." 아빠는 이렇게 말하고 총 몇 개인지 묻는다. 나는 서른여섯 개라고 말한다. "다음에 아빠랑 미술관 갈 거지?" 아빠가 말하자 머릿속에 춤추는 여자들과 크리켓 경기장에 부는 폭풍과 성 카타리나와 화가의 자화상이 떠오른다. "기대할게." 아빠는 이렇게 말하고 다시 위층으로 올라간다.

애비게일과 데이비, 나는 내 방에서 논다. 우리는 이집트에서 피라미드에 기어오르는 척을 하고, 애비게일은 머리카락이 있어도 태양 때문에 머리가 탈 수 있으니 면으로 만든 모자를 써야 한다고 말한다. 그래서 모자를 가지러 내려가지만 아래는 더 시원해서 우리는 그냥 거리를 걸어 다닌다. 시장에서 집에 가져갈 선물과 반지, 브로치, 이집트 복숭아 병조림, 이집트 초콜릿, 바닥에 깔 이집트 러그 같은 것들을 산다. 그러다 나는 다시 부엌으로 돌아간다.

찰스는 얼음을 사러 나가고 없다. "나랑 여기 있을 거니?" 아직도 요리하느라 바쁜 업실라 부인이 말한다. "너 신발 끈에 걸려 넘어져." 부인은 이렇게 말하며 잠시 전기 믹서가 알아서 돌아가게 둔다. 그리고 엄청난 사고가 벌어질 수 있다며 내 신발 끈을 묶어준다. 부인이 신발 끈은 언제나 두 번 묶어야 한다고 말하고, 나는 다시 부엌에서 나온다.

거실에는 올리브와 핑거 푸드를 담은 그릇이 놓여 있다. 불이 활활 타오르고, 난로 앞의 철망이 내려와 있다. 나는 유리창에 흘러내리는 물방울을 구경한다. 비를 피해 뛰어가는 광장의 사람들, 개에게 우산을 씌워준 여자, 얼음을 들고 돌아오는 찰스를 구경한다. 차가 느릿느릿 움직이고, 가로등에 불이 들어온다.

난롯가의 안락의자에 앉아 책 속 그림을 들여다본다. 아이들을 우리에 가둔 늙은 여자, 거인들, 난쟁이들, 거울 속에 비친 왕비의 모습. 다시 광장을 내다본다. 엄마의 친구가 첫 손님이다. 그 남자는 자동차가 지나가기를 기다렸다가 광장을 가로지른다. 곧 초인종이 울리고 계단을 걸어 올라오는 발소리가 들린다.

"이거 하나 먹어." 그 남자가 거실에서 말한다. 업실라 부인이 만든 막대 모양 치즈 과자다. 그리고 이제 춤을 배울 시간이라며 음악을 튼다. 그는 내게 같은 스텝을 다시 한번 보여주는데, 내가 절대 따라 하지 않기 때문이다. 나는 따라 하고 싶지 않다. "걔네들은 잘 지내?" 그가 내게 묻고 나는 그가 데이비와 애비게일을 말한다는 걸 안다. 엄마가 그에게 데이비와 애비게일 이야기를 한 후로 그는 줄곧 내게 이렇게 묻는다. 그날 오후에 데이비와 애비게일도 그곳에 있었다고 말할 수도 있지만, 나는 그냥 걔들이 잘 지낸다고 말한다. 그때 다른 사람들이 들어오고 그는 그 사람들과 대화를 나눈다. 그가 너무 싫어서 죽어버렸으면 좋겠다.

커튼에 반쯤 가려진 창가 자리에 앉아 소리를 듣는다. 한 남자가 자신이 참가한 자동차 경주 이야기를 하고 있다. 조만간 그가 우승할 거라고, 한 여자가 말한다. 하얀 재킷을 입은 찰스가 마실 것을 권한다.

사람들이 더 온다. "아니, 이게 누구야!" 페얼리 씨가 나를 내려다보며 웃다가 내 옆에 앉는다. 그리고 늙고 지쳐서 이제 이렇게 놀러 다닐 수가 없다고 말한다. 페얼리 씨가 오늘 무엇을 했는지 물어서 인형 박물관 이야기를 한다. 아내가 죽은 후 페얼리 씨가 혼자서 그럭저럭 살아가고 있다고, 업실라 부인이 내게 말했었다. 엄마도 장례식장에 갔지만 오늘 페얼리 씨는 그 이야기를 하지 않는다. "불쌍한 영감." 찰스가 이렇게 말했었다.

너무 많은 사람이 말을 하고 있어서 음악이 거의 들리지 않는다. 새로운 쟁반을 들고 지나갈 때마다 찰스가 손가락으로 내게 인사하고, 페얼리 씨가 재미있다고 말한다. "이런, 두 사람 좀 봐!" 한 여자가 이렇게 말하고 페얼리 씨에게 키스한 뒤 내게도 키스를 한다. 그때 아빠가 다가온다. "졸린 사람?" 아빠는 이렇게 말하고 나를 파티에서 데리고 나온다.

다시 여행을 떠날 때까지 한참이나 남았다고, 아빠가 장담한 뒤 방의 불을 끈다. 그러나 어둠 속에 있으니 마치 꿈속에 있는 것 같다. 아빠는 떠나서 돌아오지 않을 것이고, 돌아오고 싶어 하지도 않을 것이다. 다시는 함께 미술관에 가지 못할 것이고, 우리가 가장 좋아하는 해변의 소풍을 그린 그림도 다시는 못 볼 것이다. 카페도, 인형 박물관도 다시는 함께 가지 못할 것이다. 아빠가 "졸린 사람?"이라고 말하는 일도 다시는 없을 것이다.

어둠 속에서 나는 울고 싶지만 울지 않는다. 다른 생각을 해본다. 광장에 사고가 있었던 날, 다른 사람이 사는 줄 알았다며 모르는 남자가 집으로 찾아온 날. 그러다 혼자 사는 페얼리 씨 생각을 한다. 창가 자리에서 내 옆에 앉았을 때만큼이나 페얼리 씨의 모습이 선명하게 보인다. 이마에 난 커다란 반점들과 흰머리, 전혀 늙어 보이지 않는 두 눈. "젊었을 땐 외과의사였어." 엄마가 장례식에 간 날 아침 업실라 부인이 찰스에게 말했다. 한 번도 가본 적은 없지만 페얼리 씨가 집에 있는 모습이 보인다. 그가 최선을 다해 혼자서 요리를 하는 모습, 계단 위에 놓인 청소기가 보인다. "페얼리 씨의 수술대에 오르는 걸 누가 마다하겠어." 언젠가 찰스는 이렇게 말했다.

음악 소리가 너무 희미해서 우리 집이 아닌 다른 곳에서 들려오는 것 같다. 사람들이 춤을 추고 있는지 궁금하다. 10시가 되면 파티는 끝날 거라고 업실라 부인이 말했다. 그때가 되면 사람들은 다른 레스토랑으로 뿔뿔이 이동할 것이다. 어쩌면 모두가 같은 레스토랑으로 갈 수도 있고, 누군가는 그냥 집으로 갈 수도 있다. 이건 업실라 부인이 경험한 몇몇 파티와 달리 오래 이어지지 않는 그런 종류의 파티다. "여기서요?" 업실라 부인이 그렇게 말하자 찰스가 놀라서 물었다. "이 집에서요?" 그러자 업실라 부인은 아니라고, 이 집에선 밤새 파티를 연 적이 한 번도 없다고 말했고, 찰스는 늘 그렇듯 근엄하게 고개를 끄덕이며 부인 말이 옳을 거라고 말했다. 모두가 떠나면 찰스는 한 시간 정도 더 남아서 업실라 부인을 도와 집을 치울 것이다. 나는 그때까지 깨어 있었던 적이 한 번도 없다.

데이비는 그게 일종의 게임이라고 말한다. 재미있는 거야, 데이비가 말하지만 애비게일은 고개를 젓는다. 양 갈래로 땋은 애비게일의 까만 머리가 날아다닌다. 나는 그 얘기를 하고 싶지 않다. 그날은 수요일이었다. 업실라 부인은 그날 오후 집에 없었고, 찰스는 광장의 화단을 손질하고 있었다.

다시 페얼리 씨에 대해 생각해보려 한다. 페얼리 씨는 자기 침대를 정리해야 하고, 아내가 해주었던 모든 일을 혼자서 해낸다. 하지만 페얼리 씨는 자꾸 스르르 도망간다. 엄마의 드레스가 바닥에 나뒹굴었고, 소파 뒤에서 슬쩍 쳐다보자 엄마의 목걸이도 바닥에 널브러져 있었다. 나중에 엄마는 문을 잠갔어야 했다고 말했다.

음악은 여전히 멀리서 들려온다. 사람들의 소음은 대화라기보다는 윙윙거리는 소리 같다. 나는 이불을 밀치고 발끝으로 계단까지 걸어와 난간 사이로 아래를 내려다본다. 업실라 부인이 파티를 위해 특별히 옷을 차려입었고, 찰스는 유리잔을 올린 다른 쟁반을 나르고 있다. 업실라 부인도 핑거 푸드를 담은 쟁반 두 개를 들고 사람들에게 다가간다. 부인이 베이컨을 감은 살구 요리를 만들었고, 샌드위치는 우표 크기만 하다. 사람들이 나와서 계단 맨 아래에 서 있다. 엄마와 엄마의 친구도 그곳에 잠시 서 있다가 엄마가 다시 거실로 들어간다. 그는 빨간 커튼이 드리운 창문 옆 벽에 어깨를 기댄 채 그 자리에 머무른다. "애가 알아." 그는 아빠가 돌아오기 하루 전에 그렇게 말했다.

다시 침대로 돌아가고 싶지 않다. 그곳에선 잠들지 않아도 꿈이 계속될 것이기 때문이다. 꿈속에서 업실라 부인은 아빠가 영원히 떠났다고, 당연히 그래야 하는 거 아니냐고 말한다. 아빠가 여행에 가져가는 가죽 가방은 내가 찾아도 원래 있던 곳에 없을 것이고, 나는 가방이 영영 그곳에 없으리라는 걸 알 것이다. 나는 이집트 손수건을 꺼내 아빠가 그 손수건을 카페 테이블에 펼쳐 패턴을 보여주던 모습을 기억할 것이다. 아빠는 그 카페를 '우리 카페'라고 부른다.

엄마의 친구가 두 번 꺾이는 계단의 맨 아래에서 위를 올려다본다. 그는 내게 손을 흔들고, 나는 그가 계단을 올라오는 모습을 바라본다. 입에 담배가 매달려 있지만 불을 붙이지는 않았고, 그는 손가락 하나를 입술에 댈 때도 담배를 빼지 않는다. "이 정도면 다 취하게 만들기 충분해." 마개를 따서 부엌 식탁에 올려놓은 와인병들을 보며 찰스가 말했었다. 나는 엄마의 친구도 술에 취했는지 궁금한데, 입에 문 담배에 불을 붙이지도 않았으면서 담뱃갑에서 담배를 또 하나 꺼냈기 때문이다.

남자가 비틀거리다 난간을 붙잡는다. 그리고 마치 재미로 그랬다는 듯 웃음을 터뜨린다. 얼굴에 난 땀이 보인다. 꼭 이마에 빗방울이 떨어진 것 같다. 또 한 칸 계단을 오를 때 그의 두 눈이 감겨 있다. 그는 천천히 계단을 올라온다. 한 칸, 그리고 또 한 칸. 남자의 입 끝에 침이 묻어 있고, 입에 물었던 담배 두 개비는 계단 카펫 위에 떨어졌다. 이제 손을 뻗으면 남자를 만질 수 있다. 내 손끝이 그의 검은 옷소매에 닿고, 그 아래 있는 팔을 느낄 수 있다. 그리고 그때 모든 것이 달라진다.

그가 굴러떨어진다. 난간이 부서진다. 쿵 소리가 나고, 또 쿵, 또다시 쿵 소리가 난다. 그리고 고요해진다. 업실라 부인이 나를 올려다본다.

*

아침 식사 장소로 선택한 호텔 정원의 테이블로 두 사람이 각자 걸어가는 것을 내 창문을 통해 바라본다. 그들은 내 자리 옆에 가지고 온 선물을 놓는다. 서로 대화를 나누지만 나는 두 사람이 무슨 말을 하는지 모른다. 창문에서 고개를 돌려 방금 입술에 바른 산호색 립스틱 위에 파우더를 바른다. 내 열일곱 번째 생일날, 타원형 거울 속에 비친 내 모습은 평상시와 전혀 다르지 않다.

아래층으로 내려와 텅 빈 살롱을 지나간다. 오후에 호텔 투숙객들을 성가시게 할 눈부신 태양을 가리기 위해 덧문이 반쯤 내려와 있다.

"*봉주르, 마드무아젤.*" 정원에서 웨이터가 내게 인사한다.

이른 아침인데도 공기가 부드럽다. 밤나무에서 밤이 떨어지기 시작했고, 밝은 진홍색 나뭇잎들이 시들고 있다. 하늘에는 구름 한 점 없다.

"우리 숙녀분 오셨네." 아빠가 말한다. 다홍색이 번진 분홍색 장미 한 송이가 있다. 아빠가 나를 위해 꺾어 왔다. 내 생일이면 아빠는 늘 어딘가에서 장미를 찾아낸다.

"오늘 뭐 할까?" 엄마가 내게 커피를 따라주며 묻고, 아빠는 순례자의 길로 떠났던 해를 떠올린다. 그때 아빠는 피곤해하는 나를 업어주었고, 그때 만난 한 할아버지가 우리에게 성 시신니오 이야기를 해주었다. 아빠가 열기구 여행과 카지노에 갔던 해를 떠올린다. 생일은 언제나 특별한 행사로 엄마 생일은 7월, 아빠 생일은 5월, 내 생일은 10월이다.

우리는 호텔에 산다. 광장에 있는 집을 떠나온 후로 쭉 유럽 각국에 있는 여러 호텔에서 지내고 있다. 처음에는 일시적인 생활처럼 보였지만 나중에는 영구적인 것이 되었다.

"그래서 오늘 뭐 하면 좋을까?" 엄마가 다시 묻는다.

내 생일이기 때문에 내가 선택할 수 있다. 두 사람이 준 선물을 열어보고, 선물을 품에 안고 감사하다고 말한 뒤, 나는 자작나무 숲을 산책하다가 초원이 나오는 곳에서 피크닉을 하고 싶다고 말한다.

"*무아, 쥬 쉬 투 레 스포르.*"* 옆 테이블에 있는 남자가 자기 친구에게 말한다. "*일 니어 나 꺄 언 설 오켈 쥬 느 망테레스*

파."**

35년이 지난 지금도 그 남자의 소곤거리는 목소리가 들린다. 그때 슬쩍 보았던 안경 쓴 분홍빛 얼굴이 보이고, 남자의 동행이 *테 드 실롱****을 주문하는 목소리가 들린다.

"정말 멋진 산책이겠다." 엄마가 말하고, 우리는 피크닉을 가기로 결정한 뒤 아침을 다 먹고 이런저런 음식을 사서 직접 점심식사를 준비한다.

"왜 항상 장미꽃 한 송이를 주는 거예요?"

산책을 하면서 아빠에게 묻는다. 엄마는 나와 아빠보다 한참 앞에 있다. 일부러 이 순간을 고른 것은 아니다. 엄마가 옆에 없어서가 아니다. 그런 건 절대로 아니다.

"아, 다른 뜻은 없어. 그냥 가끔 장미 한 송이를 주고 싶을 때가 있잖아."

"아빠 나한테 너무 잘해줘요."

"오늘은 네 생일이잖아."

"생일에만 그렇다는 게 아니고요."

엄마가 초원에 다다라서 뒤돌아 우리를 부른다. 아빠와 내가 엄마를 따라잡자 피크닉이 이미 준비되어 있고 와인의 코르크도 열려 있다.

---

* 난 모든 스포츠를 다 해.
** 내가 관심 없는 스포츠는 없어.
*** 실론 티.

"네 아빠하고 내가 처음 만났을 때 말야." 점심식사가 시작되자 엄마가 말한다. "네 아빠는 카메라 필름을 사고 있었는데 돈이 모자라단 걸 깨달은 거야. 우린 그렇게 만났어. 작은 가게에서. 아빠가 난처해해서 내가 지갑에서 동전 몇 개를 꺼내 빌려줬지."

"네 엄마는 늘 돈이 있었지."

"그래도 달라진 건 없어. 보통 유산을 받으면 많은 게 달라지거든. 그런데 어쩌다 보니 우리는 달라진 게 없지."

"그럼, 달라진 건 없지. 그런데 말야, 이야기를 더 나누기 전에 오늘을 위해 건배하는 게 어때?"

아빠가 와인을 따른다. "빌라나, 너 절대 혼자선 마시지 마. 그건 절대로 안 돼."

"그럼 내가 건배사 하는 건요? 그건 돼요?"

"뭐, 하면 하는 거지."

"생일 축하해줘서 고마워요."

종종 그렇듯 아빠가 불쑥 말을 시작한다.

"마르코 폴로는 유럽에 중국 제국의 이야기를 들려준 첫 번째 여행자였어. 누구도 그의 말을 믿지 않았지. 누구도 그가 말한 장소나 사람이 존재한다고 믿지 않았어. 심지어 쿠빌라이 칸의 존재도. 이게 오늘의 역사 수업입니다, 숙녀분. 아니면 역사와 지리학을 합친 것이거나. 우리가 어떻게 생각하는지는 중요치 않아."

"독일어로 '생각하다'는 *뎅켄*이야." 엄마가 끼어든다. "이탈리아어로는?"

"*펜사레*. 물론 *크레데레*도 있고."

"이 햄 맛있다." 아빠가 말한다.

두 사람이 나를 영국에서 데리고 나온 것은 그것이 가장 좋은 선택이었기 때문이다. 그 뒤로는 다시 학교로 돌아가지 않았다. 그들은 나름의 방식으로 나를 가르쳤다. 아는 것이 많았고, 내게 전부 다 가르쳐주었다. 이집트 학자로서의 아빠의 야망은 사라졌다. 늘 아직 발견되지 않은 것을 발견하겠다는 다짐과 함께 여행을 다니던 옛날에 아빠는 결혼 생활에서 독립성을 유지하려고 돈을 알뜰히 아꼈고, 이집트에서는 종종 공원 벤치에서 잠을 잤다. 그러나 광장의 집을 떠난 이후 아빠에게는 직업이 없었다. 아빠는 한때 자신이 경멸했던 아마추어가 되었다. 여러 권의 책을 썼지만 출판을 원하진 않았다.

"우와, 정말 좋다!" 아빠가 말한다. 나의 생일 피크닉이 끝나고 와인을 전부 다 마시자 아빠의 부드러운 목소리는 거의 들리지 않는다. 우리 셋은 모두 따뜻한 가을 햇볕 아래 누워 있다. 그러다 나는 남은 물건을 배낭에 싸며 아빠 말이 맞는다고, 정말 좋다고, 심지어 이게 행복이라고 생각한다.

"가끔 아빠가 운동을 충분히 안 하는 것 같아서 걱정돼." 갔던 길과 다른 길로 돌아오는 길에 엄마가 말한다. 이번에는 아빠가 우리보다 앞에 있다. 내가 늘 엄마나 아빠 중 한 명과 같이 있도록 일부러 상황을 짜 맞추는 것 같다.

"아빠가 운동을 충분히 안 해요?"

"뭐, 더 많이 할 수도 있지."

"아빠 어디 아파요?"

"아니, 전혀. 전혀 안 아파. 그런데 살다 보면 언젠가는……."

엄마는 하려던 말을 마치지 않지만 나는 이어질 말을 안다. 살다 보면 언젠가는 엄마도 아빠도 내 곁을 떠날 수밖에 없다. 내가 엄마의 말을 마무리했다는 걸 엄마가 알아챈 것이 느껴진다. 그게 우리가 사는 방식이다. 우리의 대화는 불완전하거나 아예 시작조차 되지 않는다. 두 사람은 자기들 사이에 작품을 만들었고, 그 안에 우리의 존재가 놓여 있다. 마치 모자이크 기술자가 만든 걸작처럼 빈틈없이 완성된 작품. 아빠는 자신이 알게 된 사실, 내가 보기엔 너무나도 중요한 사실인 엄마의 외도를 받아들인다. 엄마에겐 후회가 없고, 아빠에게도 괴로움이 없다는 것을 알 수 있다. 나는 두 사람이 싸우는 모습을 한 번도 보지 못했다. 둘은 나를 위해 자신의 삶을 희생한다. 끊임없이 반복되는 환경의 변화와 특색 없는 호텔의 가구. 전과 똑같은 것은 하나도 없다. 나를 위해 그 어떤 사소한 것도 간과하지 않는다. 두 사람에게 고마워하며 매일이 감사함으로 물든다고 말할 수도 있지만, 둘은 내가 그렇게 말하는 것을, 그런 식으로 감사함을 언급하는 것을 원하지 않는데, 그건 너무 지나치기 때문이다.

"퀠 아프레미디 스플렁디드!"*

"아, 위! 옹 푸 르 디르."**

"쟈도르 스 모멍 드 라 주르네."***

종종 엄마와 나는 엄마가 내게 가르쳐준 언어 중 하나를 불시에 말하기 시작한다. 엄마에게 그건 마치 자신이 허용하지 않은 단조로움이 깨지는 것과 같다. 엄마는, 그리고 아빠는 나처럼 런던의 집을 떠나온 것을 아쉬워할까? 그곳에 있을지 모를 변화를, 다른 색으로 칠해진 파란 현관문과 그 옆에 달린 명판을, 벨이 울리면 인터콤으로 흘러나오는 다른 목소리를 상상할까? 지금 거실은 어떤 모습일까? 1층의 방 중 하나에는 영사관이 있을까? 위엄 있는 사람들이 바삐 걸어 다니고, 비서들이 사인해야 할 서류들을 정리할까? 내가 확실하게 아는 것은, 그리고 당연히 두 사람도 아는 것은 내 방 벽지의 제비꽃이 페인트로 덮여 사라졌다는 것과 복도에 걸어놓은 조선소의 흑백 풍경 사진과 〈런던의 외침〉 그림이 이제는 없다는 것뿐이다. 어쩌면 나처럼 그들도 옛날의 느긋함이 집에 남아 있는지, 내 어린 시절 친구였던 유령들이 방에 출몰하는지를 궁금해할지 모른다. 영국을 떠난 뒤에는 한 번도 그 친구들을 다시 불러낼 수 없었다.

---

* 너무 멋진 오후다!

** 정말! 그 말이 맞아.

*** 나는 낮의 이런 시간이 정말 좋아.

*"세 브레멍 트레 보 라바."** 벌써 밤을 줍기 시작한 아빠를 따라잡았을 때 엄마가 말한다. 우리는 새 한 마리를 구경한다. 아빠는 희귀한 새라고 말하는데 우리 중 누구도 새의 이름을 모른다. 호텔에 있는 어린 남자애에게 밤을 줄 것이다. 우리는 각자 밤을 주우면서 이것이 훗날 함께 이야기하고 돌아볼 또 다른 생일의 추억이 될 것임을 안다.

"어니스트 섀클턴은 누구보다 비범한 사람이었어." 아빠가 언제나처럼 돌연 말을 꺼낸다. "아마 살을 에는 듯한 바람이 곧 삶이고 얼음이 눈앞의 풍경이었던 위인들 중 가장 뛰어난 사람이었을 거야. 섀클턴이 추구한 성배는 세상에서 가장 혹독한 여행 끝의 적막함이었어. 상상할 수 있니? 섀클턴보다 앞서 걸어간 사람들과 그의 뒤를 따른 사람들을. 서로에게 감춘 비밀과 남몰래 숨긴 질병, 그들의 기도, 그들의 실망감을 말야. 그러한 고난과 그 고난을 이겨낸 정신! 정말 이상하게 만들어졌어, 우리 인간이라는 존재는. 그렇게 생각하지 않니?"

아빠가 나를 피라미드에 데려가지 않았다는 사실은 아주 조금도 중요하지 않지만, 아빠가 그렇게 하지 않은 이유를 이해한다는 말은 절대로 하지 않는다. 왜냐하면, 당연히 그런 말은 하지 않는 게 최선이기 때문이다. 나 또한 솔직하지 않다.

"하이델베르크에 너를 한 번도 안 데려갔네." 아빠가 걸으면

---

* 저기 정말 멋지다.

서 생각에 잠긴다.

하이델베르크는 가을의 마지막 들꽃이 아직 피어 있을 것이고, 겨우내 크리스마스로즈가 핀다. 두 사람이 아는 젤덴호프 호텔은 더 웅장해졌을 거라고 엄마가 말한다.

둘은 하이델베르크에서 겨울을 보내기로 결정한다. 나는 하이델베르크에 있을 때 업실라 부인에게서 편지가 올지 궁금하다. 편지는 자주는 아니고 가끔 우리가 머무는 호텔에 배달되거나 유치 우편물 보관소에서 발견된다. 한번은 보지 말았어야 할 내용을 보았다. 기억 속의 읽기 힘든 글씨체가 업실라 부인이 늘 좋아하던 보라색 잉크로 쓰여 있었다. 그런 편지들은 절대 내 앞에서 개봉되지 않는다. 엄마의 소지품을 본 적이 있는데, 보관된 편지는 한 장도 없었다.

"우리가 결혼했을 때 한 달 동안 젤덴호프 호텔에 묵었었어." 아빠가 말한다. "거기서 내가 네 엄마 사진을 찍었지."

나는 그때에 관해 묻고, 두 사람이 만났다는, 아빠가 카메라 필름을 사고 있었다는 작은 가게가 어디인지 묻는다.

"이탈리아." 엄마가 말한다. "보르디게라의 해변가."

사진이 한 장 있다.

*

검표원의 수염은 희끗희끗하고 유니폼은 손길이 필요해 보인다. 나는 그를 잘 안다. 종종 그가 일하는 기차를 타고 이동하기 때문이다.

"*그라치에, 시뇨라.*"* 그가 밀라노와 제노바에서 갈아타라고 말하며 표를 돌려준다. 이른 오후가 되면 작고 기다란 해변 마을이 나타날 것이다. 느긋하게 달리던 기차는 속도를 줄여 멈췄다가, 요동친 뒤 다시 속도를 높일 것이다. 내가 이 여행에서 가장 좋아하는 구간이다.

나는 파란색 옷을 입었다. 파란색 옷이 내게 가장 잘 어울리기 때문이다. 사람들은 파란색과 초록색이 잘 어울리기 어렵다고 말하지만 가끔 나는 두 색깔을 같이 입기도 한다. 머리카락은 옛날식으로 깔끔하게 매만졌다. "너는 구식이야." 아빠는 이렇게 말하곤 했다. 꾸짖는 것은 아니었고, 아빠의 목소리는 여느 때처럼 밝았다. 엄마는 내가 아주 어렸을 때 내 구식 취향이 좋다고 했다. 현재 나는 결국 이탈리아의 한물간 해변 리조트에 정착한 쉰세 살의 여성이다. 이곳은 부모님이 서로를 만난 곳이다. 계산해보니 그때는 1949년이었다.

두 분은 돌아가셨다. 아빠가 80대에 먼저 떠났고, 1년도 지나지 않아 엄마가 떠났다. 그리고 그 누구보다 두 사람을 잘 알아야 할 나는 그들을 전혀 몰랐다. 돌아가시기 전날 밤 엄마가 내내 내 손을 놓지 않았음에도. 두 번째 장례식은 첫 번째

---

* 감사합니다, 부인.

장례식과 똑같이 간소하게 치렀고, 관은 두 분이 고른 작은 묘지에 나란히 묻혔다. 우리가 종종 여름을 보냈던 베르자스카 협곡 근처였다. 나는 겨울의 차가운 공기를 뚫고 두 사람을 떠났다. 내리기를 그친 눈이 땅에 쌓여 있었다.

그로부터 한 달쯤 뒤에, 우리가 평생 그랬듯 바트메르겐트하임에 있는 유치 우편물 보관소에 들렀다가 업실라 부인에게서 온 편지를 발견했다. 언제나처럼 엄마에게 부쳐진 편지가 그곳에 거의 1년간 놓여 있었다.

……소식을 들은 지 너무 오래되어 이렇게 편지를 씁니다. 걱정되지만 별일은 없겠지요. 부인은 그동안 이 늙은이에게 너무나도 잘해주셨습니다. 이곳 브라이턴의 여름은 그리 좋지 못했지만 저는 가까스로 버티고 있습니다. 아주 힘든 계절이었습니다. 많은 여주인이 집을 팔았고 저는 불길한 징조를 느끼며 한때 런던에서 보낸 그 시간들이 지금과 얼마나 달랐는지를 생각합니다. 이런 말을 하면 안 되는데, 결국 해버렸네요. 그저 소식을 들은 지 오래되어 이렇게 편지를 씁니다.

그 순간 엄마가 그 오랜 세월 동안 업실라 부인에게 돈을 주었음을 깨달았다. 아마 찰스에게도 주었을 것이다. 입을 다물게 하려는 부유한 자의 절박한 노력이었으리라고, 나는 그렇게 이해한다. 하지만 그렇다고 엄마를 탓하지는 않는다. 업실라 부인에게 엄마가 돌아가셨으며 아직 찰스와 연락이 닿는다면 찰스에게도 이 소식을 전해달라는 짧은 내용의 답장을 보냈다. 그들에게서 알겠다는 답장은 오지 않았으나, 업실라 부인에게서 온 이 편지 때문에 처음으로 엄마와 아빠를 기리고 싶은 마음이 들었다. 업실라 부인도 언젠가는 죽을 것이고, 찰스도, 나도 마찬가지일 것이다. 그때가 되면 이 세상에서, 어쩌면 전해도 될지 모를 이 이야기를 누가 알아줄 것인가?

내가 묵는 호텔, 보르디게라의 레지나 팰리스에서 나의 친구들은 식당의 종업원과 홀의 짐꾼, 침실의 청소부들이다. 나는 이런 우정에서 등을 돌리지 않고 함께 있는 시간을 즐긴다. 그러나 내 콤팩트의 거울을 들여다볼 때, 또는 햇볕이 좋은 날 가게의 유리창에 얼굴이 반사될 때나 거리의 거울을 힐끗 볼 때면 종종 나는 저 여자를 모른다는 생각이 든다. 더 오래 바라볼 때면 내가 보고 있는 것은 한때 어린아이였던 그림자에 내 상상력이 부여한 환상이 아닐지, 왜인지는 모르겠지만 나는 온전히 존재하지 않는 게 아닐지 궁금해진다. 그렇지 않다는 것을 알지만 그럼에도 여전히 그렇게 보인다. 엄마가 돌아가신 이후 혼란이 나의 삶을 물들였고, 깨어 있는 고독한 시간에는 두 분의 선함을 알리고 싶다는 충동에 시달린다. 이해할 수 없지만 그것이 강박이 되어 무엇을 해야 할지를 내게 고집스럽게 지시한다. 레지나 팰리스의 복도와 라운지에서 그럴 용기는 없었기에 수년간 나는 누추하고 오래된 해변 마을과

익명 뒤에 숨을 수 있는 먼 곳의 도시들로 향했다. 낯선 사람들 사이에서 계속 내 얘기를 들어줄 사람을 찾았다. 이야기를 듣고 난 뒤 두 분의 선한 행동을 감탄할 일로서 다른 이에게 전해줄 사람, 가족 모임과 저녁 식사, 술집과 가게에서 몇 번이고 되풀이되고 카드 게임과 체스 게임을 방해하며 다른 도시와 마을, 국가로 퍼져 나갈 경이로서 전해줄 사람을 찾았다.

찻집 테이블의 건너편이나 공원에서 들어줄 사람을 찾을 때마다 처음에는 정중함이, 잠시 후에는 반감이 있었다. 기차역의 대합실에서 지루하게 시간을 죽이던 여행자들은 시선을 돌리며 아무 말도 하지 않았고, 트램이나 기차의 승객들은 얼굴을 찌푸리며 귀찮은 사람을 밀쳐냈다. 그리고 내 조용한 사과는 그들의 귀에 들리지 않았다.

어리석었던 그때의 나는 이후에 내가 알게 된 것을 알지 못했다. 진실은, 그것이 인간의 정신을 찬미하는 것이라 해도, 말하기 끔찍한 내용이 있으면 퍼뜨리기 어렵다. 어둠은 빛의 당당한 광휘를 더욱 강렬하게 하지만 누가 그걸 알고 싶어 하겠는가? 결국 나는 내가 말해야 하는 일을 말할 수 있는 행운이 내게 허락되지 않는다는 사실을 받아들인다. 여행 가방의 바퀴가 보르디게라 기차역의 바닥 위에서 덜컹거리고, 기차역 밖의 저녁은 햇빛으로 환히 빛난다. 택시 기사는 내게 묻지 않아도 내가 갈 곳을 안다. 대화를 이어가기 위해 다음번 여행은 없을 거라고 말할 수도 있지만, 그러는 대신 그가 종종 말하는 그의 가족에 대해 묻는다.

"*부오나 세라, 시뇨라. 코메 스타?*"* 레지나 펠리스의 텅 빈 홀에서 오후의 짐꾼이 난데없이 나타나 나를 반갑게 맞이한다.

"*스토 베네, 조반니. 베네.*"**

화려한 유니폼 때문에 더 왜소해 보이는 작고 창백한 조반니는 레지나 펠리스의 매니저인 시뇨르 발라차만큼이나, 아니면 호텔의 좋았던 시절부터 프런트를 맡아온 고압적인 시뇨라 카사로티만큼이나 이곳 운영에 한몫을 한다. 유행은 한때 우아했던 것에서 진작에 그 마법을 빼앗고 벗겨진 페인트와 먼지 쌓인 야자수를 남겼다. 돌벽은 허물어지고 승강기는 고장이 났다. 그러나 내가 실패한 여행에서 돌아올 때마다 늘 묵는 방인 카메라 벤티노브***에서는 바다의 수평선을 볼 수 있다.

"언제나 보고 싶었습니다, *시뇨라.*" 조반니가 영어를 연습하며 내게 말한다. 그는 나와 대화하는 것을 좋아한다. "좋은 여행이었나요, *시뇨라?*"

"좋았어요, 조반니, 좋았어요."

이렇게 거짓말을 할 때 카메라 벤티노브의 문이 열린다. 조반니가 옆으로 비켜서고 내가 먼저 안으로 들어간다. 별건 아

---

* 좋은 저녁입니다, 부인. 좀 어떠십니까?
** 좋아요, 조반니. 좋아요.
*** 29번 방.

니지만 내가 돌아올 때마다 반복되는 의식이 또 있다. 덧문을 열고, 경치 이야기를 하고, 팁을 전달하는 것. 그 후에 조반니는 떠난다.

여행할 때 입은 옷들 중 일부를 옷장 안에 걸고 빨아야 할 옷들과 함께 보낼 세탁물 목록을 작성한다. 느긋하게 목욕을 한 뒤 아래층으로 내려가 여행할 때 읽으려고 샀던 쉬운 책을 마저 끝낸다. 다른 사람이 읽고 싶어 할 수도 있으니 신문 사이에 책을 놔둔다.

해변을 걸으며 산책로 위에서 똑같은 생각을 떠올린다. 거부당한 두 사람을, 이곳을 걸을 때는 서로를 잘 몰랐던 두 사람을 떠올린다. 사진 속에 있는 옷을 갈아입는 오두막은 사라지고 없다.

"*부오나 세라, 시뇨라.*"

이 산책로에서 서로에게 말을 거는 건 특이한 행동이 아니며, 낯선 남자가 여자에게 말을 거는 것 또한 특이한 일이 아니다. 그럼에도 나는 예상치 못한 목소리에 당황하고, 아마도 약간 놀란 얼굴을 한다.

"죄송합니다, 놀라게 하려던 건……." 사과하는 남자의 목소리가 점점 작아진다.

"정말로 괜찮아요."

"우리 둘 다 영국인인가 보네요." 남자의 목소리는 부드럽고 듣기 좋으며, 두 눈은 아주 선명한 푸른색이다. 남자는 키가 크고 옅은 색의 린넨 양복을 입었으며 늘씬하고 머리는 금발이다. 이마에는 주근깨가 있고 푸른색 줄무늬 셔츠에 눈동자처럼 파란 넥타이를 매고 있다. 친절한 의사일까? 학교 선생님? 원예가? 그의 어떤 면이 혼자 산다는 느낌을 풍긴다. 아내가 먼저 세상을 떠났나? 나는 궁금해졌다. 결혼을 안 했을까? 추측이 불가능하다. 그가 자기 이름이 다르블레라고 밝힌다. 내가 계속 걷기 시작하자 그가 방향을 바꿔 나와 함께 걷는 것이 그리 이상해 보이지 않는다.

"맞아요, 영국인이에요." 처음에 머뭇거렸기에 나는 더 따뜻한 목소리로 대답한다.

"그러실 줄 알았어요. 알아봤죠. 그렇더라도 주제넘은 짓이었지만요." 다양하게 변주된 그의 사과에 약간의 몸짓이 곁들여진다. 그가 살짝 미소 짓는다. "정신이 딴 데 가 있었어요. 걸으면서 열여덟 살 때 처음 읽은 소설을 생각하고 있었죠. 《훌륭한 군인》요."

"저도 《훌륭한 군인》 읽었어요."

"정말 슬픈 이야기예요. 얼마 전에 다시 읽었어요. 그쪽도 그 책을 여러 번 읽으셨어요?"

"네, 그랬어요."

"좋은 소설을 두 번째로 읽으면 언제나 전에는 몰랐던 것들이 보여요."

"맞아요."

"최근엔 서머싯 몸의 단편들을 다시 읽고 있어요. 전 그의 장편보다 단편이 더 좋은 것 같아요. 특히 〈연〉을 가장 좋아해요."

"영화로도 만들어졌잖아요."

"맞아요."

"보진 않았지만요."

"저도요."

산책로에는 우리뿐이다. 사람 한 명도, 개 한 마리도 없다. 갈매기조차 없다. 잠시 아무 말 없이 함께 걷다 내가 침묵을 깬다. 별말은 아니고, 그저 보르디게라의 바다를 좋아한다고 말한다.

"저도요."

우리의 발소리가 울려 퍼진다. 아니면 왜인지 내가 그렇게 상상하는 걸까? 잘 모르겠다. 내가 아는 것은 다시 침묵이 흐른다는 것과 내가 다시 그 침묵을 깼다는 것뿐이다.

"아주 오래전에 런던의 한 광장에 있는 집에 살았어요……."

그가 아무 말 없이 고개를 끄덕인다.

"제 아버지는 이집트 학자셨어요."

*

바에서 칵테일 마시는 사람들이 재잘대는 소리와 야자수 아래 무대에서 사중주단이 음악을 연주하는 소리가 흐르다 이윽고 녹음된 음악이 들려온다. 나는 키르를 주문하고, 바텐더는 내게 키르를 따라준 뒤 매일 밤 그렇듯 다른 할 일을 하러 나를 홀로 남겨두고 간다. 나는 오늘도 그럴 것이라 짐작하고 산책로에서 만난 영국 남자의 온화함을 술친구로 데려왔다. "가능성은 무궁무진해요." 그가 말했고, 나는 큰 어려움 없이 그의 독특한 목소리를 또 한 번 듣는다. "정말로요." 그가 말한다.

홀을 가로질러 레지나 팰리스 식당의 애쓴 화려함 속으로 들어설 때 나는 그 목소리와 함께다. 다르블레 씨의 침착함과 움직임 없이 손짓하는 듯 보이는 섬세한 손, 거의 없다시피 한 희미한 미소와 함께다. 이 거대한 식당에서 왕족의 행사를 열었었다고, 시뇨르 발라차는 주장한다. 그러나 오늘 밤 금박을 입힌 거울에는 깜박이는 샹들리에 아래 몇 없는 여행자들이 어슴푸레하게 비칠 뿐이다. 식당에는 테이블 위에 노란색 파이프를 올려둔 남자와 신혼여행 중인 것 같은 커플, 은퇴한 지얼마 안 된 여교사처럼 보이는 나이 든 두 독일인 *프로일라인**이 있다. 작은 난로에서 *필레토 디 마얄리노***와 *토르텔리 디 페코리노****를 계속 데우고 있다. 그러나 이 모든 현실은 다르블레 씨만 못하다.

"*시, 시뇨라*." 카를로가 내 주문을 받아 적는다. 콩소메와 가

---

* 아가씨.

** 새끼 돼지 안심.

*** 페코리노 치즈를 넣은 토르텔리.

자미 요리다. *"에 가비 디 가비, 수비토, 시뇨라."*

엄마는 내팽개친 드레스와 목걸이를 바닥에서 다시 주워 모았다. 거실은 엄마의 향기로 가득했고 엄마의 친구는 전축으로 레코드를 틀었다. 두 사람이 나간 후에도 그 목소리는 계속 노래하고 있었다. 그때 찰스가 들어왔고, 상황을 이해했고, 나를 광장으로 데리고 나가 자신이 가꾸는 화단을 보여주었다.

*"프레고, 시뇨라. 일 비노."***

술잔에 가비가 담겼고, 아는 맛이기에 맛보지 않고 그냥 고개를 끄덕인다.

"그라치에, 시뇨라."

다르블레 씨는 우리 집이 있던 광장을 걸었다. 몇 번이고 그곳에 있었던 것을 떠올린다. 그에게는 그 집을 있는 그대로 상상하는 것이 어려운 일이 아니다. 그렇게 말하지는 않았지만 나는 안다. 그는 상상할 수 있다. 그는 그럴 수 있는 유의 사람이다.

*"부온 에피티토, 시뇨라."****

어린아이의 가벼운 손끝이 옷소매 위에 겨우 찰나의 시간 동안 머문다. 움직임이 너무나 재빠르고 경미해서 어쩌면 아예 없었던 일이었을지도 모른다. 이 또한 다르블레 씨는 상상

---

* 그리고 가비 디 가비 와인은 바로요, 부인.

** 실례합니다, 부인. 와인 나왔습니다.

*** 맛있게 드십시오, 부인.

할 수 있고, 실제로 상상한다. 불을 붙이지 않은 담배가 신발 밑에서 뭉개진다. 요란한 소음이 울리고, 난간이 부서진다. 두 눈이 저 아래에서 위를 올려다본다. 쓸쓸한 미소를 짓는다.

혼자 있던 남자가 노란 파이프에 담배를 밀어 넣지만 불을 붙이지는 않는다. 독일인 여교사들에게 아이스크림이 나온다. 신혼여행 중인 커플이 술잔을 마주 댄다. 뒤늦게 도착한 세 명의 투숙객이 문 옆에서 머뭇거린다.

"일 롬보 아로스토, 시뇨라."*

"그라치에, 카를로."

"프레고, 시뇨라."**

그 순간 세 명의 삶이 영원히 바뀌었다. 아빠가 어떤 거짓말을 했는지 몰라도 파티에 온 사람들은 그 말을 믿었고, 두 하인을 매수해 침묵을 얻었다. 엄마는 울었고 눈물을 감추었다. 그러나 잠 못 이루던 어느 날 밤에 엄마는, 그리고 아빠도, 자기가 낳은 아이를 버리고 싶은 본능을 느끼지 않았을까? 아이를 버리는 것이, 일어난 일을 해악이라 부르는 것이 더 자연스럽지 않았을까?

"괴로운 고통 속에서 진실을 찾는 것 또한," 함께 걸으며 다르블레 씨가 대답했다. "자연스러운 일이에요. 순진한 아이는

---

* 가자미구이 나왔습니다, 부인.
** 천만에요, 부인.

해악이 될 수 없어요. 그게 바로 잠 못 이루던 밤에 두 분이 알게 된 사실이에요."

다르블레 씨는 조심스럽게 주장했다. 고인을 기리면서 해야 할 이야기가 지금 다른 사람에게 전해졌고, 앞으로 또다시 전해질 것이며, 그럴 때마다 무언가를 얻는 것만으로도 충분하다고. 이타적인 두 사람은 묘지 안에서 많은 것을 요구하지 않는다.

나는 지금 먹고 있는 음식의 맛을 느끼지도, 마시고 있는 와인의 향을 음미하지도 않는다. 돌체*와 치즈를 거절한다. 웨이터가 커피를 가져다준다.

"그분들이 느낀 건 죄책감이었어요." 다르블레 씨가 다시 말한다. "아버지의 죄책감은 자신이 아내를 충분히 알지 못했다는 것이었고, 어머니의 죄책감은 아버지가 자신을 모른다는 사실을 이용했다는 것이었죠. 두 분은 수치심을 느꼈지만, 우리의 대화 속에서 두 분의 정신은 온화해요. 죄책감이 늘 끔찍한 것도 아니고, 수치심이 늘 무가치한 것도 아니죠."

자그마한 디저트가 여러 개 나왔지만 접시에서 한 개도 집어 들지 않는다. 어느 날 밤 저 여자는 그럴 거라고, 부엌에서 사람들은 생각하고 서로에게 말하기도 한다. 저 똑같은 테이블에 앉은 어느 날 밤, 인생에서 가장 늦은 나이가 되어, 저 여

----

*디저트.

자는 고독 속에 외로워할 거라고. 왕족이 식사를 했던 식당의 너절해진 휘장과 먼지 앉은 샹들리에 사이에서 그녀가 혼자가 아니라는 것을 그들이 어떻게 알겠는가? 그들은 알지 못하고, 짐작하지 못한다. 또 다른 고독 속에 그녀의 어린 시절 친구들이 있었듯, 이 오래된 호텔에서 그녀가 해변을 걸을 때 곁에 다르블레 씨가 있다는 것을.

신성한 조각상

　우린 결국 버텨낼 거라고, 어려움이 있을 때마다 누알라는 말해왔다. 매번 가족을 버티게 하는 건 누알라였다. 코리에 대한 그녀의 믿음, 역경 속에서의 평정심, 완강한 낙관주의는 누알라가 결혼 생활에 들여온 힘이었다.

　"팰러웨이 부인한테 연락해볼래?" 가난이 그 어느 때보다도 심각하게 그들을 무너뜨리려 할 때 누알라가 이렇게 제안했다. 마지막 수단이었고, 절박한 상태에서 할 수 있는 최선이었다. "그러는 게 어때, 코리?"

　코리는 아무 말이 없었고 누알라는 그가 몇 주 전부터 그랬듯 면목 없어하는 모습을 지켜보았다. 팰러웨이 부인에게는 그리 지나친 부탁이 아닐 거라고 누알라가 말했다. 그가 석조장 일을 배우는 1년 동안 두 사람을 돌봐달라는 것은 그리 지나친 부탁이 아닐 것이고, 1년 후에는 다시 임금을 받을 수 있다. 석조장 일은 그에게 꼭 맞는 기회였다. 오플린 씨도 그렇게 말하지 않았던가?

"팰러웨이 부인한텐 못 가. 절대 못 해."

"그냥 말만 하는 거야, 코리. 사실을 말하는 거라고."

"그때 부인이 한 일은 다 허사가 됐어. 지금 우리한테 왜 관심이 있겠어?"

"지금 도움을 못 받으면 부인이 당신에게서 본 모든 게 사라져버릴 거야, 코리. 그런데 왜 관심이 없으시겠어?"

"전부 옛날 일이야."

"알아, 나도 알아."

"지금 다시 찾아가면 민망할 거야."

"그건 나도 알아, 코리."

"도로 공사 일을 하면 돼."

"당신은 인부가 아냐, 코리."

"우리가 해야 할 일들이 있는 거야."

누알라는 일부러 침묵을 길게 끌었다. 그리고 누알라의 예상처럼 코리가 침묵을 깼다.

"언제 한번 가볼게." 코리가 말했다. 버스 요금과 캐릭에서 자전거를 대여할 때 낼 돈이 필요하다고 덧붙일 수도 있었지만 그는 그러지 않았다.

"하루 시간 낸다고 큰일 안 날 거야, 코리."

두 사람은 어린 시절부터 알고 지내온 서른한 살의 동갑내기 부부였다. 어렸을 때 코리는 키가 크고 깡말랐고, 누알라는 더 통통하고 작았으며 얼굴이 동그랗고 단순했다. 그때 누알라의 금발은 처음 아내가 되었을 때보다 더 짧았다. 두 사람의 막내딸은 엄마를 닮았다. 두 아들은 모두 제 아빠처럼 호리호리한 꺽다리였다.

"당신은 늘 최선을 다했어, 코리." 이 말이 자리에 남아 대화를 매듭지었다. 사실이기에 반드시 해야 하는 말이었고, 이 말을 반복하는 것이 그들 삶의 고비를 누그러뜨렸다.

*

코리의 작업장은 작은 헛간이었다. 그가 만든 성인 조각상들은 모두 직접 단 선반 위에 일렬로 늘어서 있었다. 그 아래에 성모상 여러 개와 세례 요한 조각상, 십자가에 못 박힌 예수상이 있었다. 십자가의 길 조각상도 거친 콘크리트 벽에 기대 세워져 있었다. 조각에 사용한 나무는 라임나무와 물푸레나무, 사과나무와 호랑가시나무, 유제품 공장 주걱이었던 참나무 목재였다.

아침에 아이들이 집을 나선 뒤 쿼크의 교차로에서 버스를 타고 학교에 가면, 코리가 농장 일을 찾으러 밖으로 나가면 누알라는 종종 남편의 재능을 자랑스러워했다. 코리의 고요한 작업장에서 누알라는 남편에게 이런 재능이 없었더라면 둘 사이가 어땠을지, 남편이 학교 선생님이었거나 캐릭에 있는 가게 중 하나의 직원이었거나 평생을 농장에서 일했다면 자신이 남편을 어떻게 생각했을지 궁금했다.

가끔 누알라는 코리의 성인 조각상들이 자신의 친구가 되었다고, 자신을 위해 이 세상에 나온 거라고 생각했다. 조각상은 연민의 원천이었고 필요할 때 위로가 되어주었다. 누알라가 가장 좋아하는 십자가의 길 조각상 아래에는 '그리고 예수님께서 두 번째로 넘어지셨다'라고 쓰여 있었다. 성인 조각상도 십자가의 길 조각상도 작은 콘크리트 헛간에 있어야 할 것들이 아니었고, 성모상과 다른 조각들도 마찬가지였다. 그것들은 제작할 때 코리가 염두에 둔 곳에 있어야 했고, 코리가 받은 영감은 그곳에서 기도하는 사람들의 영감이 될 것이었다. 누알라는 이것이 운명이라고 확신했다. 코리는 재능을 부여받음으로써 이런 상황을 목격할 임무를 위임받은 것이었다. "너는 다른 시대에 태어났어야 했어, 코리." 언젠가 한 신부가 그에게 말했었다. 홀대나 멸시는 아니었고, 비록 현재는 자신이 말한 시대와 다르지만 코리가 계속 버틸 것임을 아는 듯했다. 그렇게 하지 않는다면 본인을, 자신이라는 사람을 낭비하는 것일 터였다.

누알라는 헛간의 문을 닫고 나왔다. 암탉들에게 먹이를 준 다음 직접 가꾸는 채소밭 사이를 걸었다. 팰러웨이 부인은 이해해줄 것이다. 전에도 그랬고, 또다시 그러할 것이다. 코리의 재능이 가져다주지 못한 삶은 코리가 오플린 씨의 석조장에서 묘비에 글씨 새기는 기술을 익히면 자연스럽게 찾아올 것이다. 묘비는 그의 신성한 조각상들과는 종류가 달랐지만 그래도 그의 기량을 사람들에게, 주교와 신부를 포함한 모두에게 보여줄 정도는 되었다. 오플린 씨도 석조장 일을 제안하러 집으로 찾아왔을 때 그렇게 말했다.

누알라의 채소밭 너머에 있는 들판에서 줄에 묶인 염소가 고개를 쳐들고 그녀를 바라보고 있었다. 누알라는 줄을 느슨하게 해주고 염소가 새로 자란 잔디를 발로 건드리다 뜯어 먹는 것을 바라보았다. 상쾌하고 차가운 공기가 얼굴을 얼얼하게 했고, 난처한 상황임에도 누알라는 잠시 행복했다. 적어도 이곳은 그들의 것이었다. 들판과 채소밭, 작고 외딴 이 집은 팰러웨이 부인이 언젠가 코리가 자신의 자랑거리가 될 거라 확신하며 그들이 부탁한 금액을 빌려줬을 때 얻은 것이었다. 기분이 고양된 순간을 음미하던 누알라는 행복이 서서히 빠져나가는 것을 느꼈다. 당연히 코리가 자신이 준 임무를 완수하지 못할 수도 있었다. 낙천주의자이건 아니건 간에 누알라는 현실에 밝았다. 지난밤 그녀는 이러한 고민과 싸우며 그가 빈손으로 돌아오는 불운에 그와 자신이 어떻게 대비해야 할지 고민했다. 그녀가 린 부부를 떠올린 것은 그때였다. 린 부부는 누알라의 상상 속에서 영감이 코리를 찾아오듯 그녀의 머릿속에 떠올랐다. 코리가 그런 이야기를 한 적은 없지만 그래도 누알라는 자신이 그 느낌을 안다고 생각했다. 누알라는 잠 못 이룬 채 자신에게 떠오른 생각을 살폈고, 마음이 불편해졌기에, 그러한 것을 떠올린 것만으로도 충격적이었기에 그 생각을 버렸다. 그리고 팰러웨이 부인이 예전처럼 관대하기를 기도했다.

*

코리는 교차로에 도착해 캐릭으로 향하는 버스가 기름을 넣는 곳에서 기다렸다. 시간이 늦었지만 팰러웨이 부인은 그가 오는 것을 몰랐기에 상관없었다. 집에서 나오는 길에 그는 전화를 해볼까 생각했다. 부인이 아직 그곳에 있다면 전화로 누알라가 시킨 말을 하고 이동 비용을 아낄 수 있었다. 하지만 처음 이 문제를 꺼냈을 때 누알라는 예전에도 몰랐던 팰러웨이 부인의 전화번호를 어떻게 알아낸다 해도 이것이 전화로 할 이야기는 아니라고 말했다.

코리는 캐릭에 있는 호지의 자전거포에서 낡은 롤리 자전거 타이어에 바람을 넣는 동안 기다렸다. 깜깜해진 뒤에 돌아올 것을 대비해 램프에 새 배터리를 넣었다. 하지만 코리는 아들 호지에게 늦게 돌아올 일은 없다고 안심시켰다. 돌아가는 버스가 3시에 있었다.

마운트로시 저택까지는 11킬로미터 정도였고 대부분이 배수로도 울타리도 없는 평평한 늪길이었다. 코리는 누알라와 함께 캐릭에 살 때, 그가 라이어든의 가구점에서 일하고 두 사람이 누알라 어머니 집의 위층에 살 때도 길이 이러했던 것을 기억했다. 그가 조각상을 만들기 시작한 것은, 그의 본능적 솜씨가 라이어든 형제를 감명시키고 뒤이어 팰러웨이 부인도 감명시킨 것은 그때였다. 코리 자신에게도 놀라운 일이었다. 자신에게 그러한 재능이 있는 줄 몰랐기 때문이다.

자전거를 타고 빠르게 달리는 동안 결혼 초기 몇 년의 시간이 힘을 북돋아주었다. 누알라의 말이 맞을지도 몰랐다. 팰러웨이 부인은 그를 보고 기뻐하며 두 사람이 그동안 돈을 전혀 갚지 못한 이유를 이해해줄지도 몰랐다. 코리는 누알라가 늘 좋은 일을 불러들인다고 생각했다. 누알라가 자신들의 가능성을 보면 코리는 그 가능성을 이루려 애썼다.

길은 곡선이 거의 없이 쭉 뻗었고, 토탄 섞인 늪길은 곧 언덕으로 변했다. 덤불 울타리와 나무들이 나타났고, 잔디나 작물이 심긴 들판이 펼쳐졌다. 마운트로시 저택은 그로부터 1킬로미터 정도 이어진 지저분한 길의 맨 끝에 있었다.

*

린 부부는 자갈 섞인 시멘트를 바른 회색 단층집에 살았다.

교차로에 있는 이 집은 그들이 운영하는 주유소와 가까웠고, 쿼크의 슈퍼밸류 마트와 대로를 사이에 두고 있었다. 그들은 부유했다. 주유소 사업 외에도 남편이 집에서 직접 린 보험 대리점을 운영했다. 아내는 주유소에서 손님을 받았다.

누알라가 초인종을 누르자 린 부부가 동시에 대답했다. 둘다 집에 있을 때는 늘 그랬다. 두 사람은 자신들을 방해한 목적이 밝혀지기 전에는 손님을 현관 안으로 들이지 않았다. 보통 보험 문제라면 충분히 집 안으로 들어갈 수 있었다.

"그냥 지나가다 들렀어요." 누알라가 말했다. "슈퍼밸류에 가던 길에요."

린 부부가 고개를 끄덕였다. 비슷하게 길쭉한 둘의 얼굴은 부부라기보다는 남매 같은 느낌을 풍겼다. 둘 다 안경을 썼는데, 남편의 것은 테가 까맣고 두꺼웠고, 아내의 것은 밝고 연했다. 두 사람에게는 아이가 없었다.

"보험 때문이에요, 누알라?" 남편이 물었다.

누알라가 고개를 저었다. 그리고 어떻게 지내는지 궁금해서 그냥 들른 거라고 말했다. "집에서 종종 두 분 이야기를 해요." 누알라가 사실을 멋대로 바꾸며 말했다.

"아아, 우리는 잘 지내요." 남편이 말했다. "완벽하답니다. 안 그래, 에티?"

"그럼, 그럼."

전화벨이 울렸고 남편이 전화를 받으러 갔다. 그가 오늘 아침 너무 바빴다고 말하는 것이 들렸다. "내일은 어떠세요?" 그가 제안했다. "제가 오후에 갈까요?"

"미안해, 에티. 바쁠 텐데."

"저이 제안서를 타이핑하고 있었어. 어휴, 시간이 어찌나 많이 드는지, 게다가 주유소 일도 있고! 글쎄 제안서 하나당 스물여섯 쪽이나 된다니까!"

푸념하는 어조였지만 남편이 완벽하다는 말로 감춘 사실을 표면 아래로 숨기는 발랄한 대화였다. 부부는 에티 린이 임신하지 못한다는 것도, 그 때문에 부부의 감정적 타격이 크다는 것도 절대로 언급하지 않았지만 동네 사람들은 그 사실과 결과를 잘 알았다. 심지어 입양 가능성을 문의했으나 낙심할 만큼 아무 소득이 없었다는 말도 있었다.

"그럼 잘 있어, 에티." 누알라는 떠나기 전에 미소를 지으며 고개를 끄덕였다. 그녀의 두 눈에 엄마로서의 연민이 어렸다. 위로를 전하고 싶었지만 입을 열면 눈치 없는 말이 튀어나왔을 것이다.

"집에 별일 없지, 누알라?"

"응."

"코리에게 안부 전해줘."

"그렇게 할게."

누알라는 자전거를 끌고 걷다가 쿼크의 슈퍼밸류 옆벽에 자전거를 세워두었다. 유통기한이 임박한 저렴한 상품을 찾아

살 수 있는 몇 가지 물건을 철망 바구니에 밀어 넣으며 장을 보는 동안 누알라는 린 부부를 생각했다. 에티의 연갈색 눈동자 속 멍하고 슬픈 눈빛이 10분 전만큼이나 눈앞에 선명히 보였다. 남편과 아내 모두에게서 피로로 변해버린, 표현하지 않은 실망이 귓가에 들려왔다. 두 사람은 아직 그럴 필요가 없다는 것을 모른 채 이미 포기해버렸다. 다시 그 모든 것이 누알라의 머릿속을 스쳤다.

누알라는 교차로에서 자전거를 타고 긴 언덕을 넘어 집으로 향하면서 계속 린 부부를 생각했다. 두 사람은 그저 자식이 없다는 이유로, 갈망이 그들에게 저지른 짓 때문에 스스로에게 얽매인 점잖은 사람들이었다. 누알라는 그들이 막 결혼했을 때의 모습을, 부부가 사람들을 초대했던 겨울의 카드 파티를, 매번 세련된 옷을 입었던 에티를, 린 씨의 출장 이야기를 기억했다.

"잘못된 일일까?" 주변에 들을 사람이 아무도 없었기에 누알라는 조용히 혼잣말을 했다. "신을 거스르는 짓일까?"

집에 도착해 자전거 핸들에 걸어둔 장바구니를 챙기면서 누알라는 스스로에게 같은 질문을 또다시 던졌다. 그녀의 목소리가 정적을 깨뜨렸다. 코리와 팰러웨이 부인의 일이 잘 풀린다면 이것이 잘못된 일일지 고민할 필요도 없을 것이다. 수년의 시간이 흐른 뒤 힘들었던 과거를 돌아보며 그때 자신이 무슨 생각을 했는지 코리에게 말할 필요조차 없을 것이다. 팰러웨이 부인이 도와준다면 이런 생각을 했던 걸 잊을 수 있을 것이다. 노력하면 충분히 잊을 수 있는 일이었다.

*

집은 대체로 흰색이었지만 군데군데 회색과 초록색 페인트가 칠해져 있었다. 로시 집안은 수 대에 걸쳐 마운트로시에 살다가 1950년대에 대가 끊겼다. 그리고 팰러웨이 부인이 17년간 비어 있던 집을 싼 가격에 구매했다.

집 안에서 벨 울리는 소리가 들렸지만 대답이 없었다. 버스를 타고 오는 동안, 또 자전거를 타고 늪길을 달리는 동안 코리는 팰러웨이 부인이 떠난 건 아닐지, 오래전에 다시 영국으로 돌아간 건 아닐지 걱정했다. 벨과 연결된 줄을 세 번째로 잡아당기며 코리는 또 한 번 걱정했다. 그때 코리가 서 있는 곳 위에서 소리가 났다. 창문이 열리고 팰러웨이 부인의 목소리가 들렸다.

"팰러웨이 부인?" 코리는 자갈 위에서 몇 걸음 뒤로 물러나 위를 올려다봤다. "팰러웨이 부인?"

"맞아요, 내가 팰러웨이예요."

"안녕하세요, 팰러웨이 부인."

코리는 부인을 알아보지 못했고 오랜 시간이 흐른 지금 부인이 자신을 알아볼지 궁금했다. 코리가 자신을 소개했다.

"아, 그렇군요." 팰러웨이 부인이 말했다. "잠시만 기다려요."

현관문을 연 팰러웨이 부인은 코리를 반갑게 맞아주었다. 부인이 미소를 지으며 손을 내밀었다. "어서 들어와요, 어서."

두 사람은 허름한 복도를 지나 곰팡내 나는 거실에 자리를 잡았다. 차갑게 식은 난로의 재 위에 꽃병에서 꺼낸 시든 수국이 놓여 있었다. 거실은 바닥 위에 어질러진 것들로 미어터질 것 같았다. 신문과 잡지, 그림, 읽던 곳을 표시해두려는 듯 펼쳐서 엎어놓은 책들, 텅 빈 과일 바구니, 수선 중인 여러 장식품들, 여름용 모자, 반짇고리 옆에 쌓인 옷 무더기.

"자전거 타고 왔어요, 코리?" 팰러웨이 부인이 말했다.

"캐릭에서부터는요. 캐릭까지는 버스를 탔어요."

"이런, 힘들겠네. 내가 차라도 대접하게 해줘요."

팰러웨이 부인은 거의 20분간 돌아오지 않았고, 코리는 3시 버스를 생각하며 불안해졌다. 코리가 편지를 받은 뒤 누알라와 함께 처음 이 집에 왔을 때도 이 자리에 앉아 부인을 기다렸다. 두 사람은 지금 자질구레한 것들이 널려 있는 이 소파에 나란히 앉아 있었다. 그때 거실은 지금보다 더 깔끔했고, 팰러웨이 부인도 더 쾌활했다. 부인은 말을 멈추지 않았고 이런저런 계획이 무척 많았으며 바깥으로 돌출된 커다란 창문 앞 테이블로 소금에 절인 소고기와 샐러드, 버터를 발라 촉촉한 토스트, 키아오라 오렌지주스, 차와 과일 케이크를 내왔다.

"미안하지만 별게 없어요." 부인이 비스킷 한 접시와 찻잔,

주전자를 들고 돌아오며 말했다. 비스킷에는 분홍색 마시멜로와 라즈베리 잼이 발려 있었다.

코리는 차가 반가웠다. 차는 진하고 따뜻했다. 비스킷은 눅눅했지만 그래도 맛있었다. 가끔 누알라도 아이들을 위해 이 비스킷을 사 오곤 했다.

"이렇게 반가울 수가!" 팰러웨이 부인이 말했다.

"혹시 떠나셨을까 걱정했어요."

"이제 난 영원히 여기 있을 거예요, 아마도."

마치 코리가 이곳에 온 이유를 안다는 듯 부인의 표정이 어두워졌다. 부인이 그렇게 생각했다면 부부가 처한 곤경에 대해서도 이미 오래전에 짐작했을 것이다. 코리는 당신 잘못이라고 말하러 이곳에 온 것이 아니었다. 물론 그건 사실이 아니었기에 그는 부인이 그렇게 생각하지 않기를 바랐다. 모든 잘못은 자신에게 있었다.

"빌려주신 돈을 갚지 못해서 죄송해요." 코리가 말했다.

"갚지 않아도 돼요, 코리."

팰러웨이 부인은 키가 컸고 이제 허약해 보였다. 더 젊었을 때 부인의 외모는 거의 위협적이다시피 했다. 이목구비에서 결의가 느껴졌고, 커다란 입과 찻잔같이 동그란 눈, 손짓으로 관심을 집중시키는 커다란 손에도 결의가 깃든 듯 보였다. 미소는 순식간에 엄숙하고 근엄한 얼굴로 변했다. 이제 부인의 미소에는 애원하는 듯한 기미가 있었다. 코리의 기억 속에서 올려 묶은 부인의 머리칼은 흰머리가 몇 가닥 섞였을 뿐 새까 맸지만 이제는 검은 머리가 하나도 없었다. 부인에게는 지금 두 사람이 있는 거실과 잘 어울리는 낡은 느낌이 있었다.

"아이가 있어요, 코리?"

"셋 있어요. 남자애 두 명하고 여자애 한 명요."

"작업은 하고 있어요?"

코리가 고개를 저었다. "성과가 없었어요." 코리가 말했다. "하나도요."

"미안해요, 코리."

팰러웨이 부인은 마운트로시 저택을 구매해 그곳에서 살기 시작한 지 얼마 안 됐을 때, 집 앞의 작은 오두막에 혼자 살던 늙은 과부 관리인의 장례식에 참석했다. 본인이 한 말처럼 영 국에서 온 흑인 개신교도로서 그때까지 아일랜드의 성당에 들 어가본 적이 없던 부인은 그 장례식에서 처음으로 수많은 석 고상을 보았다. 팰러웨이 부인은 월시 주교에게 보낸 첫 번째 편지에 이렇게 썼다. *이 편지를 외부인의 참견으로 여기지 않 으셨으면 좋겠습니다. 그러나 젊은 장인과 예술가를 위한 기 회를 모른 척할 수가 없습니다.* 부인은 시간이 많았기에 자신 의 모리스 마이너 자동차를 타고 월시 주교의 교구를 돌아다 니며 성모마리아상이 있는 동굴이나 *피에타*, 또는 십자가에 못 박힌 거대한 예수 조각상의 사진을 찍었다. 마침내 월시 주 교를 만났을 때 부인은 현대 성당에서 아일랜드의 위대한 켈

168

트 십자가 예술을 본다면, 스테인드글라스 속에서 예수 탄생과 수태고지를 본다면, 오래된 성서대와 제단을 현대적인 것으로 바꾼다면 얼마나 신선할지에 대해 열변을 토했다. 그리고 이탈리아에서 가져온 엽서 모음과 조각가 미노 다 피에솔레의 부조 및 시에나 성당 연단의 복제품을 주교의 방에 두고 나왔다. 부인은 장인들의 목록을 만든 뒤 모두에게 직접 편지를 썼고, 마운트로시 저택에서 멀지 않은 곳에 사는 사람들을 직접 방문했다. 필요한 일은 부와 재능을 만나게 하는 것임을 수많은 신부와 주교에게 설명했지만 대개는 반대와 무관심에 부딪혔다. 많은 주교가 다시는 연락하지 말라는 차가운 답장을 보냈다.

코리는 비스킷을 반으로 자르면서 자신이 받았던 편지를 떠올렸다. "이것 좀 봐!" 편지가 도착한 날 아침 코리는 환호성을 질렀다. 가구점에서 남는 시간에 조각상을 만들기 시작한 뒤로 자신의 천직을 깨닫고 이 일로 생계를 유지할 수 있길 바라던 차에, 펠러웨이 부인의 편지가 그의 생각을 정확히 담고 있었던 것이다. 그 생각은 근처에 있는 성당 예술 작품의 수준이 낮다는 것이었다. "이 사람은 도대체 누구지?" 편지를 처음부터 끝까지 몇 번이나 읽으면서 코리는 어리둥절했다. 그로부터 일주일이 지나지 않아 펠러웨이 부인이 집으로 찾아와 자신을 소개했다.

"늘 너무 미안해요." 부인이 또다시 말했다. "이 미안함을 어떻게 표현해야 할지."

"아, 아니에요."

모든 것이 끝났을 때, 모든 노력을 쏟아부은 뒤 계획을 단념했을 때, 좌절한 팰러웨이 부인은 먼 학창 시절의 친구에게 편지를 썼다. *그래, 맞아. 이제 애쓰는 걸 포기했어. 이야기하자면 긴데, 네가 여름에 몇 주간 우리 집을 방문할 때까지 기다려야겠지. 성스러운 아일랜드에선 이제 모든 것이 변했다는 말만 해둘게.* 팰러웨이 부인은 그 편지에 대해, 그때 자신이 어떤 기분이었는지에 대해 코리에게 말했다. 그에게 한 적 없던 이야기였다. 그때 성당은 해결해야 할 다른 일이 너무 많았다고, 부인은 그렇게 표현했다. 신도 수가 줄어들고 세속의 물결이 밀려드는 것에 비하면 겉모습은 사소한 문제처럼 보였다. 그 사실을 몰랐던 부인은 안 좋은 시기를 택했다.

"그 별 볼 일 없는 작은 집을 준 건 내 죄책감 때문이었어요, 코리. 확실치도 않은 내 확신 때문에 내가 당신을 잘못된 방향으로 이끌었어요. 이 미련한 영국 여자 같으니!"

"아, 아니에요, 아니에요."

"미안하지만 사실이에요. 가구점을 그만두라고 설득하는 게 아니라 진정시켰어야 했어요."

"제가 그만두고 싶었던 거예요."

"지금 돈이 부족해요?"

"솔직히 말하면 좀 그래요."

"그래서 날 찾아온 거예요?"

"그게, 네, 맞아요."

부인은 고개를 저었다. 잠시 침묵이 흐른 뒤 부인이 입을 열었다. "이젠 나도 돈이 없어요."

"그러시군요."

"심각한 상태예요, 코리?"

"오플린 씨가 길린에 있는 석조장에 자리를 마련해줬어요. 제가 나무를 다룰 줄 알아서 돌 다루는 법도 빨리 익힐 거라며 열의를 보이고 있어요. 오플린 씨의 견습생으로 들어가는 게 아니에요. 젊은 사람이 요령을 터득할 때까지 시간이 걸리는 그런 게 아니에요."

"그러면 묘지에 글씨를 새기는 거예요?"

"맞아요. 열두 달 후에는 임금을 주실 거예요. 문제는 열두 달 동안 돈을 한 푼도 못 번다는 거예요. 지금은 여기저기에 있는 농장에서 일이 있을 때마다 며칠씩 일하고 있는데, 석조장 일을 시작하면 농장 일을 그만둬야 해요."

"석조장 일이 좋은 기회처럼 보이네요."

"조각상에 관심 있는 사람들과 연이 닿을 거예요. 석조장에서 그들과 가까이 있게 될 거예요. 뭔가를 찾는 신부나 주교가 제가 십자가의 길을 조각할 수 있다는 얘기를 들을지도 몰라요. 오플린 씨가 누알라에게 그렇게 말했어요."

두 사람은 이야기를 계속했다. 팰러웨이 부인이 차를 더 따라주었다. 그리고 코리에게 비스킷을 더 먹으라고 말했다.

"고정적인 임금을 받게 될 거예요." 코리가 말했다. "일단 우리가 1년을 버티고 나면요. 집에 있는 자전거로 매일 아침 길린까지 출근하면 돼요, 아무 문제 없어요."

"난 돈이 없어요, 코리."

거실에 적막이 흘렀다. 둘 다 말을 하지 않았지만 코리는 바로 일어나지 않았다. 잠시 후 두 사람은 지나간 일들을 이야기했다. 팰러웨이 부인이 요리를 해주겠다고 했지만 코리가 거절했다. 괜찮다고 말하면서 자리에서 일어나 3시에 돌아가는 버스가 있다고 설명했다.

현관문에서 팰러웨이 부인은 다시 한번 미안하다고 말했고, 코리는 고개를 저었다.

"누알라도 일을 찾아보고 있는데 마땅한 게 없네요. 지금 임신 중이라서요." 이 사실도 전해야 한다고 생각하며 코리가 말했다.

*

이야기를 들은 누알라는 역시 헛된 희망이었다고 말했다. 코리가 마운트로시 저택의 상태를 묘사했을 때에는 팰러웨이 부인이 가엽다고 생각했다. 누알라에게는 코리를 향한 부인의 믿음이 늘 그의 재능이 가진 신성함을 증명해주는 것처럼 보였다. 마치 팰러웨이 부인이 코리를 격려하려고 그들의 삶에 찾아온 것 같았다. 부인의 계획은 실패로 끝났어도 코리가 라이어든의 가구점에서 일할 때 부인이 캐릭에서 겨우 20여 킬로미터 떨어진 곳에 살게 된 것은 결코 우연일 수 없었다. 코리가 처음 만든 조각상을 보고 부인이 결심을 굳힌 것 또한 우연일 수 없었다. 그때 코리는 브리지다 성녀 교구회관의 벽감에 놓으라고 라이언 신부에게 작은 브리지다 성녀 조각상을 만들어주었다. 비록 라이언 신부는 대가를 전혀 주지 못했지만. 캐릭에 갈 때마다 누알라는 교구회관에 들러 그 조각상을 바라보았다. 그리고 처음 보았을 때의 놀라움, 팰러웨이 부인이 느낀 것과 유사한 그 놀라움을 떠올렸다. "끌을 쓸 줄 알아." 오플린 씨는 석조장 일을 제안하러 집으로 찾아왔을 때 이렇게 말했다. "더 뛰어난 사람은 본 적이 없어." 누알라가 보기에 이 모든 것들은, 코리가 처음 만든 조각상과 팰러웨이 부인이 근처에 살게 된 것, 두 사람이 거의 희망을 놓으려 했을 때 오플린 씨가 일자리를 제안한 것은 전부 연결되어 있었다. 그것이 사실임을 누알라는 직감할 수 있었다.

"좀 쉬어." 부엌에서 누알라가 코리에게 말했다. "내가 차 끓여줄게."

"애들은?"

애들은 집 뒤에 있는 들판에서 놀고 있다고, 학교 끝나고 집에 온 뒤로 아무 문제도 일으키지 않았다고 누알라가 말했다.

누알라는 난로 위에서 따뜻하게 데워진 팬에 비계가 섞인 얇은 베이컨을 올렸다. 그녀는 아까 슈퍼밸류에 갔었다고 말했고, 코리는 그녀에게 돌아오는 버스를 거의 놓칠 뻔했다고 말했다.

"버스가 그때 막 출발해서 가고 있었어. 내가 멈춰 세워야 했다니까."

"그 끔찍하게 오래된 길로 당신을 보내지 말았어야 했어."

"아, 아냐, 아냐. 솔직히 말하면 부인을 다시 봐서 좋았어. 부인이 좀 슬퍼하긴 했지만."

코리가 버스 여행과 돌아오는 버스에 타고 있던 사람들 이야기를 했다. 누알라는 린 부부를 언급하지 않았다.

*

"맙소사!" 에티 린이 외쳤다. 그리고 몸이 떨려서 현관에 있는 의자 위에 앉았다. "내가 네 말을 잘 이해한 건지 모르겠네." 자신이 잘 알아들었다는 걸 알면서 에티가 말했다.

누알라가 말을 시작했을 때 에티는 원치 않았지만 잠자코 들었다. "4월 예정이야." 누알라는 이렇게 말한 뒤 방금 말한 금액을 재차 언급했다. 누알라는 4월 말 아니면 5월 초일 거라고 생각했다. 그리고 예상보다 빨랐던 적은 없다고 말했다.

"그이는 이게 불법이라고 할 거야, 누알라. 내 생각에도 불법일 것 같아."

문에 달린 색유리를 통해 현관에 흘러든 햇빛에 푸른빛과 분홍빛이 감돌았다. 그 때문에 빛이 어둑하고 부드러웠고, 에티 린은 정신을 차리려 애쓰며 이 흐릿함이 지금의 대화에 알맞다고 생각했다. 두 사람은 서로의 얼굴을 명확히 볼 수 없었다. 이해할 수 없다는 그녀의 표정도.

"우리만 아는 일일 거야." 누알라가 말했다. "돈이 오고 갔다는 건."

에티 린은 자기도 모르게 그 말을 조용히 반복했다. 비밀이라는 뜻이었다. 네 사람이 영원히 간직해야 하는 비밀. 비밀은 벌써 시작되었는데, 누알라가 차가 떠날 때까지 기다렸기 때문이었다. 아마 슈퍼밸류의 창문으로 지켜보고 있었을 것이다. 누알라는 린 씨가 집에서 걸어 나오는 것을 보았고, 차가 떠난 뒤 길을 건넜다.

"내 말 들어봐, 에티."

누알라의 이야기에 코리의 조각상이 등장했다. 코리가 만든 나무 조각상, 성모마리아와 성인들, 캐릭에 있는 브리지다 성녀 교구회관의 브리지다 성녀상. 누알라는 슈퍼밸류를 비롯해 떠올릴 수 있는 모든 곳에서 일을 찾아보았다는 이야기도 했다. 배 속의 아기에 몸이 묶여 있지만 일이 있으면 어떻게든 해냈을 거라고, 그러나 일을 구하지 못했다고 했다. 이름을 처음 듣는 여자에게서 코리가 아무 도움도 받지 못했다는 이야기, 길린에 있는 석조장 주인 오플린 씨 이야기도 나왔다.

"오플린 씨, 우리한테 보험을 들었어." 잠시 에티 린의 머릿속에 덩치가 크고 머리가 하얀 석공이 떠올랐다. 도중에 분실될까 봐 언제나 보험료를 직접 내는 사람, 보험료를 낸 뒤에는 주유소로 푸조 픽업트럭을 몰고 가서 기름을 채우는 사람이었다. 충격으로 두 다리에 힘이 풀렸고, 숨을 헐떡이고 싶지만 그럴 수 없는 상황에서 그 기억이 스치니 안도감이 들었다.

"저 방을 준비한 지 오래됐잖아, 에티."

"내가 너한테 보여줬었어?"

"전에 한 번."

에티는 단층집 뒤쪽의 그 작은 방을 사람들에게 보여주곤 했다. 방은 연한 노란색으로, 문과 창틀은 광택이 나는 흰색으로 칠했다.

"방은 그때 그대로야." 에티가 말했다.

"그 방 생각을 했어."

에티는 카펫과 잘 어울리는 파란색으로 커튼을 직접 만들었고 커튼에 달린 인형에서 동요가 흘러나왔다. 두 사람은 그 작은 방에 가구를 하나도 들이지 않았다. 남편은 그러면 신의 노여움을 살지도 모른다고 말했다.

"거짓은 없을 거야." 누알라가 말했다. "거짓말 같은 건 안 해. 그냥 돈 얘기만 빼는 거야."

에티가 고개를 끄덕였다. 꿈처럼 어지럽고 이상했다. 벨이 울려서 나가보니 누알라가 미소 짓고 있었고, 누알라와 현관에 서 있다가 의자에 앉아야 했으며, 처음에는 얼굴이 빨개졌다가, 누알라가 은행이나 신용조합에 모아둔 돈이 있냐고 물으며 자신들에게 충분한 금액을 이야기했을 때는 얼굴의 핏기가 가셨다.

"너한테서 아기를 빼앗을 순 없어, 누알라."

"뺏기는 게 아니야. 하나, 어쩌면 둘이나 셋 더 낳으면 돼. 시간이 조금 흐르면 사람들도 이해할 거야."

"맙소사, 이해 못 할걸."

"불법은 아니야, 에티. 절대 아냐."

"난 못 해. 절대 못 해." 때때로 임신은 사람을 비현실적으로 만들었고, 에티는 지금 누알라도 그런 상태인지 궁금했다. 하지만 상황을 악화시킬 수 있으니 그 생각을 말하진 않았다. 에티는 천천히 고개를 저었다. "맙소사, 난 못 해." 에티가 또다시 말했다.

"요즘엔 아기를 못 낳는 부부가 해볼 수 있는 것들이 있어."

"알아, 알아."

"요즘엔……."

"난 네가 하자는 대로 못 해, 누알라."

"돈 때문이야?"

"모든 상황이 그래, 누알라. 사람들이 뭐라고 하겠어. 네가 이런 제안을 한 걸 알면 남편은 폭발할 거야. 아마 사업이 망할 거라고 하겠지. 누구도 우리를 가까이하려고 하지 않을 거야."

"사람들은……."

"사람들은 절대로 이해 못 해, 누알라."

침묵이 찾아왔고 침묵은 대화보다 더 나빴다. 그때 누알라가 말했다.

"우리 앉아서 커피 한잔 마실까?"

"아, 이런. 미안해. 물론 마셔야지."

에티는 옆구리와 목, 이마에 땀이 흐르는 것을 느꼈다. 손바닥은 차가웠다. 자리에서 일어나니 전보다 나았다.

"부엌으로 와."

"불편하게 하려던 건 아니었어, 에티."

주전자에 물을 채우고 컵 두 잔에 네스카페를 담고 우유를 부으면서 에티 린은 초조한 불안감이 서서히 사라지고 순전한 충격만 남는 것을 느꼈다. 에티는 누알라를 잘 알았다. 둘은 처음으로 같이 학교에 갔던 여섯 살 때부터 아는 사이였다. 이게 뭔지 모르겠지만 어쨌든 그동안 이런 일이 일어날 조짐은 전혀 없었다. 누알라는 겉모습처럼 세상 물정에 밝고 합리적인, 현실에 단단히 발을 디딘 사람이었다.

"임신 때문이야? 그래서 그런 거야, 누알라?"

"이전의 임신과 다른 건 없어. 그저 네 상황에 대해 생각했던 것뿐이야. 코리의 상황하고. 코리가 도로 공사 일을 하겠다고 했거든.”

에티 린은 두 개의 문제가 있었고 그 문제를 하나로 합치니 무언가 좋은 것이 나왔다는 말을 들었다. 누알라는 그게 다라고 말했다. 그저 그뿐이라고.

“네가 한 말은 절대 이 집 밖으로 나가지 않을 거야.” 에티 린이 약속했다. “남편한테도 이야기하지 않을 거고.” 이게 뭔지 몰라도, 이건 여자들의 문제였다. 그 무엇도 에티에게서 두 사람이 나눈 대화를 끄집어낼 수 없을 것이다. “좋은 의도로 한 말이었잖아. 내가 그걸 모르겠니?”

커피가 두 사람의 서로 다른 감정을 가라앉혔다. 둘은 함께 좁은 복도를 걸었고 현관문을 열자 차가운 바람이 들어왔다. 차 한 대가 주유소에 들어왔고 에티 린이 손님을 받으러 서둘러 뛰어갔다. 누알라가 남편과 함께 쓰는 자전거를 타고 교차로에서 멀어져갈 때 에티가 손을 흔들었다.

*

“원래 이런 거야.” 석조장에서 일해보겠냐는 오플린 씨의 제안을 거절했을 때 코리가 말했다. 그리고 도로 공사 일을 하기로 했을 때도 또 한 번 그렇게 말했다.

누알라는 그래야 할 필요는 없다고 고집스럽게 생각했다. 신의 세상에서 불리한 환경 때문에 자신의 목표를 빼앗긴 조각상 제작자와 아이를 낳지 못하는 아내가 반경 1.5킬로미터 안에 사는 건 터무니없는 일이었다. 그저 은행에서 저축한 돈을 꺼내기만 하면 되는 상황에서 그건 멍청하고 어리석고 그릇된 일이었다. 너무나도 사랑스럽게 꾸민 연노란색 방은 절대로 주인을 만나지 못할 것이다. 코리는 자신이 타맥*으로 포장한 도로 위에서 본인이 저버린 비전을 보게 될 것이다.

누알라는 홀로 화를 다스렸다. 그리고 해야 할 일을 했다. 암탉들이 낳은 달걀을 주워 오고 요리를 하고 이틀에 한 번씩 빵을 만들기 위해 반죽을 했다. 그러는 동안에도 분노는 내내 가시지 않았다. 본인에게 주어진 것에 자기만의 기준을 적용하는 것은 끔찍한 죄악도 음흉한 뻔뻔함도 아니지 않나? 에티 린에게 말할 때 태도가 너무 서툴렀을까? 아니면 코리에게 자신의 생각을 말하지 않은 것이 잘못이었을까? 어쩌면 그가 깊이 생각해본 다음 자신의 뜻을 받아들여줬을 수도 있을까? 그러나 그때 의혹이 피어올랐다. 코리는 절대로 받아들이지 않았을 것이다. 자신이 어떻게 말했든 간에 에티 린은 겁을 먹었을 것이다.

코리는 일을 시작하기 전에 새 부츠를 샀다. 채석장의 비포장도로에서 공사가 진행 중이라고, 그동안 화물차 운전자들이 불만을 표해서 도로를 다시 깐다고 그가 말했다. 그는 비가 올

---

* 아스팔트 응고제.

경우를 대비해 우비를 지급받았다.

코리가 새 일을 시작하기 전날 밤 누알라는 그가 부츠에 방수제를 바르는 모습을 지켜보았다. 사람들이 코리에게 방수제를 바르지 않으면 아무 소용이 없다고 말해주었다. 코리는 말없이 담담하게 그 일을 처리했다.

"일은 생각대로 흘러가지 않아." 누알라의 태도에서 우울함이 느껴졌는지 코리가 말했다. "우리가 어떻게 할 수 있는 일이 아니야."

누알라는 반박하지 않았다. 반박해봐야 아무 소용이 없었다. 그러는 대신 자신이 에티 린을 겁먹게 했다고 고백할 수도 있었다. 거칠게 켠 나무에서 자신이 종종 천사의 날개 무늬를 발견하듯, 자신의 무모한 주장은 현재 상황에서 좋은 결과를 끌어내려는 노력이었다고 설명할 수도 있었다. 그러나 그 모든 것이 너무나도 어려웠기에, 누알라는 아무 말도 하지 않았다.

날이 저물었을 때도 누알라의 분노는 여전히 무자비하게 끓어올랐다. 한밤의 어둠 속에서 누알라는 자신이 분노에 시달리는 것을 느꼈고, 오지 않는 대답을 기다리며 암울하게 기도를 올렸다. 아침 해가 밝아오자 손을 뻗어 잠시 남편의 손을 잡았다. 남편이 잠에서 깨어났다면 지금껏 혼자 간직했으나 이제는 더 이상 감출 수 없는 비밀을 남편에게 말했을 것이다.

그러나 이제 시작되는 것은 코리의 하루였고, 연민과 지지가 필요한 사람은 코리였다. 남편과 아이들을 위해 아침 식사를 준비하면서 누알라는 최선을 다해 남편에게 연민과 지지를 보냈고, 이제 영원히 혼자서 간직할 일이 겉으로 드러나지 않도록 마음을 다스렸다. 모두가 떠나고 집에 홀로 남았을 때 누알라는 아침 먹은 그릇을 닦고 마음에 들게 부엌을 정리했다. 난로의 불을 껐고, 밖으로 나가 암탉에게 먹이를 주었다.

자신의 친구가 된 성인 조각상들을 매일 아침 찾던 누알라는 그날 평소보다 코리의 작업장에 더 오래 머물렀다. 석쇠를 든 성 로렌스, 메신저인 성 가브리엘, 아시시의 성 클라라, 사도 성 토마스와 눈이 먼 성 루치아, 성 카타리나, 성 아그네스. 코리는 누알라를 위해 조각상을 만들었고, 조각상들이 동요하지 않는 평정심으로 자신의 시선을 돌려보내자 누알라는 처음으로 분노가 조금씩 흘러 나가는 것을 느꼈다. 감화되어 평온함에 잠긴 누알라는 조각상의 체념을 느꼈다. 실패한 것은 누알라가 아니라 이 세상이었다.

로즈 울다

"얼마나 멋진지!" 로즈가 차린 식탁으로 음식이 나오자 로즈의 어머니가 소리쳤다. "날씨가 어쩜 이렇게 좋을까요, 안 그래요, 부버리 씨? 여기 제 옆에 앉으세요."

부버리 씨는 그렇다고 대답하며 고분고분 옆자리에 앉았다.

"난 폭염이 싫어." 데이킨 씨가 쾌활하게 투덜거렸다.

데이킨 부인이 자기 반쪽이라고 주장하는 로즈의 아버지는 화통하고 온화한 사람이었다. 경매인인 그는 쉰 목소리로 말을 했고, 마치 일할 때를 위해 목을 아껴야 한다는 듯 늘 목소리를 낮추었다. 날카로운 목소리를 빼면 그의 아내도 남편과 비슷했다. 두 사람 다 몸집이 컸고, 키 크고 덩치 있는 사람들이 보통 그렇듯 느긋한 면이 있었다. 이날 저녁 데이킨 씨는 여름에 늘 그러듯이 땀을 흘렸다. 재킷을 벗고 기온과 상관없이 항상 걸치는 조끼의 단추를 풀어둔 상태였다.

그의 딸은 죄책감에 시달렸다. 로즈는 열여덟 살이었고 이 날 저녁 다른 곳에 있을 수 있기를 바랐다. 부버리 씨의 지친 눈을 볼 필요가 없기를, 그의 정중한 모습을, 그가 어머니 쪽으로 머리를 기울인 채 이야기를 듣고 아버지의 쾌활함에 웃음 짓는 모습을 지켜볼 필요가 없기를 바랐다. 축하하는 의미로 마련된 자리였다. 로즈는 대학에 진학할 예정이었고, 부버리 씨가 로즈의 합격에 도움을 주었다. 개인 교사인 부버리 씨는 30년이 넘는 시간 동안 합격이 아슬아슬한 학생들을 가르쳐왔지만 로즈를 마지막으로 일을 그만두기로 했다. 로즈는 생각했다. *오 하느님, 너무 끔찍해.* 어머니에게 선생님을 초대하지 말자고 애원해봤지만 데이킨 부인은 꼭 자리를 마련해야 한다고 우겼다. 부버리 씨는 처음에 초대를 거절했지만 저녁 중 편한 시간을 직접 고르라는 제안을 받았다.

"제가 아스파라거스 철을 어찌나 좋아하는지 몰라요!" 로즈는 어머니가 특유의 쾌활한 목소리로 외치는 것을 들었다. 데이킨 부인은 버터에 잘 볶은 아스파라거스 요리를 손님 앞으로 밀었다.

부버리 씨는 미소를 지으며 감사의 말을 중얼거렸다. 그는 예순몇 살이었다. 몇 가닥 안 남은 흰 머리카락은 기미로 덮인 정수리 위에서 거의 보이지 않았다. 바싹 마른 양가죽처럼 퍼석한 손등 위에도 기미가 번져 있었다. 오늘 부버리 씨는 옅은

색 양복을 입고 본인이 가진 화려한 이탈리아 나비넥타이 중 하나를 맸다.

"요즘 어떠세요, 부버리 씨?" 데이킨 씨가 정중하게 물었다.

"쭈그러들고 있죠." 부버리 씨가 대답했다. "나이가 들면 쭈그러드는 게 느껴진답니다."

데이킨 부인이 사람 좋은 웃음을 터뜨렸다. 데이킨 씨가 보르도 와인을 따랐다.

"정말로 쪼그라들어요." 데이킨 부부가 명백하게 대화를 이어나가고 싶어 했기에 부버리 씨가 어쩔 수 없이 맞받아쳤다. 그리고 로즈를 향해 웃었다. 아직 본인의 것인 절반의 치아는 잿빛이었고 울퉁불퉁한 암벽처럼 닳아 있었다.

"뚱뚱한 사람들에겐 좋은 소식이네요." 데이킨 씨가 중얼거렸고, 그가 농담을 할 때 종종 그렇듯 얼굴이 찌그러졌다. 자조적인 그의 농담을 듣자 아내가 소리를 질렀다.

"오, 여보, 당신 안 뚱뚱해요!"

"원래는 키가 185센티미터 정도였어요." 부버리 씨가 말을 이었다. "지금은 전혀 그렇지 않죠."

"그래도 다른 덴 다 괜찮으시죠?" 데이킨 씨가 물었다.

"네, 그럼요."

데이킨 부인은 식당에 짙은 색과 옅은 색 줄무늬가 있는 파란색 벽지를 발랐다. 커튼도 같은 색깔이었고, 페인트가 발린 곳은 흰색이었다. 데이킨 부인은 이런 일을 즐겼고 종종 그렇게 말하기도 했다. 거실 벽에는 잎이 없는 델피니움 꽃 무늬가 있었고, 복도와 계단은 검은색과 금색이었다.

"이거 정말 맛있는데." 데이킨 씨는 아내가 요리한 아스파라거스를 곁들인 칠면조 고기를 칭찬했다.

"맛있네요." 부버리 씨도 동의했다.

로즈는 칼라가 달린 청회색 드레스를 입었다. 부모와 달리 로즈는 체구가 작았다. 금발을 짧게 잘랐고 앞머리가 이마의 곡선 위를 덮었으며 눈동자는 물망초 같은 하늘색이었다. 이날 저녁 죄책감이 로즈를 침묵하게 했고 드물게 나오는 미소는 순식간에 사라졌다. 그녀가 웃을 때면 부루퉁한 아랫입술이 내려가고 순간 새하얗고 고르지 못한 이빨이 드러났다. 로즈는 식사 자리가 난처했고 자신이 매력적이지 않다고 느꼈으며, 스스로가 지긋지긋했다.

"저희가 정원에서 직접 늦게까지 재배해요." 로즈의 어머니는 아직도 아스파라거스에 대해 얘기 중이었다. 로즈는 아스파라거스를 겨우 하나 먹었다. "거의 9월까지도 계속 먹을 수 있답니다."

부버리 씨에게 이게 무슨 시련이란 말인가? 로즈는 생각했다. 데이킨 부부는 그의 아내도 함께 초대했지만 전날 부버리 부인의 몸이 좋지 않다는 연락을 받았다. 로즈는 그게 사실이 아님을 알았다. 부버리 씨의 아내는 기회를 붙잡은 것이었다. 그녀는 남편에게 별로 가고 싶지 않다고 말했지만 그 또한 사

실이 아니었다. 그 여자는 지금쯤 발가벗고 있을 거라고, 로즈
는 생각했다.

"정말 이상하지 않아요? 차 뒷유리에 쓰여 있는 거요." 아스
파라거스 수확 철 이야기를 할 만큼 하자 로즈의 어머니가 불
쑥 말을 꺼냈다. *"아기가 타고 있어요 같은 거요. 아니, 생면부
지의 사람이 그런 데 무슨 관심이 있겠어요?"*

"너무 가까이 접근하지 말란 말이겠지." 로즈의 아버지가 말
했다.

로즈의 어머니는 악의 없는 사교적 웃음을 터뜨리며 오히려
그 글씨를 읽으려고 가까이 접근하게 된다는 점을 지적했다.

"오, 여보, 사람들이 그 생각은 못 했나 봐."

모든 선택과목에서 로즈는 합격선에 걸쳐 있었고 거의 1년
간 목요일 오후마다 부버리 씨의 집으로 갔다. 그곳에서 두 사
람은 정원을 향해 돌출된 창문 앞에 함께 앉았다. 부버리 부인
은 로즈가 도착하자마자 차를 내왔고, 차를 마시는 동안 부버
리 씨는 공부를 가르치는 대신 자신이 대학에 진학하려 했을
때나 나중에 소모 직물 회사에 면접을 보러 갔을 때 같은 옛이
야기를 했다. 그는 한동안 소모 직물 거래 일을 했으나 교사로
직업을 바꾸었다. 그러나 처벌 방식과 남자애들이 비행기 모
형을 조립하는 지루한 '취미 활동 시간'이 싫어서 1년 뒤 학교
일을 그만두었다. 그때부터 부버리 씨는 집에서 학생들을 받
았고, 약 한 달 전에 로즈를 마지막으로 개인 교사 일을 그만

두겠다고 결정했다. 그는 '아노 도미니'* 때문이라고 말했지만 로즈는 다른 이유가 있다는 것을 알았다. 차를 마실 때마다 그는 마치 연재소설처럼 자기 인생을 줄줄 늘어놓았다.

"정말 이상하다니까." 데이킨 부인이 명랑하게 자기 주장을 밀어붙였다. "그렇게 생각하지 않으세요, 부버리 씨?"

부버리 씨가 머뭇거렸고, 로즈는 그가 잠시 대화를 놓쳤음을 알 수 있었다. 어머니도 그 사실을 알아챈 듯 보였지만 실망하지는 않았다. 로즈의 어머니가 자연스럽게 말을 이었다.

"자동차에 붙여놓는 그 개인적인 선언들 말이에요. 자기가 뭘 좋아하고 어디서 왔고 앞자리에 누가 타고 있는지 같은 것들요."

"이름이 늘 샤론하고 리엄이더라고." 데이킨 씨가 껄껄 웃었다.

남편보다 열 살 어리고 겉모습은 그보다 더 어려 보이는 부버리 부인에게는 애인이 있었다. 날씬하고 나긋나긋하며 다리가 길고 톡 튀어나온 입술을 너무 잘 칠한 그녀에게는 목요일 오후마다 손님이 찾아왔는데, 그때마다 남편이 마지막 학생을 가르치며 학생의 부족한 점에 정신을 온통 쏟았기 때문이다. 부버리 부인의 손님은 조심스럽게 들어왔지만 마치 그림자가 집 안을 지나가는 것 같은 희미한 소리가 났다. 먼저 속삭임

---

* 늙은 나이.

과 발소리, 살짝 문 닫는 소리가 들린 뒤, 로즈가 집을 떠나기 10여 분 전쯤이면 언제나 계단과 복도를 살금살금 걷는 소리가 들렸다. 부버리 부인이 창문 앞의 옅은 마호가니 책상에 찻쟁반을 내려놓는 것, 부인이 떠난 거실에 부인의 향기가 맴도는 것, 부인의 눈 속에 동요가 이는 것도 패턴의 일부였다. 이 매주의 만남이 어떠한 종류의 것인지 짐작하지 못하던 로즈는 어느 날 오후 복도에 걸어놓은 코트 주머니에서 손수건을 꺼내러 갔다가 누런 얼굴을 한 남자가 손에 열쇠를 쥐고 숨죽여 현관문을 닫는 것을 목격했다. 로즈를 본 남자가 미소를 지었다. 환하고 비밀스러운 미소였다. "그 여자보다 어려?" 로즈의 친구이자 세부 사항에 까다로운 캐럴라인이 물었다. 로즈는 아니라고, 그리 어리지 않다고, 하지만 갈색 린넨 양복을 멋지게 차려입은 우아한 백발의 남자였다고 말했다. "뭐 고치러 온 거 아니야?" 누가 관심을 끌면 의심하지 않고는 못 배기는 데이지가 말했다. 앤절라와 리즈가 데이지의 의심을 즉시 일축했다. 세탁기나 텔레비전을 고치러 온 사람이 왜 현관 열쇠를 가졌으며 왜 양복을 입는단 말인가? 왜 그렇게 주기적으로 찾아오고 왜 비밀스러운 미소를 지었단 말인가? 다섯 소녀가 수다를 떨며 이런저런 불평불만을 쏟아내고, 섹스를 비롯한 사적인 얘기를 나누고, 데이지와 캐럴라인이 담배를 피우는 이 박스트리 카페에서 부버리 부인이 목요일마다 만나는 연인은 격렬하고 구체적인 추측의 대상이 되었다. 남자는 유부남이라

189

고, 그래서 부인의 집으로 오는 거라고 캐럴라인이 말했다. 불륜을 할 땐 언제나 갈 곳을 찾기 어려운 법이다. 그가 목요일에 오는 이유는 로즈가 부버리 씨의 마지막 학생이며 부버리 씨가 과거에 더 많은 학생을 가르쳤을 때와 달리 바쁜 시간이 목요일 말고는 없기 때문이다. "나이 오십에 그런 짓을 한다고?" 데이지가 이 말을 하며 얼굴을 찡그렸지만 앤절라는 오십은 아무것도 아니라고 말했다. "나는 절대로 바람피우지 않을 거야." 리즈가 로맨틱하게 선언했지만 다른 소녀들은 리즈의 말에 관심이 없었고 부버리 부인의 나이에 대해서도 길게 생각하려 하지 않았다. 결국 데이지를 포함한 모든 소녀의 마음을 사로잡은 것은 로즈가 자신이 설명한 거실—소파와 안락의자가 있고 벽난로 위에 동그란 거울이 달린, 원래는 두 개였다가 하나로 합친 천장이 낮은 기다란 공간—에 앉아 있는 동안 위층의 방에서 남자와 여자가 함께 침대에 누워 있다는 사실이었다. "나도 그 남자가 보고 싶어." 캐럴라인이 말했다. "잠깐이라도." 박스트리 카페에서 소녀들은 하나같이 궁금해했다. 텔레비전이나 영화에서 본 성교와 비슷할까? 아니면, 실제 상황은 영화와는 다를까? 소녀들은 언쟁을 벌였다. "나는 주저하지 않고 바람피울 거야." 캐럴라인이 말했다. "부부 관계가 지루해진다면 말야." 캐럴라인은 냉정함이 가끔 무서운 친구였다. 검고 긴 머리칼과 갈색 눈을 가졌고 치아 교정기 때문에 좀처럼 웃지 않는 앤절라는 주로 제물이 되는 쪽이었고 사고를 잘 쳤다. 리즈는 로맨틱한 성격에서 나오는 너그러움 때문에 너무 많은 것을 내주었다. 빨간 머리에 안경을 쓴 데이지는 세상을 불신했다. 단정한 용모와 올려 묶은 금발, 영화배우 같은 입을 가진 리즈는 다섯 명 중 가장 예뻤는데, 새파란 눈을 빼면 그리 특별한 점이 없었지만 그래도 가장 예뻤다. 로즈는 자신이 평범하고, 너무 조용하고, 너무 수줍음을 많이 타고 긴장을 많이 한다고 생각했다. 부버리 부인과 목요일마다 찾아오는 부인의 손님은 교우 관계에서 로즈에게 찾아온 뜻밖의 선물이었다.

"얼마나 멋진지!" 데이킨 부인이 두 번째로 열변을 토했다. 자동차 스티커 이야기는 이제 끝이 났다. "저희가 얼마나 감사 드리는지 몰라요, 부버리 씨!"

로즈는 부버리 씨가 고개를 젓는 모습을 보았고, 모든 공은 로즈에게 있다고 하는 말을 들었다.

"절대로 그렇지 않습니다, 부버리 씨." 로즈의 아버지가 엄숙한 목소리로 주장했다.

"이제 아이 앞엔 창창한 시간이 펼쳐져 있네요." 로즈의 어머니가 덧붙였다.

로즈는 부모님에게, 오빠에게 아무 말도 하지 않았다. 가족에게 이야기할 수 있는 종류의 일이 아니었다. 초록색 상판의 테이블이 있는 박스트리 카페에서 이 말을 전했을 때와는 달리 가족들에게 말한다면 로즈도 가족도 난처해질 것이었다.

카페에서 처음 이 이야기를 한 뒤로 친구들은 내내 들떠 있었다. "우리 엄마들도 그럴 수 있어." 언젠가 충격에 빠진 리즈가 중얼거렸다. 카페에 앉아 커피를 마시고 캐럴라인과 데이지가 담배를 피우는 동안 소녀들은 이 문제를 곱씹으며 로즈가 설명한 공간에 도착하는 누런 피부의 남자를 상상했다. "린넨 양복을 깨끗하게 다림질했어." 로즈가 말했다. "무늬 없는 초록색 셔츠도."

여전히 데이킨 부인이 주도하는 식탁에서의 대화는 다시 주제가 바뀌어 있었다. "*가장 친절한 커트.*" 데이킨 부인은 이렇게 말하며 미용실 간판에서 드러나는 미용사들의 익살맞은 재치 쪽으로 부버리 씨의 관심을 끌려고 했다. "한번은 *미친놈*이라는 간판도 본 적이 있다니까요!"

이날 저녁, 그는 마지막으로 그곳에 갔을 것이다. 부버리 씨는 보통 밖에서 저녁을 먹지 않았다. 오늘 도착해서 축하하는 분위기에 가담하며 그렇게 말했다. 이제 찻쟁반은 창가의 책상에 놓이지 않을 텐데, 로즈가 더 이상 그 집에 방문하지 않을 것이기 때문이다. 날씬한 부버리 부인에게 오늘의 저녁 식사 초대는 부적절하게 포장된 선물처럼 보였을 것이 분명했다. "아잠 씨야." 마지막 목요일에 그녀의 남편은 이렇게 말했다. "저 사람 이름이 궁금하다면 말이야."

데이킨 씨가 다시 와인을 따랐다. 그리고 결혼 선물로 이 잔들을 받았는데 남은 것이 네 개뿐이라 자주 사용하진 못한다고 말했다.

"미티지 부부가 준 거였죠." 데이킨 부인이 조용하게 읊조렸다. 부인의 높은 목소리는 이제 가라앉았는데, 미티지 부부가 더 이상 살아 있지 않기 때문이었다. 부인은 잠시 식사를 멈추고 기억 속에 빠져 고개를 살짝 왼쪽으로 기울였다. 애석해하는 미소가 부인의 빨간 입술에 생기를 불어넣었다. 데이킨 씨는 한숨을 쉬었다. 죽음은 곧 자리를 떠났고, 데이킨 부인은 다시 포크를 집어 들었으며 와인병은 다시 작은 은쟁반 위에 놓였다. 은쟁반 또한 결혼 선물로 받은 것이었지만 이번에는 준 사람의 이름이 언급되지 않았다.

"오쟁이 진 남편이네." 박스트리 카페에서 캐럴라인이 처음 입에 올린 이 추잡한 단어가 소녀들의 머릿속에 자리 잡았고 단어의 소리에 형태와 색깔이 생겨났다. 오로지 로즈만이 부버리 씨의 실제 모습을 알았으나, 사실 그는 별로 중요하지 않았다. 한때 의류 무역에서 미래를 계획했다가 결국 교사 일로 끝을 맺은 나이 든 남자는 흥미로운 얘깃거리가 아니었다. 그는 한때 두 개였다가 하나로 합친 거실 위의 캄캄한 침실이나, 부버리 부인의 향기, 부인의 연인이 의자 위에 걸쳐둔 양복, 누런 살 위에 묻은 립스틱의 경쟁 상대가 되지 못했다. 로즈가 친구들의 즐거움을 위해 또 다른 목요일의 수확물을 펼쳐놓을 때면 그 누구도 로즈의 말에 끼어들지 않았다. 한번은 〈그대 눈에 비친 우수〉가 잔잔하게 흘렀다. 한번은 전화벨이 울렸는데 전화기가 두 사람이 앉은 자리에서 그리 멀지 않은 곳에 있었는데도 부버리 씨는 그 전화를 받지 않았다. 부버리 씨가 전화기 쪽으로 움직이기 전에 침대 옆에서 전화를 받으며 전화벨이 그쳤다. 늘 그런 것은 아니었지만 이따금 로즈가 복도에서 코트를 입고 있을 때 부버리 부인이 계단 위로 모습을 드러냈다. 코트를 입지 않는 여름이면 남편과 남편이 가르치는 학생의 목소리를 듣고 가끔 위층에서 잘 가라고 외치기도 했다. "사악해." 리즈가 말했다. "사악한 여자야." 하지만 로즈는 아니라고, 부버리 부인을 사악하다고 할 순 없다고 말했다. 부인은 사악한 여자처럼 보이지 않았다. "부인에게 아이가 없다는 게 더 중요해." 데이지가 말했다. "그럴 수도 있지 않을까." 캐럴라인은 동의하지 않았다.

"와, 이게 다 뭐야!" 구스베리와 커스터드로 만든 디저트가 앞에 놓이자 로즈의 아버지가 경매인 특유의 쾌활함을 보이며 외쳤다. 데이킨 부인이 집에서 직접 딴 구스베리로 만들었다고 말했다.

"맛있네요." 부버리 씨가 두 번째로 말했고, 잠시 구스베리의 종류와 이런 목적엔 이런 종류가, 저런 목적엔 저런 종류가 어울린다는 이야기가 이어졌다.

"그 사람 이름은 아잠이야." 로즈가 박스트리 카페에서 이렇게 발표하자 데이지가 즉시 이름을 찾아보러 전화번호부 쪽으로 갔다. "수백이야." 돌아온 데이지가 말했다. "아잠이라는 이름만 수백 명이야." 데이지가 이름을 찾는 동안 대화는 다른 방향으로 흘러갔다. 외국 이름이라는 데 모두가 합의한 뒤 곧 이 문제는 토론 주제로서 실격되었다. "남편이 알고 있었다면," 캐럴라인이 말했다. "오쟁이 진 게 아니라 그냥 순종적인 거야." 그리고 소녀들은 부버리 씨가 대학 진학이 아슬아슬한 마지막 학생을 가르치는 동안 주변에서 일어나는 일, 삐걱대는 계단과 닫히는 문, 아내의 것이 아닌 희미한 발소리, 조용한 음악 소리의 본질을 알고 있었다는 사실에 대해 이야기를 나누었다. "이름을 말할 때 평소랑 좀 달라 보였어?" 캐럴라인이 날카롭게 물었고, 로즈는 아니라고 대답했다.

로즈의 오빠 제이슨이 도착했다. 부모처럼 제이슨도 덩치가 컸다. 아버지처럼 턱 밑 살이 있었고 어머니처럼 손이 작고 통통했으며 성격이 순했다. 부버리 씨를 알게 된 것은 제이슨 때문이었는데, 제이슨도 대학 합격의 경계선에 있었기 때문이다. 부버리 씨와 제이슨은 인사를 나누고 악수를 하며 서로의 안부를 물었다.

"어떻게 됐어요?" 인사가 끝나자 제이슨이 데이킨 씨에게 물었다.

"아, 그런대로 괜찮아. 치펜데일 가구가 좋은 값에 팔렸지. 기쁜 하루야." 데이킨 씨가 웃으며 소식을 알렸다.

"너무 잘됐다!" 데이킨 부인이 성공의 기쁨을 함께 나눌 사람을 찾아 식탁 주변을 둘러보았다. "우리 딸, 괜찮니?" 시선이 딸에게 닿자 부인이 물었다. "괜찮은 거야, 로즈?"

로즈는 거짓으로 고개를 끄덕였다. "사실 괜찮지 않아." 부버리 씨는 이렇게 말했었다. 마치 박스트리 카페와 구석의 초록 상판 테이블에 둘러앉은 다섯 관객에 대해 전부 아는 것처럼, 그곳에서 있었던 대화를 전부 들은 것처럼. 그 순간 죄책감이 밀려들었다. 부버리 씨의 안경이 한쪽으로 미끄러졌고 말을 끝내자마자 부버리 씨가 안경을 고쳐 썼다. 파란색 트위드 재킷의 소매가 가죽으로 덧대어져 있었다. "네." 로즈가 말했다. 달리 무슨 말을 해야 할지 알 수 없었고, 이미 죄책감의 파도로 속이 메스꺼웠다. "네." 지난 수개월 동안 두 사람 역시 비밀을, 일어나는 일을 알지만 말하지 않는다는 비밀을 공유한 것과 마찬가지였다. 로즈의 목요일 방문이 끝나면 부버리 씨의 이 삶의 방식도 끝날 것이었다. 오쟁이 진 늙은 남편이 한숨을 쉬며 눈을 꿈뻑이는 동안 아잠 씨가 아무렇지 않게 집으로 들어와 위층으로 올라가지는 않으리란 것을 로즈는 알았다. 그럴 일은 없었다. 이 모든 것은 가식, 일종의 기만과 관련이 있었다. '유감이에요.' 로즈는 이렇게 말하고 싶었다. 그리고 박스트리 카페에서 내뱉은 그토록 많은 말을 주워 담을 수만 있다면 무엇이든 하고 싶은 이유를 알지 못했다. 로즈는 부버리 씨의 신뢰를 함께 나누고 싶었지만 부버리 씨가 신뢰를 보이기도 전에 이미 그를 배신했다.

모두가 구스베리 디저트를 마저 먹고 제이슨이 자신이 참석한 행사에 대해, 한 남자가 얼마나 말이 많았는지에 대해 이야기하는 동안, 로즈는 연인들의 침실에서 부버리 부인이 눈을 감고 황홀감에 빠진 모습을 보았다. 식탁에 커피가 나왔고 각자의 잔에 커피를 따랐다. "가지 말아요. 내 사랑, 가지 마요." 부버리 부인이 애원했고, 아잠 씨가 자신도 절대 가고 싶지 않다고 말했다.

식탁 건너편, 부버리 씨의 얼굴에 그 모든 것이 있었다. 남자의 이름을 알려주고 자신은 괜찮지 않다고 말했을 때와 똑같았다. 안경 뒤에, 와인을 마셔서 진홍빛으로 물든 광대뼈의 퍼석한 피부에 그것이 있었다. 두 사람은 그것을 공유했지만, 사실은 그렇지 않았다. 부버리 씨에게 그 공유는 위안이었으나 그 위안은 계단 위에서 들려오는 아내의 목소리만큼이나 거짓이었다.

"딸, 괜찮아?" 로즈의 어머니가 또다시 물었고 로즈는 그 대답으로 커피잔에 손을 뻗었다.

데이킨 씨의 이마에 주름이 잡히기 시작했다. 제이슨이 기침을 한 뒤 손수건으로 얼굴을 닦았다. 그리고 손수건을 접어 재킷 주머니에 넣고 다시 자신이 참석한 행사에 대해 얘기하기 시작했고, 자기가 상업적 가능성을 높였다고 언급했다. 다행히도 데이킨 씨는 고개를 끄덕이며 관심을 돌렸다. 데이킨 부인은 식탁을 정리하며 부버리 씨에게 자신도 로즈 나이 때는 이렇게 수줍었다는 걸 절대 믿지 못하실 거라고 소곤거렸다.

"우리가 가져올 수 있을 거라고 확신해요." 제이슨이 말했다. "거래를 성사시킬 수 있는지 내일 연락해볼 거예요."

부버리 부인은 연인에게 매달려 이렇게 끝낼 순 없다고 말하고 그의 앞에서 눈물을 쏟고 더 나은 길이 있을 거라고 요란하게 소리쳤다. 그러나 아잠 씨는 그저 고개를 저을 뿐이었다. 그는 자기 아이들을 낳아준 아내를 고통스럽게 할 남자가 아니었다. "당신과 나에게는 품위라는 게 있어." 그가 말했다. "우리에게 주어진 건 이 정도야." 아잠 씨는 초록색 셔츠를 입고 화장대에 있는 빗으로 머리를 빗은 다음 자기 몸에 묻은 립스틱이 지워졌는지 확인했다. "전에 학생을 본 적이 있어." 그러나 그의 말을 듣는 여자는 얼굴을 벽 쪽으로 돌리고 있었다.

"조짐이 좋구나." 데이킨 씨가 제이슨을 칭찬했다. "분명 잘될 거야."

데이킨 부인이 커피를 더 따랐다. 그리고 여러 사람의 이름을 언급하며 이날 오후 이름이 그에 걸맞은 품성을 만든다는 생각이 들었다고 말했다. 자기가 로즈 나이 때 프루든스라는 이름의 친구를 알았고, 베리티라는 이름도 있었다고 했다. "이름이 어니스트 칼라보였던 사람 기억나요?" 부인이 데이킨 씨에게 말했고 데이킨 씨는 물론 기억난다고 대답했다. 얇은 붉은색 상자에 담긴 쌉쌀한 초콜릿이 전달되었다. 로즈는 먹지 않겠다고 하고 테이블 건너에 있는 부버리 씨에게 초콜릿을 권했다.

"고맙구나, 로즈."

계단에서 연인의 발소리가 들렸고 현관문이 닫힌 뒤 그는 떠나갔다.

"그동안 고마웠다." 부버리 씨가 말했다. "내게 배워줘서 고마워."

"아내분 말이에요." 데이킨 부인이 다시 말을 시작했다.

"오늘 오지 못해 정말 죄송하다고 했습니다."

"다른 기회가 있을 거예요. 또 연락드릴게요."

"언제나 반가울 겁니다." 데이킨 씨가 덧붙였다. "앞으로도 계속 잘해봅시다."

늙은 부버리 씨는 머뭇거리다 자리에서 일어났다. 그러지 않았다면 로즈는 울지 않았을지도 모른다. 그러나 부버리 씨는 머뭇거렸고 로즈는 염려와 불만, 난처함에서 나온 탄성과 함께 울음을 터뜨렸으며 그러는 동안 부버리 씨는 어색하게 자리에 서 있었다. 로즈는 부버리 씨의 말 없는 고통 때문에, 어머니의 천진한 고집으로 그가 고통스러운 초대를 받아들여야 했던 것 때문에 울었다. 이 자리가 두 연인에게 제공한 마지막 절호의 기회 때문에, 자신의 죄로 결국 얼굴을 벽 쪽으로 돌려야 했던 여자 때문에, 아내가 있는 한 남자 때문에 울었다. 이제 학생도 연인도 방문하지 않을 집에 남겨진 *모두스 비벤디** 때문에, 부버리 씨를 배신하기에 충분했던 언뜻 본 비밀 때문에 울었다. 관계가 지루해지면 바람을 피울 친구와 사고를 잘 치는 친구, 너무 많은 것을 내주는 로맨틱한 친구, 세상을 불신하는 친구 때문에 울었다. 어머니의 사람 좋은 웃음과 아버지의 쾌활함과 자기 역할을 찾아낸 제이슨의 부서지기 쉬운 겉모습 때문에 울었다. 자기 앞에 펼쳐진 창창한 시간, 언뜻 보게 될 다른 비밀과 배신들 때문에 울었다.

----

* 생활 방식.

큰돌

피나는 남자 네 명이 배를 해안의 자갈 위로 끌어 올리는 것을 지켜보며 부두에서 기다렸다. 사람들이 잡은 고기를 내리고 그물에 찢어진 데가 없나 살피는 것을 지켜보았다. 사다리를 타고 피나가 서 있는 곳 근처로 올라온 남자들이 다른 방향으로 흩어졌고 피나는 존 마이클에게 다가갔다.

"자기 어머니," 피나는 이렇게 말한 뒤 어머니가 돌아가셨음을 짐작하는 존의 모습을 지켜보았다. "어떡하니, 존 마이클." 피나가 말했다. "어떡해."

그는 말없이 고개만 끄덕였고, 피나는 그가 그러리라는 걸 알았다. 두 사람이 그의 어머니가 있는 작은 집으로 향할 때 날은 춥고 점점 어두워졌다. 켜켜이 쌓여 빠르게 이동하는 회색 구름이 금방이라도 비를 뿌릴 듯했다. 이제는 떠날 수 있다고, 피나는 생각했다. 이제는 자신들을 위한 삶을 살 수 있었다.

"클러리 신부님이 계셨어." 피나가 말했다.

*

"계획 있어?" 존 마이클의 외삼촌이 장례식이 끝난 후 물었다. 계획은 반드시 필요했다. 존 마이클의 아버지는 그가 젖먹이였을 때 물에 빠져 죽었고, 아버지의 것이었던 어부의 집은 정해진 규칙에 따라 평생 어머니의 소유가 되었다. 존 마이클 역시 어부였으므로 다른 상황이었다면 결국 그도 집을 얻었을 테지만 아직은 아니었다. 그는 가장 어린 어부였고, 나이 든 어부들 사이의 유일한 청년이었다.

"떠날 거예요." 외삼촌의 질문에 존 마이클이 대답했다.

피나는 그가 그 말을 하는 것을 들었다. 존 마이클이 어머니가 세상을 떠나기만을 오랫동안 기다려왔음을 보여주는 말이었다. 떠나는 것은 옛날부터 이어진 전통이었고, 기회는 다양한 형태로 나타났지만 사람들은 그 기회를 붙잡기도 전에 떠나겠다는 결심을 오래도록 마음에 품었다. 이곳에 남은 뱃 퀸은 만에 섬처럼 떠 있는 두 개의 바위 너머 수평선을 애석한 듯이 가리키곤 했다. 그는 종종 이렇게 말했다. "큰돈을 벌 수 있어." 그리고 자기 세대에서 돈을 벌러 떠난 남자들의 이름을 읊었다. 도너휴와 아티 하이니, 미거와 플린, 빅 라일리와 맷 크레디. 내륙이나 잉글랜드로 떠난 사람은 그 밖에도 더 있었지만 이들만큼 성공하지는 못했다.

"할 말이 있다." 존 마이클의 외삼촌이 말했다. "농장에 관한 일이야."

"농장요?"

"내가 땅에 묻힌 다음에 말이야."

"농장이 왜요?"

"그때가 되면 농장이 남게 된다는 말이야."

대화를 들으며 피나는 행간의 문장을 들었다. 물려받을 사람이 달리 없으므로 존 마이클이 농장을 물려받을 것이다.

"요즘 몸이 많이 힘들구나." 존 마이클의 외삼촌이 말했다. 쇠약한 얼굴과 노인의 핏발 선 눈이 그 말을 증명해주었다. 2년 전 아내를 잃었고, 둘 사이에 아이가 없었기에 그는 혼자였다.

"아직 시간이 있으세요." 존 마이클이 말했다.

"그 넓은 땅을 다 관리할 순 없어."

지금부터 농장에 살아도 된다는 것이 외삼촌의 말이었고 함께 농장을 운영하기는 어렵지 않을 것이었다. 공기도 더 부드럽고 바다가 무엇을 앗아 갈지 걱정하며 살지 않아도 되는 내륙에서 삶을 꾸릴 수 있었다. 노인은 마음은 메말랐지만 어려운 사람은 아니었다. 남은 시간 동안 짐이 되지는 않을 터였다.

"싫습니다. 싫어요." 존 마이클이 고개를 저었다. 외삼촌의 제안을 그 어떤 식으로도 감사해하지 않는 거절이었다. 존 마이클과 피나가 원한 것은, 그들이 늘 이야기한 것은 미국이었다. 그날 저녁 존 마이클은 경비를 다 모았다고 말했다.

*

존 마이클의 어머니가 살아 있는 동안 세울 수 없었던 계획이 이제 세워졌다. 존 마이클은 곧 떠날 것이다. 5월에 돌아와서 결혼식을 올린 뒤 피나를 데리고 다시 떠날 것이다. 무슨일을 하게 될지는 몰랐지만 뱃 퀸의 말에 따르면 과거에 오로지 고기잡이만 하다 떠난 남자들에게 그건 아무 문제도 되지않았다. "도착할 때까지 가능성을 열어두라고, 친구." 뱃 퀸이 조언했다. 그가 지난 40년 동안 해온 조언과 똑같은 조언이었다. 맷 크레디는 다시 돌아온 유일한 사람이었는데, 그는 벌어온 돈을 매일 밤 식료품점 겸 술집의 바에서 물 쓰듯이 썼다. "이것 좀 봐." 뱃 퀸이 이렇게 말하며 안쪽 주머니에 간직한 달러 지폐를 꺼내 존 마이클에게 보여주었다. 뱃 퀸에게는 델라웨어에서 수녀로 사는 조카딸이 있었고, 시카고에 살던 누이는 2년 전 세상을 떴다. 배가 툭 튀어나와 옷이 끼고 술을 마신 탓에 작은 눈에 눈물이 고인 뱃 퀸은 피나의 가족이 운영하는 식료품점 겸 술집의 바에 한껏 웅크리고 앉아 모두에게 자신의 달러 지폐를 보여주었다. "제가 한 장 보내줄게요." 존 마이클은 언제나 이렇게 약속했고, 피나는 언제나 키득키득 웃었다.

두 사람은 서로를 잘 알았다. 같은 학교에 다녔고 매일 아침 부두에서 같은 통학 버스를 탔다. 그때 마을에 학생은 이 두 사람뿐이었다. 피나의 아버지는 이들이 나서려는 모험을 염려했고 아직 두 사람은 어린애일 뿐이라며 몇 번이나 이 계획을 반대했다. "여보, 존 마이클은 잘 해낼 거예요." 존 마이클을 좋아하는 피나의 어머니는 그를 대신해 미래를 낙관했다. "우리랑 같이 사는 것도 좋지 않겠니?" 존 마이클의 어머니가 돌아가셨을 때 피나의 아버지는 이렇게 제안했고, 피나는 아버지의 말을 전했지만 존 마이클이 식료품점 겸 술집에서 손님을 받고 맥주를 따르고 식료품의 재고를 파악하는 일을 고려조차 하지 않으리란 걸 알았다.

"우리도 당연히 떠나야지." 존 마이클이 한 말은 이게 다였다. 피나의 두 오빠도 한 명은 더블린으로, 다른 한 명은 잉글랜드로 떠났다. 둘 중 한 명이 식료품점 겸 술집을 물려받을 수 있었지만 둘 다 이곳을 등지고 떠났다.

이별을 앞둔 두 사람은 여러 날 저녁에 해지는 해안가를 걸으며 그들이 영원히 거부하려는 것들에 대해 이야기를 나누었다. 바다와 고기잡이, 식료품점 겸 술집에서 일하는 존 마이클, 외삼촌의 농장. 작은 슈퍼마켓 하나와 포목점 하나, 술집 다섯 개, 철물점 하나, 파워의 약국이 있는 마을 키너드에서 18킬로미터 떨어진 농가는 너무 외졌고 존 마이클의 말에 따르면 기반도 없이 지어졌다. 슬레이트를 덮고 회반죽을 바른 집 근처에는 헛간 몇 개뿐이었고 산비탈에서 시작된 습지 위로 네 개의 밭이 펼쳐져 있었다. 존 마이클은 산에 이름이 없다고, 있다 해도 이제는 기억에서 잊혔다고 말했고, 농장에는 대문도 없다고 했다. 산울타리에 난 구멍은 오래된 침대 틀로 막았고, 물을 마시면 토탄 맛이 났다. 방은 습기로 곰팡이가 피었다.

"집을 다시 고쳐 세울 수 있다 해도," 존 마이클이 말했다. "절대 우리가 원하는 곳은 아닐 거야."

"절대 아니지." 피나는 격렬하게 고개를 흔들었고, 눈에 확신과 동의의 기색이 역력했다. "절대 아니지." 피나가 다시 한 번 말했다.

두 사람은 몸도 서로 비슷했다. 둘 다 야위었고 키 차이는 머리 하나만큼도 나지 않았다. 둘 다 머리카락이 검은색이었고 행동거지처럼 얼굴도 수수했다. 두 사람은 홀로일 때보다 함께 있을 때 더 연약해 보였다.

"생각해본 적 있어, 피나? 우리가 이곳을 떠날 거라고 말이야."

존 마이클의 손 안에서 피나의 손은 따뜻했다. 그의 손이, 사실은 딱히 그렇지 않다는 것을 알았지만, 단단하게 느껴졌다. 둘은 어렸을 때부터 서로의 것이었다. 2년 전, 역시 해 질 녘의 바로 이 바닷가에서 두 사람은 처음으로 사랑을 이야기했다.

"너랑 같이 가고 싶어." 피나가 말했다.

"물론 그래야지. 머지않았어."

*

그는 꽤나 갑작스럽게 떠났다. 두 사람은 201일 동안 떨어져 있을 것이었다. 이미 피나가 계산해보았다. 처음에 피나는 마지막 순간에 그가 되돌아올지 모른다고, 섀넌에 있는 출입국 관리인이 취업 허가증이 없다는 이유로 비행기에 못 타게 할지도 모른다고 생각했다. 그러나 그는 준비가 되어 있다고 했고, 또 그래야만 했다. 속일 방법을 마련해야 한다고 그가 말했었다.

그가 없는 첫날이 지났고, 다음 날 저녁이 되자 뱃 퀸이 다시 큰돈 이야기를 했다. 그의 붉고 통통한 얼굴 속 작은 두 눈이 옆으로 피나를 바라보았다. 돌려보내진 사람은 제임시 오코너뿐이었고 그것도 마비된 다리 때문이었다고 뱃 퀸이 말했다. "걱정 마, 아가씨." 그가 피나를 위로했고, 자신이 다섯 살 때 범선이 바위에 부딪쳐 외국인 열두 명의 장례를 치른 이야기를 시작했다. "그러니까, 그런 거 빼면 여기에 뭐가 있어? 존 마이클은 자신을 지켜줄 돈이 있으니 안전하지 않겠어?" 뱃 퀸은 식료품점 겸 술집에 오는 그 누구보다도 말이 많았다. 다른 나라로의 이주나 난파 사고에 대해 말하지 않는 날에는 어렸을 때 키너드에서 37킬로미터를 걸어갔다가 다시 37킬로미터를 걸어온 성체축일 행사나 옛날에는 나이 든 신부가 자신이 응원하는 팀의 헐링* 스틱에 축복을 내려주었다는 것, 또는 리즈레이 저택의 방화 사건 이야기를 했다. 뱃 퀸은 50년 이상 배를 타고 바다로 나간 어부였다. 평생 깃 달린 옷을 입거나 넥타이를 맨 적이 없었고 일주일에 한 번 수염을 깎았으며 꼭 필요할 때만 빨래를 했기에 아내가 필요하지도 않았다. 뱃 퀸이 하는 모든 말은 대개 이미 한 적이 있는 말이었다. 그는 다른 사람들이 떠날 때 고향에 남았지만 저녁놀이 내려앉을 때 보스턴의 길고 곧게 뻗은 거리가 너무나도 아름답다고 주장했다. 맥데이즈에 가면 그릇에 세잎클로버**가 그려져 있고 크리스티 링***의 사진이 있다고 했다. 그는 도너휴가 초록색 천을 씌운 관에 묻히기 전에 떼부자가 되었다고 확신했다. 아티 하이니는 캔자스에 있는 밀밭에서 밀을 수확했다. 빅 라일리는 샌프란시스코 경찰서에서 승승장구하다가 결국 가장 높은 자리에 올랐다.

너와 헤어진 순간부터 네가 그리웠어. 존 마이클은 이렇게 썼다. 그의 첫 번째 편지에는 네게 할 말이 너무나도 많다

---

* 하키와 비슷한 아일랜드의 구기 종목.
** 아일랜드의 국화.
*** 유명 헐링 선수.

고 쓰여 있었지만 편지는 짧았다. 그는 떠나기 전에 자신이 편지 쓰는 데 익숙하지 않다고, 최선을 다해보겠다고 말했다. *갱 (gang)을 이뤄서 일하고 있어.* 3주 뒤 다시 그에게 편지가 왔고, 피나는 어쩔 수 없이 갱스터를 떠올렸다. 그리고 곁에 함께 웃을 존 마이클이 있는 것처럼 웃음을 터뜨렸다. 피나는 편지를 썼다.

지난주에 관광객들이 왔었어. 이탈리아 사람들이었는데 메리 돌린한테 오늘 생선이 있겠냐고 물어봤어. 우리 가게에도 왔었어. 우리는 독일인일 거라고 생각했는데 이탈리아 사람이라고 하더라고. 생선을 사러 아침에 다시 오겠다고 했는데 다시 오진 않았어. 뱃 퀸은 그 사람들이 로마에서 온 건지 알고 싶어서 부두에서 기다렸어. 이탈리아 사람들이 이곳에 온 적은 한 번도 없다고 뱃 퀸이 그랬어. 배가 난파됐을 때 죽은 사람들은 스페인 사람들이었대. 뱃 퀸은 그 이후로도 며칠간 아침마다 부두에 나왔는데, 관광객들은 돌아오지 않았어.

존 마이클에게서 바로 답장이 왔다. 이탈리아인 한 명과 같이 일하고 있는데 그 사람 이름은 모른다고 했다. 그리고 일이 고되다고 말했다. "그에게 시간을 줘." 뱃 퀸이 조언했지만 몇 주가 지나도록 보스턴의 거리나 캔자스의 밀밭 이야기는 없었다. 그때 피나에게 당분간 주소가 없을 예정이니 편지를 보내지 말라는 내용의 편지가 왔다. 존 마이클은 다시 주소가 생기면 알려주겠다고 말했다.

이런 식으로 피나와 존 마이클은 연락이 끊기기 시작했다. 잘 수 있는 데서 자야 한다고, 존 마이클이 설명했다. 고정적으로 집세를 내면 한 푼도 못 번다고 했다. 피나는 집세를 내지 않고 아무 데서나 잘 수 있다는 사실을 이해하지 못했지만 묻기엔 이미 너무 늦었다. 존 마이클은 당장 주어진 것을 취할 수밖에 없었고, 물론 피나도 그걸 알았다. 그게 유일한 방법이라면 계속 주소를 옮겨야 했다. 그가 그렇게 말했으면 그게 사실일 것이다.

차갑고 화창한 11월이 시작되었으나 일상의 패턴은 별로 달라지지 않았다. 피나는 가게에서 손님을 받으며 기계로 베이컨을 얇게 썰고 금액을 계산하고 잼과 육고기 페이스트, 통조림, 죽, 건조식품, 커다란 상자에 든 베이킹 재료 같은 배달된 물품들을 풀었다. 오브라이언 빵집의 승합차는 키너드에서 화요일과 금요일마다 빵을 배달해주었고 우유는 격일로 왔으며 가끔 그러듯이 배달이 지연되면 장기 보관이 가능한 팩우유가 있었다. 피나의 가족은 경험을 통해 무엇을 언제 주문해야 하는지, 가게와 바에 어떤 재고를 준비해두어야 하는지를 비롯한 운영 방법을 익혔다. 피나의 어머니는 정신을 바짝 차리지 않으면 곤란해진다고 말하곤 했다. 앞을 내다보지 않으면 한 세대를 먹일 양의 물건을 선반에 쌓아두거나 반대로 재고가 부족할 수 있었다. 피나의 어머니는 식료품점을 운영했고 남자들이 술집에 오기 시작하는 저녁에는 피나의 아버지에게 자리를 넘기고 집에서 쉬었다. 어머니는 피나만큼 마르고 체구가 작았으며 늘 바지런히 움직였고 물건으로 가득한 식료품점의 선반에 무엇이 어디 있는지 알았다. 숫자 계산이 빨랐고, 줄이 달린 안경을 썼다. 어머니가 식료품점 일을 도맡기에 피나의 아버지는 바에서 피나의 도움을 받았다. 그는 덩치가 크고 움직임과 생각이 느렸으며, 백발이었고 언제나 소매를 걷어 올린 와이셔츠 차림이었다. 미사에 갈 때는 검은 양복을 입고 핀을 꽂은 넥타이를 맸으며, 마을을 돌아다닐 때는 모자를 썼다. 피나의 어머니도 평소에는 걸치지 않는 코트와 모자로 옷차림에 신경을 썼다. 세 사람은 일요일마다 함께 성당에 갔고, 다른 때에는 각자 고해성사를 하러 가거나 봉사단체 일을 했다.

존 마이클은 주소가 없는 동안 편지를 쓰지 않았고 피나는 상상에 의지했다. 피나와 존 마이클이 그토록 오랫동안 이야기하고 궁금해한 미국이라는 세상에 뱃 퀸의 장황한 이야기가 덧붙었고, 호런 선생님이 미대륙 지도를 펼쳐 칠판에 걸었던 어린 시절에 배운 사실들로 뱃 퀸의 과장과 환상에 균형이 잡혔다. 광택이 흐르는 미대륙 지도는 갈색과 연두색, 노란색으로 칠해져 있었고 대서양은 파란색이었다. 미네소타와 미시간, 펜실베이니아에서는 철이, 콜로라도에서는 우라늄이 생산

되었다. 목화와 담배는 남부에서 나왔다.

호런 선생님의 막대기 끝이 가로세로 일직선으로 움직이며 네브래스카와 사우스다코타를, 오리건과 아이다호를 나누었다. 막대기 끝은 각 주가 미연방으로 편입된 날짜를 톡톡 두드렸고 길고 긴 미시시피강을 따라갔으며 로키산맥을 가리켰다. 그때는 어쩔 수 없이 수업을 들었고 지루함에 하품을 간신히 참았으며 루이지애나 매입이 무엇인지를 기꺼이 잊었다. 제비꼬리타이런트새가 오클라호마의 주조였고 작약이 인디애나의 주화였다. 도너휴가 떼부자가 된 곳은 밀워키였다.

이런저런 사실을 짚어내던 교실의 낡디낡은 막대기는 별다른 현실감을 자아내지 못했었다. 뱃 퀸이 전해 들은 정보도 피나를 고무하지 못했고 그건 존 마이클도 마찬가지였다. 그러나 미국은 식료품점 겸 술집의 바 위에 높이 달린 스크린과 존 마이클의 부엌에 있는 스크린에서 두 사람의 기억 속에 남았다. 세상을 뜨기 2년 전 존 마이클의 어머니는 부축을 받아야 침대에 누울 수 있었고 피나는 가능한 한 자주 병간호를 도왔다. 어머니가 잠들면 피나는 존 마이클과 함께 부엌에 앉아 차와 분홍색 미카도 비스킷을 먹었고 텔레비전 소리를 낮추었다. 두 사람은 미국을 보았고 미국의 소리를 들었다. 야구 영웅들이 똑같은 패딩 점퍼와 헬멧을 걸치고 싸움을 벌였다. 밤이면 도시의 거리에 있는 하수구에서 김이 소용돌이치며 피어올랐다. 다리를 쩍 벌리고 눈을 게슴츠레하게 뜬 갱스터들이 경찰서 벽에 손바닥을 짚고 서 있었다.

피나는 도어맨이 노란 택시에 인사를 하는 것이, 고층 건물의 엘리베이터에서 가벼운 대화를 나누는 것이, 크리스마스의 상점들이 좋았다. 홀로 고속도로를 달리는 운전자가, 자동차의 라디오에서 흘러나오는 음악이, 그가 차를 세우는 도로변의 주유소가, 파리를 찰싹 때리는 주유소의 직원이 좋았다. 오래된 목장 근처에서 석유를 시추하는 청년이, 이제 중요한 것은 오로지 콸콸 솟구치는 석유뿐이므로 모든 것이 변하는 상황이, 결국 그 청년이 백만장자가 된 것이 좋았다. 대학 시절과 추수감사절, 로버트 E. 리 장군도 전부 마음에 들었다. "너도 가고 싶어?" 존 마이클이 속삭이면 피나는 언제나 주저하지 않고 고개를 끄덕였다.

세탁 일을 하게 됐어. 느리게 온 다음번 편지에 이렇게 쓰여 있었다. 뱃 퀸은 이 이야기를 듣고 감탄하며 고개를 끄덕였다. 세탁업계에 큰돈이 모인다는 데는 의심의 여지가 없었다. 대통령의 셔츠도 언제나 세탁을 해야 했다. 뱃 퀸은 바의 높은 의자에서 몸을 틀어 존 마이클 갤러거가 미국 대통령의 셔츠를 빨게 되었다고 시끄럽게 소리쳤다. "내가 하나 말해줄게. 넌 존 마이클 갤러거 덕분에 아주 부자가 될 거야."

피나는 편지에 이 내용을 전부 쓰며 과거에 그들이 그랬듯 농담을 했다. 고장 난 오브라이언의 빵집 승합차와 나흘간 뜨지 못한 배, 마틴 숄의 장례식에서 그의 아내가 춘 춤 등 연락이 닿지 않던 시기에 쌓인 이런저런 소식을 담은 긴 편지였다. 피나는 지금쯤 존 마이클도 미국식으로 발음할지 궁금했다. 뱃 퀸이 맷 크레디가 그렇게 되었다고 했었다.

1월에 크리스마스 카드가 왔고, 2주 뒤 주소가 적힌 편지가 왔다. 비버 스트리트 2a번지에 있는, 두 사람이 살기에 충분히 넓은 방 하나짜리 집이었다. *내가 싹 페인트칠을 했어.* 존 마이클이 편지에서 말했다. *창문도 다 닦았고.* 지금까지 91일이 흘렀고, 점점 더 긴 날들이 흘러가고 있었다. 피나는 일주일 전 키너드에서 드레스를 만들 옷감을 골랐다. 그리고 첫 번째 결혼 공고가 머지않았다고 계속 되뇌었다.

집에 관한 편지가 온 날 아침은 공기가 차가웠고, 피나는 결혼 공고와 비버 스트리트에 대해 생각하며 해안가를 거닐었다. 외벽에 지그재그로 붙은 비상계단과 영화에서 본 적 있는 거대한 금속 건축물, 그 건물을 향해 열린 창문들을 상상했다. 존 마이클이 집을 구할 수 있을 만한 가난한 동네와 보도를 따라 힘겹게 자라난 막대기 같은 나무들을 상상했다. 피나는 가난한 동네를 거부하지 않을 것이다. 존 마이클이 최선을 다했음을 알기 때문이었다.

그날 아침 해안가는 텅 비어 있었다. 어선들은 아직 돌아오지 않았고 부두 위를 지날 때도 아무도 없었다. 피나가 걷는 깨끗하고 축축한 모래 위에 새 조개껍데기들이 섞여 있었고 그 위로 찰랑이는 파도가 밀려왔다. 마을에 전해 오는 이야기에 따르면 옛날에 사랑하는 남자를 뒤따라 골웨이까지 먼 길을 걸어간 여자가 있었다. 하루하루 만날 시간이 가까워지고 있었지만 그 어느 때보다 존 마이클이 그리웠던 피나는 그 여자의 심정을 이해했다. 피나는 다시 천천히 마을로 돌아왔고, 존 마이클이 두 사람을 위해 마련한 방은 피나의 머릿속에서 여태껏 본 무엇보다도 더 선명했다.

*

아버지가 자신을 불렀을 때 피나는 알았다. 바의 왁자지껄한 소리 너머로 전화벨 소리와 전화를 받은 아버지가 놀라는 소리를 들었기 때문이다. "아니, 이게 누구야! 자네 어떻게 지냈나?" 피나는 방금 채운 잔을 카운터 너머로 밀었다. "기다려봐, 피나 바꿔줄 테니." 피나는 아버지가 이렇게 말하는 것을 들었고, 수화기를 들자 바로 존 마이클의 목소리가 들려왔다.

"나야, 피나."

그의 목소리는 멀게 느껴지지 않았고 다만 생소했는데, 친구로 지낸 시간 동안 서로 전화 통화를 해본 적이 한 번도 없기 때문이었다.

"존 마이클!"

"내 편지 받았어, 피나? 방에 관해 쓴 거?"

"어제 받았어."

"잘 지내, 피나?"

"그럼, 그럼. 너는 어때?" 전화 통화는 할 수 없을 거라고 떠나기 전에 그가 말했고 피나도 동의했다. 통화가 그가 번 돈을 전부 잡아먹을 것이었다. 그러나 그의 목소리를 들으니 잃는 돈이 하나도 아깝지 않았다.

"난 잘 지내, 피나."

"목소리 들으니 좋다."

"있지, 피나. 우리가 생각해봐야 할 문제가 있어." 그가 1~2초간 말을 멈췄다. "5월은 어려울 것 같아, 피나."

"어렵다니?"

"돌아가는 거 말이야."

그가 다시 말을 멈췄고, 피나가 그의 말을 이해하지 못했기에 한 말을 되풀이했다. 이 말을 하려고 직접 전화를 건 것이었다. 그는 복잡한 문제라고 생각했지만 사실은 그렇지 않았다. 결혼식이 있을 5월에 돌아오지 않는 것이 최선이었다. 일단 지금 그가 있는 곳까지 이르면, 한번 안정적인 일을 찾으면 자리를 비우기가 쉽지 않았다. 자리를 비우려면 아예 일을 그만둬야 한다고 했다. 매처럼 무서운 사람들이라고, 그가 말했다.

"이해했어, 피나?"

피나는 전화기가 놓인 어두운 식료품점 안에서 고개를 끄덕였다. 반대쪽에 있는 바에서 베이컨과 흑맥주, 증류주 냄새가 끼쳐 왔다.

급속 냉동고에서 주기적으로 전기를 먹을 때 나는 소리가 들리기 시작했다. *셰프의 수프.* 계산대 앞의 광고 문구를 겨우 읽을 수 있었고 어둠 속에서 나머지 글씨는 보이지 않았다.

"지금 떠나면 다시는 돌아오지 못할 거야."

미국에서 결혼하는 게 더 나았다. 피나가 미국으로 가고, 그는 지금 있는 곳에 남는 것이 나았다. 그가 피나에게 이해했느냐고 물었고, 피나는 말이 안 되는 꿈속에서 휘청이는 듯한 기분이었지만 이해한다고 말했다.

"늘 네 생각을 해, 존 마이클. 사랑해."

"나도 마찬가지야. 우린 결국 해결책을 찾을 거야. 그저 생각했던 것과 다를 뿐이야."

"달라?"

"늘 쫓겨날까 봐 걱정이 돼."

"우린 미국에서 결혼할 거야, 존 마이클."

"나도 늘 네 생각을 해, 피나. 나도 사랑해."

결국 해결책을 찾을 거라고 그가 또 한 번 말했고, 곧 딸깍 수화기를 내려놓는 소리가 났다. 피나는 지금 그가 어디에 있을지, 어떤 공간에 있을지, 그도 자기처럼 아직 전화기 옆에 서 있을지 궁금했다. 전화기 너머에서 다른 사람들 목소리가 들렸었다. 지금 그곳은 오후 4시 반이고 아직 해가 떠 있을 것이다. 피나는 지금 그가 세탁 일을 하고 있을지, 전화기를 사용하느라 위험을 무릅쓴 건 아닐지 걱정스러웠다.

"존 마이클 갤러거는 어떻대?" 뱃 퀸이 수년에 걸쳐 자기 것이 된 바 구석의 의자 위에 웅크리고 앉아 물었다. 어둑어둑한 바에서 그의 표정은 계산대 앞의 광고 문구만큼이나 잘 보이지 않았지만 피나는 그의 얼굴을 짐작할 수 있었다. 수천 킬로미터 떨어진 곳에서 존 마이클 갤러거가 마침내 성공을 거머쥐었을 것이므로 그의 작은 눈은 잔뜩 신이 나 있을 것이다.

"그는 잘하고 있어. 그게 두 사람한테도 좋은 일 아냐?"

바의 문 옆에서 카드 게임이 벌어지고 있었다. 존 마이클과 함께 고기를 잡던 사람들은 언제나처럼 말이 없었다. 피나의 아버지는 싱크대에서 유리잔을 씻었다.

"결혼식 올리러 못 온대요." 피나가 뱃 퀸에게 말했다. 피나는 뱃 퀸에게 더 가까이 다가갔다. 그는 미국에 대해 아는 게 많으니 존 마이클을 괴롭히는 불안에 대해서도 알 것이었다.

"그럴 수 있지." 뱃 퀸이 말했다.

그가 남아 있던 흑맥주를 다 마셨고, 깨끗이 닦은 바 테이블 위로 빈 잔을 밀었다. 피나가 잔을 다시 채운 다음 뱃 퀸이 낸 동전을 주워 담았다.

"사람들 생각만큼 쉬운 게 아냐." 뱃 퀸이 말했다.

언제나 우연이 작용했다. 대기근이 발생해 사람들이 관선 (coffin ship)이라고 불리는 배를 타고 처음 대규모로 이 섬을 탈출했을 때부터 늘 그랬다. 좋은 점만큼이나 불운과 절망, 실패도 있었다.

"전에도 쉽지 않았고, 앞으로도 쉽지 않을 거야."

"반품을 받아줄까?" 피나의 어머니는 웨딩드레스 옷감을 걱정했다. 이미 잘라낸 팔 부분을 제외하면 나머지 옷감은 그대로였다. 남은 부분은 자투리로 팔아야 할 것이므로 스캘리는 제값을 다 쳐주지 않을 것이다. 스캘리 같은 포목점 주인에게 제값을 기대할 수는 없었지만 합의를 봐서 실망감을 달랠 수 있을지도 몰랐다. 피나의 어머니는 이 소식을 듣고 잠깐 아무 말 없이 자리에 앉아 있다가 한숨을 쉬고는 평소처럼 다시 기운을 냈다. 처음에는 피나가 미국에서 존 마이클과 결혼할 때 필요할 테니 어쨌든 드레스는 완성해야겠다고 생각했다. 그러나 피나가 이제 그런 식의 결혼식은 없을 거라고 설명했다.

"얼마 전에 사면 기간이 있었어." 피나의 아버지가 말했다. 그는 숫자를 기억했다. 뉴욕에는 제도 바깥에 사는 아일랜드 이민자가 12만 명 있었다. 그러나 다음 사면은 한참 뒤에나 있을 것이었다. "마음 편하게 먹어, 피나." 피나의 아버지는 그 점은 자세히 말하지 않고 이렇게만 조언했다. "존 마이클이 방법을 알아낼 거야." 피나의 어머니가 말했다.

열흘 뒤 존 마이클이 다시 전화를 했다. 그리고 이 문제에 관해 더 생각해봤다고 말했다. 피나는 그의 말을 들으면서 그저 결혼식을 위해 돌아오지 못한다는 이야기가 아님을 깨달았다.

"나를 원하지 않아?" 피나가 물었다. 원래는 말을 덧붙이려고 했다. 자신의 미국행에 대해 마음이 바뀌었냐고 물어보려 했다. 그러나 그냥 그대로 말을 끝냈고, 존 마이클은 피나를 안심시켰다. 그는 그저 미국에서의 불확실성이 두 사람에게 너무 힘든 일이 아닐지 고민하고 있었다. 그 누구의 아내라도 숨어 사는 것은 쉽지 않으리라는 것이 그의 생각이었다. 혼자 사는 청년이라면 괜찮았다. 혼자서라면 종종거리며 약간의 어려움을 피해 다닐 수 있었다. 만약 피나가 그곳에 함께 있다면 그의 말을 이해했을 것이다. 피나는 깨끗한 창문과 새로 칠한 벽이 있는 집에서 그와 함께 있는 것을, 자신을 위해 준비된 모든 것을 상상했다.

"내가 갈게." 존 마이클이 말했다.

"하지만 못 그런다고……."

"완전히 돌아갈 거야. 내가 갈 테니 거기서 함께 지내자."

피나는 아무 말도 할 수 없었다. 말하려 했지만 입 밖으로 내보내기 전에 계속 뒤죽박죽이 되었다. 존 마이클이 말했다.

"사랑해, 피나. 중요한 건 그거잖아? 우리 둘이 서로 사랑하는 거."

피나는 그의 말에 동의했다. 물론 중요한 것은 둘의 사랑이었다.

"돌아갈 날짜를 잡아볼게."

그들은 작별 인사를 했다. 너에겐 충격일 거라고, 미안하다고 그가 말했다. 그러나 이렇게 하는 것이 더 나았고, 절대 나빠진 것이 아니었다. 그는 다시 한번 사랑한다고 말한 다음 전화를 끊었다.

외삼촌의 농장을 말하는 것이다. 그가 그런 말을 한 건 아니지만 피나는 그렇게 짐작했다. 두 사람은 함께 농장을 꾸릴 것이고, 그의 외삼촌이 죽을 때까지 함께할 것이다. 존 마이클은 고기잡이를 나가는 것보다 농장 생활을 더 선호할 것이다. 식료품점 겸 술집에서 일하는 것보다 그편을 더 선호할 것이다.

"돌아오는 사람이 있나 보구먼." 피나의 통화를 들은 뱃 퀸이 말했다.

피나는 아무 말 없이 고개를 끄덕였다. 그리고 그 주에 농장으로 향했다. 키너드에서 버스를 탄 뒤 내린 곳에서 3킬로미터를 더 걸었다. 마당에 들어서자 양치기 개들이 짖어댔지만 존 마이클의 외삼촌은 누군가의 방문은 더 이상 중요한 문제가 아니라는 듯이, 방문객에 대한 호기심은 오래전에 전부 사라지고 없다는 듯이 개 짖는 소리를 무시했다. 자갈 위로 잔디가 자라나 있었고 홀로 남은 암탉이 똥 무더기의 가장자리를 부리로 쪼았다.

"어떻게 지내시는지 궁금했어요." 피나가 부엌에서 말했다. 잡지 〈아일랜즈 오운〉에 푹 빠져 있던 존 마이클의 외삼촌이 농장 일로 초췌해진 얼굴을 들었다. 삶은 감자가 신문지 위에 굴러다녔고 먹고 남은 감자 껍질이 쌓여 있었으며 완두콩이 통조림 캔 속에 남아 있었다. 나이프와 포크가 놓인 접시는 한쪽으로 밀려나 있었다.

"앉거라, 피나." 늙은 삼촌이 청했다. "내가 차를 내올 테니 기다려."

물을 채운 주전자를 전기난로 위에 올려놓는 동안 삼촌은 생기를 되찾은 듯했다. 그는 아직 뜨거워지지 않은 주전자에 찻잎을 넣은 다음 컵과 받침, 커다란 우유 통에 담긴 우유를 내왔다. 빵도 먹으라고 권했으나 피나는 고개를 저었다. 그는 찬장의 저장고에서 버터 한 덩이를 꺼내 왔다.

"존 마이클은 떠났지?" 그가 말했다.

"네. 좀 됐어요."

"그렇게 하기로 했군."

"서류는 준비가 안 됐어요." 피나가 말했다.

피나는 삼촌이 빵에 버터를 바르고 그 위에 설탕을 뿌리는 것을 지켜보았다. 부엌을 고치는 데는 그리 긴 시간이 걸리지 않을 것이다. 때 묻은 천장을 다시 칠하고, 바닥에서 리놀륨을 걷어내 태우고, 컵과 나이프와 포크를 전부 닦고, 나무 식탁의 기름때를 긁어내고, 벽에 달린 수도꼭지를 고치고, 꼬질꼬질한 안락의자를 교체하는 데도 그리 긴 시간이 걸리지 않을 것이다.

"여기 처음 와봤지?" 노인이 이렇게 말하며 피나를 눅눅한 침실이 있는 위층으로 데리고 갔다. 침대마다 맞은편 벽에 성모마리아의 그림이 걸려 있었다. 기억에서 잊힌 고양이가 창턱에서부터 달려와 하악댔다. 뜯어진 천장에서 전선이 구불구불 내려와 있었고, 빛바랜 꽃무늬 벽지에 곰팡이가 하얗게 피어 있었다. 아래층 유리창은 담쟁이덩굴로 뒤덮여 있었다.

땅 파는 사람이 밭을 점검하며 저 바위들을 캐내줄 거라고, 피나는 생각했다. 한나절이면 될 것이다. 존 마이클의 외삼촌은 생각이 있으면 언제든 이곳에 와서 살아도 된다고 말했다. 결혼식이 끝나면, 다시 두 사람이 함께하게 되면 그렇게 하라고 했다.

"요즘은 떠나는 이유가 전과 달라." 식료품점 겸 술집에서 뱃 퀸이 말했다. "접근법도 다르지."

이제는 스스로 선택을 내릴 수 있었다. 나라가 잘되고 있으니 살던 곳에 머물 수도 있고 떠날 수도 있었다. 선택지가 없던 옛날과는 전혀 달랐다.

"맞아요." 피나가 말했다.

*

농장을 보러 갔었어. 피나가 편지에 썼다. *잘 굴러가게 손볼 수 있을 거야. 외삼촌은 우리에게 큰 문제가 안 될 거야.* 피나는 지금이라도 존 마이클이 키너드에서 함께 산 붉은색 여행 가방을 들고 걸어오는 모습을 상상했다. 그때 피나도 색깔과

크기가 같은 가방을 구매했었다. 피나는 존 마이클과 함께 스캘리의 포목점에 가서 옷감을 반품해달라고 말하는 모습을 상상했다. 그런 일은 존 마이클이 피나보다 잘할 것이다.

피나는 자기 감정이 당황스러웠다. 불쑥 전화벨이 울리고 존 마이클이 이제 괜찮아졌다고, 취업 허가증을 받았고 상사가 좋은 말을 써줬다고, 사면 기간이 늘어났다고 말해주길 계속해서 바랐다. 그러나 시간은 흘러갔고 희망은 전부 사라졌다. 존 마이클이 걸어 들어올 것이고 피나는 전에 없이 그를 부끄러워할 것이다. 피나는 존 마이클이 묘사한 방 안에 자신이 있는 모습을 상상했듯 농장에 있는 자기 모습을 상상했다. 거리의 소음과 쌩 지나가는 노란 택시 대신 적막한 밭을 상상했다. 자신이 아직 존 마이클을 사랑하는지 의문이 들 때면 바보 같은 생각 말라고 되뇌었다. 두 사람이 서로 사랑하는 게 중요하다는 그의 말은 사실이었다. 그러나 혼란은 다시 찾아왔다.

이제 전화는 걸려오지 않았다. *내가 돌아가면 상황을 정리해보자.* 또 다른 편지에는 이렇게 쓰여 있었다. *결혼식 전에 해결책을 찾게 될 거야.* 결혼 공고는 오래전에 올라갔다. 결혼식 날 식료품점 겸 술집은 문을 닫을 것이다. 사람들을 집에 초대할 것이다. 자신에게 번호가 있으면 직접 전화를 걸었을 거라고 피나는 생각했다. 그렇다고 지금 느끼는 기분을 말하진 않겠지만. 어느 날 피나는 두려움을 느끼며 한밤중에 잠에서 깼다. 어둠 속에서 피나는 자신이 존 마이클을 사랑하지 않는다는 것을 알았다.

내가 너를 방해하고 있어. 피나는 존 마이클이 출발하기 전 편지를 받을 시간이 얼마 남지 않았을 때 이렇게 썼다. *그게 마음에 걸려, 존 마이클.* 피나는 홀로 해안가를 걸으며 어떤 식으로 말할지 결정해두었다. 그로부터 5일 뒤, 돌아오기로 한 날을 이틀 앞두고 존 마이클이 전화를 걸어왔다. 그는 편지를 받았다고 말한 뒤 피나를 사랑한다고 했다.

"언제나 널 사랑할 거야, 피나."

그는 알았다. 피나는 그가 안다는 것을 목소리에서 느꼈다. 그는 언제나 이해가 빨랐고 피나의 감정을 예민하게 느꼈다. 심지어 편지와 장거리 통화에서도 그는 피나 자신보다 그녀를 더 잘 알았다.

"이게 뭔지 나도 잘 모르겠어." 피나가 말했다.

"넌 확신이 없는 거야."

피나는 그런 게 아니라고 말하려 했지만 말을 더듬으며 머뭇거렸다. 울고 싶었다.

"네 마음은 네가 정해야 해, 피나. 넌 지금 결혼에 대해 확신이 없어."

피나는 편지에 쓴 대로 자신이 그를 방해하고 있다고 말했다. "네가 올 때까지 기다리는 건 옳지 않아."

"그래도 기다리는 게 더 나아." 그가 말했다. "이제 곧이야."

"네가 오는 걸 원치 않아."

"날 사랑하지 않아, 피나?"

피나가 대답하지 않자 그가 다시 물었다.

"모르겠어." 피나가 말했다.

*

존 마이클은 돌아오지 않았다. 피나의 괴로움은 결혼식을 올리기로 했던 날 이후의 공허한 몇 주간 이어졌고, 다시 여름 내내 이어졌다. 9월은 온화해서 30일 내내 하늘이 맑고 파랬고, 하루가 점점 짧아지며 조용히 사라져갔다. 10월은 존 마이클의 어머니가 돌아가신 지 1년이 되는 달이었다. 10월이 되자 드문드문 오던 존 마이클의 편지가 끊겼다.

"언젠가 존 마이클이 걸어 들어올 거야." 평소보다 술을 많이 마신 어느 날 밤 뱃 퀸이 말했다. 그리고 가늘게 뜬 게슴츠레한 눈으로 피나를 바라보며 마치 앞에 한 말과 관련이 있는 것처럼 이렇게 말했다. "아가씨만의 섬세한 방식이 있지? 흑맥주 따르는 거 말야."

"물론 있죠."

뱃 퀸의 말이 옳았다. 언젠가 돈을 많이 벌면 존 마이클은 아마 주변을 둘러보고 옛날을 기억하기 위해 다시 돌아올 것이다.

"사면이 시작되면 돌아올 거야." 뱃 퀸이 바에서 나가려고 의자에서 몸을 들어 올리며 말했다. "잘 자라고."

아버지의 경력이 더 길었지만 피나는 아버지보다 맥주를 더 잘 따랐다. 피나의 손은 더 안정감 있었고 아직 거칠어지기 전이었다. 그 아이한테는 젊은이의 섬세함이 있어. 피나는 어머니가 이렇게 말하는 것을 들었다. 자신이 존 마이클에게 실망했다는 사실을 어머니가 알게 되었을 때였다.

"잘 자, 피나." 사람들이 한 명씩 술집을 나가며 외쳤다. 마지막 손님이 떠나자 피나는 문을 닫아건 뒤 올라가서 쉬라고 아버지를 재촉했다. 그리고 유리잔을 다 치우고 재떨이들을 비웠다. 뱃 퀸과, 존 마이클과 배를 함께 탄 남자들과, 어머니와 아버지가 자신을 가여워할지 궁금했다. 그들은 피나가 자기들 사이에 발이 묶였다고, 이런저런 상황에 밀려 이곳에 내던져졌다고, 자기 사랑의 본질을 오해해서 혼자 남았다고 생각할까?

그들은 피나가 깨달은 사실을 알지 못했다. 만약 존 마이클과 함께였다면 지금보다 더 외로웠을 것이다. 오래 이어진 사귐과 함께 계획한 미래, 서로에 대한 열정과 포옹은 가슴 저미는 기억으로 남았으나 괴로움은 사라지고 없었다. 두 사람이 사랑한 것은, 너무나도 사랑한 것은 미국이었다. 사랑의 환상에 활기를 불어넣은 것도 미국이었고, 서로를 더욱 좋아하게 만든 것도 미국이었다. 돈을 많이 번 뒤 다시 돌아온다면 존 마이클도 그렇게 말할 것이다. 두 사람은 사랑의 연약함이나 젊었을 때 피한 불행에 대해서는 아무 말도 하지 않고 다시 해안가를 걸을 것이다.

거리에서

아서스는 스트로드 스트리트에서 간과 완두콩, 으깬 감자를 주문했다. 주문한 음식이 나왔고, 간은 맛이 좋지 않았다. 감자가 다 빨아들이지 못한 그레이비 소스 표면에서 기름이 엉기기 시작했다. 연두색 완두콩은 그럭저럭 괜찮았다.

아서스는 검은 머리칼과 M자 헤어라인을 가진 50대 중반의 남성이었다. 여윈 이목구비가 마른 골격과 잘 어울렸고 너덜너덜해진 흰 셔츠의 소매 밖으로 앙상한 손목이 튀어나와 있었다. 그는 검은 양복을 입고 있었는데 깔끔한 흰색 재킷과 검은 양복바지를 입는 것이 조식 웨이터의 요건이었다.

"차도 드시겠우?" 간 요리를 가져다준 늙은 여자가 물었다. 여자는 이 질문을 하러 다시 돌아온 것이었고, 아서스는 오후이 시간대의 유일한 손님이었다.

아서스는 그러겠다고 말했다. 여자는 제대로 된 웨이트리스가 아니었다. 유니폼 대신 반으로 접은 꽃무늬 작업복을 배 위에 단단히 두르고 있었다. 아서스는 여자가 일흔 살은 되었을 거라고 추측했다. 어디서 난로 옆에 앉아 있었는지 열기로 다리가 울긋불긋해져 있었다. 아서스는 여자가 지쳤음을 느낄 수 있었고, 대화를 이어나가면 여자가 그 얘기를 할지 궁금했다.

"곧 일이 끝나십니까?" 여자가 차를 들고 오자 마치 잘 아는 사이인 것처럼 아서스가 말했다. 둘 사이에 과거가 있는 듯한 말투였지만 사실은 그렇지 않았다.

"3시 반에 가요."

"오늘 밤엔 집에 계실 거죠?"

"네?" 여자가 아서스를 쳐다보았고 피로한 눈 속에 공포 비슷한 것이 떠올랐다. 여자는 머리카락을 누르스름하게 염색했고 목 위로 턱살이 흘러내렸다. 아서스는 남편이 죽고 없을 거라고 상상했다.

"전 오늘 집에서 쉴 생각입니다." 아서스가 말했다. "기운이 없을 땐 그게 최고죠."

여자는 아무 대답이 없었다. 아서스는 여자가 오늘 일을 마치면 뒤를 따라가야 할까 고민했다. 지금은 3시 20분이었고 3시 반쯤이면 식사가 끝날 것이다. 아서스는 여자가 차와 함께 가져다준 가리발디 비스킷을 쪼갰다. 그는 어렸을 때부터 거리에서 사람들 뒤를 밟았다. 그리고 어디에 사는지 알아낸 뒤 주소를 적고 그 밑에 그 사람을 기억할 만한 몇 가지 정보를 덧붙였다. 요즘도 가끔 이런 충동이 일었지만 자신이 오늘 그러지 않으리란 것을 알았다.

"텔레비전을 보면 되니까요." 아서스가 말했다. "컨디션이 안 좋으면 말입니다."

"요즘 텔레비전은 그냥 쓰레기예요." 여자는 딱 이 한마디만 했다.

"일찍 잠자리에 드실 거죠, 안 그런가요?"

여자의 눈이 다시 불안에 휩싸였다. 여자는 혀끝으로 입술을 적시고 남은 침을 쓱 닦았다. 그리고 아무 말 없이 쿵쿵거리며 자리를 떴다.

여자가 가져다준 계산서의 금액은 1파운드 몇 펜스였다. 이곳은 바쁜 점심시간이 지나면 음식이 더 저렴했다. 아서스는 이미 그럴 줄 알고 있었음을 상기했다.

*

와클리 씨가 들어와 더 많이 하면 발송실이 꽉 차겠다고 말했다. 그래서 셰릴은 기계의 전원을 껐고 와클리 씨가 힐끗 시계를 본 뒤 종이에 시각을 적는 것을 보았다. 오늘 15분 일찍 끝마친 것은 당연히 주말에 급료를 계산할 때 감안할 것이다.

와클리 부부의 사업은 규모가 작았다. 3년 전에 지하실에 자리를 마련한 풍경 그림엽서 소매업이었다. 셰릴의 업무는 딱딱한 플라스틱 기계를 작동해 엽서 여섯 장과 각 엽서의 풍경 그림을 축소해서 담은 엽서 한 장을 함께 포장하는 것이었다. 일주일에 세 번, 두 시간씩 하는 아르바이트였다. 이 밖에도 아침에는 코스트커터 편의점 계산대에서 일했고 저녁에는 사무실 청소 일을 했다.

와클리 부부는 직원을 고용하지 않았다. 와클리 부인이 경리 일과 주소 관리, 모든 서신 업무를 담당했다. 와클리 씨는 포장된 엽서를 종이 상자에 담아 *WPW 인사장*이라고 쓰인 승합차를 타고 배달을 다녔다. 와클리 씨가 말한 발송실에서 부부는 쟁반 두 개에 저녁 식사를 올려놓고 텔레비전을 보았고 사방의 벽에 사업의 흔적이 쌓여 있었다.

"그럼 목요일에 봬요." 셰릴이 집을 나서기 전에 인사를 하자 어디선가 와클리 부인이 잘 가라고 외쳤고 입에 볼펜을 문 와클리 씨가 웅얼거렸다. "고마워요." 셰릴이 말했다. 셰릴은 지하실을 나설 때마다 언제나 고맙다고 말했다. 자신이 왜 그러는지는 몰랐지만 왜인지 이렇게 감사를 표하면 그냥 가겠다고 말하는 것보다 두어 시간의 일을 더 잘 마무리 짓는 느낌이 들었다.

셰릴은 등 뒤로 문을 닫고 계단을 올라 거리로 나섰다. 그녀는 몸집이 마르고 자그마했고, 머리가 희끗희끗하고 눈가와

입가에 주름이 잡혀 있었다. 과거에는 아름다웠고, 쉰한 살인 지금도 아름다움이 흔적 이상으로 남아 있었다. 셰릴은 한때는 무척 좋아했지만 지금은 싫어하게 된 해진 적갈색 코트를 입고 불편한 하이힐을 신고 서둘러 거리를 걸었다. 서둘러야 할 이유는 없었다. 셰릴도 그 사실을 알았지만 그래도 서둘러 걸었다. 이렇게 걷는 것이 이제 습관이 되었다.

"잘 지내?" 뒤에서 목소리가 들려왔다. 한때 셰릴이 결혼했던 남자, 그때 이후로 셰릴이 인생의 오점이라 생각하게 된 남자의 목소리였다. 그는 거리에서 갑자기 나타날 때마다 늘 똑같은 질문을 했다. 셰릴이 뒤를 돌아보았다.

"뭘 원하는데?" 셰릴이 날카롭게 말했고 그는 즉시 자리를 떴다. 셰릴은 그가 자신의 말투에 불쾌함을 느꼈음을 알았는데, 전에도 종종 있던 일이기 때문이었다. 셰릴은 그에게 와클리 부부네 집에서 일하는 시간을 알려준 적이 없었지만 그는 알고 있었다. 셰릴이 청소 일을 어디서 하는지도 알았고, 어느 편의점에서 일하는지도 알았다. 결혼 생활 5개월째에 셰릴은 짐을 챙겨서 집을 나왔다. 다른 지역으로 이사를 가는 게 낫겠다는 생각에 울워스 슈퍼마켓의 풀타임 일자리도 포기했다.

셰릴은 그가 떠나간 자리에 서서 그가 먼 모퉁이를 돌아 사라지는 모습을 바라보았다. "당신은 나와 결혼하지 말았어야 했어." 셰릴은 이렇게 말했었다. 울워스 계산대에서 함께 일했던 대프가 결혼식 이후로 무자비하게 되풀이한 말과 비슷했다. 그렇다고 대프에게 상황이 나쁘다고 인정한 것은 아니었다. 셰릴은 그러고 싶지 않았다.

보도 위에서 셰릴은 자신이 두 노인 여성의 길을 막고 있음을 깨달았다. "죄송해요." 셰릴이 사과를 했고 두 노인이 괜찮다고 말했다.

셰릴은 전보다 더 천천히 걸었다. 결혼했을 때 셰릴은 위층이었던 그의 집으로 이사했다. 집은 방 두 개와 부엌, 화장실이 있었고, 그는 두 사람의 삶의 변화를 기념하기 위해 방 벽을 새로 칠하고 바닥의 오래된 리놀륨을 카펫으로 바꾸었다. 그녀가 집을 나왔을 때 새로 칠한 벽은 여전히 깨끗했고 카펫도 얼룩 하나 없었다. 셰릴은 한 번도 자신을 아서스 부인이라 칭하지 않았다.

*

그날 늦은 오후, 아서스는 원래 술을 즐기는 편이 아니었지만 술집에 들어갔다. 아까 식사를 했던 카페처럼 이곳도 처음 들른 곳이었다. 그는 새로운 장소를 좋아했다.

주문한 맥주를 들고 거의 비어 있다시피 한 술집의 구석으로 이동했다. 슬롯머신이 놓여 있었고 스피커에서는 아무 음악도 나오지 않았다. 이곳에는 더러움이, 부족한 조명이 밀어내지 못한 어둠이 있었다. 바 앞의 높은 의자에는 두 남자가 아무 말 없이 뚱하게 앉아 있었다. 셔츠 차림의 바텐더가 잡지 〈스타〉의 페이지를 넘겼다.

아까 카페에서 아서스가 말한 기운 없음이 그를 휘감았다. 그 느낌이 거의 전염병처럼 밀려들며 그에게 달라붙었고, 병적인 냉담함이 따라왔다. 그는 주문한 맥주를 한 모금 마시며 왜 자신이 이곳에 들어왔는지, 왜 돈을 낭비하고 있는지 생각했다. 이 시간에 윔블던이나 화이트시티에 있는 개 경주장에 갈 수도 있었다. 인파 사이에서 다른 데 정신을 쏟으며 이 기분을 떨쳐낼 수도 있었다. 아니면 헤픈 여자와 대화를 나누면서 이 기분에서 벗어날 수도 있었다. 헤픈 여자라 해도 아까 만난 늙은 웨이트리스처럼 그리 도움이 되지는 않았을 테지만. 그는 눈을 감고 뭘 원하느냐는 말에 자신이 느낀 실망감을 다시 쥐어 짜냈다. 그가 한 일이라곤 그저 다정하게 다가간 것뿐이었다. 함께 다른 곳에, 화단의 꽃들이 알록달록하게 피어나고 물 위에 새들이 떠 있는 공원 벤치에 자리를 잡을 수도 있었다. 셰릴은 어떻게 된 건지 알았다. 오늘 마침내 그가 그곳에 갔다는 것을 알았다. 셰릴은 그들의 짧은 만남에서 그것을 짐작했다.

또 한 명의 외로운 남자와 커플들이 술집으로 들어오기 시작했다. 아서스는 사람들을 쳐다보며 즉시 싫은 사람을 골라냈다. 그리고 매스틴에 전화해서 내일 아침에 나갈 수 없다고 말할까 고민했다. 배가 아프다고 할 수도 있었다. 그러나 그

몇 시간을 보내기란 쉽지 않을 것이었다. 그는 어쨌거나 새벽 5시 20분에 일어날 것이다. 몸이 그렇게 프로그래밍되어 있었다. 역까지 걸어가서 지하철을 타고, 내린 뒤 다시 호텔까지 걸어가는 일을 그 무엇도 대체할 수 없었다. 식당에서 세 시간 반 동안 일한 뒤 10시 반에 하얀 재킷을 벗어 걸고 검은색 나비넥타이를 푸는 일을 대체할 수 없었다. 매스틴에서 일하는 시간이 줄어든 뒤로 아침 시간 웨이터로 일해서 버는 돈만으로는 충분하지 않았지만, 그는 다른 곳에서 부족한 돈을 메꾸었다. 그는 어렸을 때부터 물건을 훔쳤다.

바 건너편에 있는 전화기가 여자 화장실 입구의 커튼에 반쯤 가려져 있었다. 전화기를 보자 다시 유혹이 일었다. 그러나 프런트의 누가 전화를 받든 툴툴대며 내일 아침까지 기다렸다가 상태가 어떤지 보자고 말할 것이다. 대화는 불만족스러울 것이고, 식당에 메시지를 남겨도 아마 전달되지 않을 것이며 내일 아침에 자신이 나타나지 않으면 미리 연락을 했음에도 비난을 받게 될 것이다. 다 쓸데없는 일이었다.

셰릴은 그에게 왜 그렇게 말한 것일까? 왜 그렇게 사나운 목소리로 뭘 원하느냐고 물은 것일까? 그는 한 번도 그녀에게 돈을 부탁한 적이 없었지만 그녀의 말투만 보면 마치 그가 늘 아쉬운 소리를 하는 사람 같았다. 음악이 나오기 시작했고, 음량이 낮아졌지만 어쨌거나 음악은 소음일 뿐이었으므로 시끄럽기는 매한가지였다. 마지막에 들어온 커플도 시끄러웠다.

지나치게 깔깔 웃어댔고 하루 종일 해가 비치지 않았는데도 선글라스를 쓰고 있었다. 그가 하고 싶었던 말은 잠깐 같이 카페에 가자는 것이었다. 그녀 시간의 딱 10분, 원한 건 단지 그뿐이었다.

아서스는 마시던 맥주의 거품이 점점 사라지는 것을 가만히 바라보았다. 셰릴이 불러낼 수 있는 연민은 곧 그녀 내면의 깊이였는데, 똑똑하지 않은 여자치고는 놀라운 일이었다. 그는 계단에서 그녀를 처음 만난 날부터 그 사실을 알았다. 지나가다 우연히 대화를 나누게 된 날이었다. "차 한잔 드시겠어요?" 셰릴이 제안했고, 이미 그녀의 열쇠가 현관문에 꽂혀 있었다. 그녀의 집에서 아서스는 차에 설탕을 두 스푼 넣어 마신다고 말했다. 그리고 점심시간에 매스틴의 식당에서 사람들이 어떤 불평을 하는지 얘기했는데, 당연히 해야 할 말이었기 때문이다. 셰릴은 그가 왜 그렇게 화가 나 보였는지 궁금했다며, 누구라도 화가 날 거라고, 정말 끔찍한 일이라고 말했다. 아서스는 했던 말을 되풀이했다. 그가 손님의 말을 들으며 가만히 서 있었고, 그 남자가 매니저를 불러오라고 했으며, 시모니 씨가 와서 "불편하게 해드려서 정말 죄송합니다"라고 말했다는 얘기였다. 시모니 씨가 손을 내밀었으나 그들은 악수를 거부했다.

아서스는 처음 만난 날이나 그 이후에 자신이 셰릴에게 이 이야기를 했는지, 시모니 씨가 손을 뻗었으나 무시당했다는 것을 말했는지 잠시 고민했다. 말한 기억이 나지 않았다. 그 남자는 빨간색 천에 하얀 점무늬가 있는 나비넥타이를 매고 흰 줄무늬가 있는 검은 셔츠를 입고 있었다. 여자는 무례하게 투덜거리며 자기 리소토 위에 후추를 갈더니 말했다. 커피가 차가워요. "그러시군요, 당연히 커피값은 받지 않겠습니다"가 시모니 씨의 즉각적인 응대였다. 이 점심식사는 특별해야 했다고 남자가 말했고, 여자는 식사가 끔찍했다고 말한 뒤 냅킨을 던졌다. 두 사람은 자신들이 무엇을 두고 가는지 모른 채 식당을 떠났다. "이제 아침 시간에만 일해." 시모니 씨가 조용해진 다른 테이블의 손님들에게 굽실거리며 나지막이 말했다. "받아들이든 그만두든 해." 던져놓은 냅킨 아래, 쓰다 만 편지지에 작성한 쇼핑 목록이 있었고 여백에 연필로 구매할 물품들이 쓰여 있었다. *담당자에게, 제가 그곳에서 산 전기난로에 문제가 있습니다*라는 문장 위에 삐뚤삐뚤한 선이 그어져 있었다. 같은 글씨체로 날짜가 쓰여 있었고, 종이 맨 위에 파란색으로 주소가 찍혀 있었다.

아서스는 재킷 안주머니에 손을 넣어 4분의 1 크기로 접은 그 종이를 꺼냈다. 가장자리가 너덜너덜해진 종이는 귀가 접혔고 지저분했으며 접힌 부분이 닳기 시작했다. 아서스는 더 훼손될까 두려워서 접힌 종이를 펴지 않았다. 엄지와 검지로 잠시 쥐고 있는 것만으로도, 이 종이가 자신이 늘 간직해온, 자신이 아는 그것임을 아는 것만으로도 충분했다. 어느 날 알 수 없는 이유로 재킷 주머니 안에서 원본이 사라지는 상황에 대비해 1년 전 그는 칼퀵 인쇄소에 가서 종이의 사진을 두 번 찍었다. 그는 다가올 시간과 그 안에서 벌어질 일들을 과거에도 지금도 믿지 못했다. 물론 잠을 자면서도, 꿈속에서도 주소를 외웠다. 그러나 기억에 무슨 일이 일어날지 누가 알겠는가? 하지만 이제는 더 이상 중요하지 않은 문제였다.

그는 접은 종이를 다시 주머니 안에 넣고 자리에서 일어났다. 셰릴은 7시 정각에 사무실 청소 일을 마쳤고 10분 뒤 다시 거리로 나왔다. 지금은 6시 5분 전이었고 그는 셰릴 생각을 하며 조금 더 자리에 앉아 있었다. 셰릴이 자기 집에서 차를 마시자고 초대하기 한참 전부터 그는 오랫동안 셰릴이 오가는 모습을 지켜보았다. 두 사람은 건물 계단에서 종종 마주쳤고, 셰릴의 집보다 한 층 위에 있는 그의 방 두 개짜리 집은 보수 상태가 좋지 않아서 다른 집보다 저렴했다. 그는 셰릴의 남편이 죽은 것을 몰랐고, 1년 전쯤 셰릴이 이 건물에 살기 시작했을 때부터 줄곧 그녀가 결혼하지 않았을 거라고 생각했다. 알고 보니 지하철 매표소에 있던 남자가 셰릴의 남편이었다.

그는 맥주를 남기고 외투를 입을 때 소매에 걸리지 않도록 유리잔을 앞으로 밀어두었다. 그리고 그의 양복처럼 새까만 외투의 단추를 천천히 잠근 뒤 술집을 가로질러 어둑어둑해지는 땅거미 속으로 나섰다. 접어놓은 종이는 더 이상 보관할 필요가 없었지만 그럼에도 그는 자신이 종이를 버리지 못할 것을 알았다. 그 또한 그녀에게 말해야 했다. 그 쇼핑 목록을 언제까지나 기념품으로 간직하리라는 것을.

*

셰릴은 전남편과의 만남이 그렇게 불쾌하지 않았다. 그러기엔 그의 갑작스러운 등장에 너무 익숙했다. 휴지통을 비우고 플라스틱 컵을 모으고 청소기의 긴 전선을 풀고 바닥을 밀면서 셰릴은 다시 한번 자책했다. 자신이 어리석었다. 죽음이 빼앗아 간 것들이 그립고 외로워서 자신이 그 남자를 잘못 보았던 거라고 생각했다. 그때는 청혼에 응하는 것이 자연스럽게 느껴졌다. 대프는 두 사람이 길에서 부탁한 한 남자와 함께 결혼 등기소에서 증인이 되어주었다. 결혼식이 끝난 후 둘은 대프와 함께 퀸스레지먼트의 바 뒤편에 앉아 있다가 같은 건물에 사는 세입자 몇 명이 오자 프루덴셜오피스 위에 있는 브루스플래터로 우르르 몰려갔다. 와인이 들어가기 시작하자 사람들은 셰릴을 계속 아서스 부인이라고 부르며 농담을 했지만 그러는 내내 그는 조용했고, 그러던 중 셰릴은 그가 대프에게 점심시간에 있었던 그 불평에 대해 말하는 것을 들었다. 술을 거나하게 마시면 말을 거침없이 하는 대프가 몇 분마다 그런 사람들은 살 가치가 없다고 맞장구를 쳤다. "그 말 들었어?" 이후에 그가 말했다. "당신 친구가 한 말?"

그때는 그가 다른 사람에게 그 불평에 대해 말하는 것이 충분히 평범해 보였다. 그 끔찍했던 점심시간이 그만큼 그를 괴롭히고 모욕의 상처가 느리게 치유되는 것이 평범한 일처럼 보였다. 셰릴은 그에게 매스틴 호텔 일을 그만두고 다른 레스토랑이나 호텔에서 일을 구해보라고 권했지만, 무슨 이유에서인지 그는 하찮은 조식 웨이터 일을 묵묵히 고집했고 그건 지금도 마찬가지였다. 셰릴은 그런 그의 행동을 이해하지 못했지만 누군가와 결혼하면 그 사람의 짐을 함께 져야 한다고, 언젠가는 상처가 완전히 치유될 거라고 생각했다.

그러나 두 번째 결혼식 날 밤 그녀가 진 짐은 돌연 더욱 복잡해졌다. 퀸스레지먼트와 브루스플래터에서의 축하연에서 돌아왔을 때 한나절 전에 남편이 된 사람은 침대에 눕고 싶어 하지 않았다. 그는 새벽 5시면 일어나야 하므로 지금 잘 이유가 없다고 말했다. 하지만 그가 그 말을 했을 때는 아직 밤 11시도 안 된 시각이었다.

청소기로 사무실 바닥을 밀면서 셰릴은 그렇게 말하던 그의 침착한 목소리를 기억했다. 그 사무적인 말투가 떠오르자 갑자기 몸에 한기가 돌았다. 셰릴은 자신이 더 이상 살지 않는 아랫집에서 가지고 올라온 열선 하나짜리 전기난로를 켰던 것을 기억했다. 잠 못 들고 누워서 침실의 어둠이 그를 자신의 곁으로 데려오진 않을지, 그런 사람이 있다는 소리는 들어본 적 없지만 그가 그런 종류의 사람일지 궁금해하던 것을 기억했다. 그러나 그녀의 마음속에서 벌어진 일, 자신이 실수했다는 깨달음 외에는 아무 일도 벌어지지 않았다.

사무실 구석과 책상 밑으로 청소기를 돌리면서, 거리에서 전남편이 다시 그녀의 삶 속으로 들어오려 할 때마다 그렇듯 그 모든 것들이 되살아났다. 두 사람이 서로를 알아가던 시절 그는 상처받은 남자처럼 보였다. 셰릴은 그에게 자신의 어린 시절에 대해, 결혼 생활과 남편을 떠나보낸 충격에 대해 이야기했다. 그는 자신이 늘 당한다고 느끼는 비난에 대해 이야기했고, 결국 그를 심하게 괴롭힌 그 점심시간의 불평으로 이어졌다. 다양한 형태의 작은 질책과 책망, 원망이 의도한 것보다 훨씬 더 그에게 영향을 미쳤다고 그녀는 확신했다. 애초에 그녀는 그 사실을 알았고, 매번 축적된 고통의 새로운 색채가 드러났다. 그리고 그녀는 그 고통이 점차 사라질 거라고 믿었다. 그와 함께 있을 때면 실제로 그렇게 보였다. 그러나 그녀가 짐을 싸서 떠나기 전에 이미 대프는 이렇게 말했었다. "네 남편 제정신 아니야."

셰릴은 청소기의 전원을 끄고 다시 전선을 감아 넣었다. 치워놓은 의자를 다시 제자리로 옮기고 정리를 끝낸 방들의 문을 차례로 닫고 나왔다. 복도의 옷걸이에 걸어놓은 코트와 스카프를 걸치고 쓰레기를 담은 검은 비닐 봉투를 아래층으로 옮겼다. 야간 경보를 다시 설정했다. 등 뒤로 출입문을 닫고 걷기 시작했다.

"그 사람들이 시모니 씨를 무시했어." 그가 아무도 없는 어둠 속에서 말했다. "시모니 씨는 악수를 하려고 했는데, 굳이 그럴 필요가 없었다고."

*

셰릴이 텅 빈 눈으로 그를 바라보았다. 마치 잊어버린 듯, 눈속에 두 사람이 부부였다는 흔적이 전혀 없었다. 한때 그녀는 그의 모든 것이었다. 그녀와 함께 있는 그의 모습을 보면 알수 있었다. 두 번째로 함께 산책을 나섰을 때 셰릴은 그의 팔에 손을 올렸다. 추운 일요일 오후였고 그녀는 빨간색과 파란색이 섞인 장갑을 끼고 있었다. 손가락의 약간의 무게, 오로지 그뿐이었고 그 이상은 없었지만, 그는 그녀가 이해한다는 것을 느꼈다. 웨이터는 사람의 본성을 알 수 있다고 언젠가 그가 그녀에게 말했다. 그녀는 그 사실을 몰랐다. 어떤 모욕을 느끼는지, 사람들이 접시 옆에 팁을 얼마나 두고 가는지를 몰랐다. 아침 시간의 웨이터에게는 그런 일도 일어나지 않았지만.

"당신 얘기 들으면서 여기 서 있고 싶지 않아." 셰릴은 이렇게 말한 뒤 다른 사람을 만나보라고 했다. 자기를 좀 내버려두라고 이미 부탁하지 않았느냐고도 말했다.

"내가 그 얘기를 당신한테 했는지 모르겠어서. 시모니 씨가 악수를 청했다는 얘기 말이야."

"제발 날 좀 내버려둬." 셰릴은 계속 걸으며 이렇게 말했다.

*

셰릴의 이 모든 부탁은 처음이 아니었고 이미 닳고 닳은 것이었으며 목소리는 지쳐 있었다. 이사를 하면서 대프와는 연락이 끊겼지만 대프는 겁이 나면 반드시 경찰을 찾아가라고 당부했다.

"딱 보면 불평할 여자라는 걸 알 수 있어." 그가 말했다. 그는 여자가 커피를 따라 마실 수 있도록 준비했고 그가 자리를 뜨자 여자는 커피가 차갑다며 그를 다시 불렀다. 시모니 씨가 왔고, 여자는 이 식당에 소매가 더러운 웨이터가 있으리라고는 생각하지 않았다고 말했다.

셰릴은 그가 지갑을 찾아 주머니를 뒤지는 모습을 보지 않으려 애썼다. 최악이었다. 지갑에서 지저분한 종이를 꺼내 조심스럽게 펼치는 것, 너덜너덜한 종이의 가장자리와 마치 선물처럼 그녀에게 주어지는 파란색 글씨의 주소. *담당자에게, 제가 산 전기난로에……* 어두워서 보이지 않았지만 셰릴은 종이에 그렇게 쓰여 있다는 것을, 쇼핑 목록도 있었으나 연필로 쓰인 상품 이름들은 이제 사라지고 없다는 것을 알았다.

"제발 날 내버려둬." 셰릴이 말했다.

그는 그녀 옆에서 걸으며 빨래방 옆의 카페가 늘 열려 있고 사람들이 그곳에서 빨래가 끝나기를 기다린다고 말했다. "조용해." 그가 말했다. "그 카페, 아주 조용해."

셰릴은 옆에 있는 그의 몸짓에서 그가 다시 종이를 접어 지갑의 오른쪽 칸에 넣었다는 것을 알았다. 그의 지갑은 작고 검은색이었으며 플라스틱 코팅이 군데군데 벗겨져 있었다.

"당신이 가는 길이랑 별로 안 멀어." 그가 말했다.

거리엔 두 사람뿐이었다. 불평한 손님이 시모니 씨의 악수 요청을 무시했다고 말하는 그의 목소리가 뒤에서 들려왔을 때부터 그랬다. 거리에서 그는 늘 뒤에서 말을 걸었고, 발소리는 들리지 않았다.

"오늘 당신을 만날 수도 있다고 생각했어." 그가 말했다. "오늘 아침에 있었던 일에 대해 알고 싶어 할 거라 생각했지."

그가 차를 마시자고 했고 셰릴은 이 시간에 차를 마시고 싶지 않다고 말했다. 그러다 카페에 있으면 목소리를 높여서 그가 자신을 괴롭히고 있음을 알릴 수도 있다는 생각이 들었다. 그러나 그와 카페에 가고 싶지는 않았다. 셰릴이 그가 훔쳐 온 물건을 발견했을 때 그는 아무 말도 하지 않았고 고개조차 젓지 않았다. 그녀가 짐을 쌀 때조차 그는 마치 더 나은 대접을 받을 자격이 없다는 듯 침묵했다. 이번의 모욕은 그 자신이 자초한 것이었다.

"호텔에서 일을 마친 다음 곧장 그곳으로 갔어." 그가 말했다. "오늘 아침에."

그는 그녀에게 월요일 아침에 느긋하게 아침 식사를 하는 호텔 투숙객들에 대해 이야기했다. 그는 주문 내용을 기억했다. 바빴던 날에도 언제나 주문을 기억할 수 있었고, 그는 그것을 웨이터의 기술이라고 불렀다. 그는 그녀에게 자신이 탄 버스에 대해, 버스가 셰퍼드부시와 해머스미스를 지나 카스텔노에서 빠져나오자 푸른빛 나무와 잔디밭이 펼쳐진 것에 대해 이야기했다. 누군가가 버스 1일 자유이용권을 달라고 외치자 운전사는 이미 몇 년 전에 없어졌다고 되받아쳤다. 어퍼리치먼드 로드에서 길이 막혔고, 그는 버스에서 내려 조금 걸었다. 전에 그곳에 가본 적이 있다고, 그가 말했다. 프라이어리 레인의 우체통 왼쪽 집이었다. 그는 자신이 열댓 번 확인했다고 말했다.

둘은 모퉁이를 돌았고 셰릴은 빨래방의 불 켜진 창문을 보았다. 그가 말한 카페가 떠올랐다. 빨래방에서 멀지 않은 카페의 창문에 세븐업 음료수 간판이 걸려 있었다.

"빨아야 할 게 있어." 그가 말했다.

셰릴은 그와 함께 빨래방으로 들어가지 않았다. 그가 빨래를 넣는 동안 카페를 지나 버스가 다니는 곳까지 발걸음을 재촉할 수도 있었다. 아무 버스나 좋았고, 심지어 방향이 반대여도 괜찮았다. 그러나 셰릴은 손님이 노인 한 명과 따로 앉은 여자 두 명뿐인 카페에 들어가 카운터에서 유리잔과 컵받침 두 벌, 차 한 주전자를 받은 뒤 다시 우유를 가지러 돌아갔다.

셰릴은 자신이 따른 차를 멍하니 바라보며 기다렸다. 차를 한 모금 마셨지만 아무 맛도 나지 않았다. 그 어떤 생각도 그녀를 방해하지 않았다. 자신이 카페에 있다는 느낌도 들지 않았다. 오로지 혼자라는 느낌뿐이었고, 그곳이 어디인지는 중요하지 않았다. 그때 다시 생각이 시작되었다. 그녀는 그에게 끌렸었다. 그 사실이 머릿속에서 메아리쳤고, 그 밖의 다른 것으로는 설명이 되지 않았다.

셰릴은 그가 카페 안으로 들어와 등 뒤로 문을 닫는 것을 바라보았다. 그는 그녀가 이곳에 있으리라는 것을, 그녀가 사라지지 않았다는 것을 아는 채로 카페 안을 둘러보았다.

*

그가 재킷을 세탁기에 넣기 전에 주머니에서 꺼낸 물건들을 테이블 위에 펼쳐놓았다. 열쇠와 지갑, 볼펜이 있었다. 그는 그녀가 자신에게 재킷에 관해 물을 거라고, 재킷이 어디 갔는지, 왜 재킷을 입지 않았는지 물을 거라고 생각했지만 그녀는 그러지 않았다. 그는 그녀가 따라준 차를 저었다. 그녀가 묻지 않는다 해도 상관없었다. 외투의 앞섶이 열려 있었고 셰릴은 재킷이 없는 것을 볼 수 있었다.

"세 시간 전에 남자가 그 여자를 발견했을 거야." 그가 말했다. "매일 저녁 7시 15분에 남자가 집으로 돌아오거든."

*

그가 말하는 동안 셰릴은 테이블 표면의 담뱃불 자국을 바라보았다. 그는 자신이 벨을 눌렀고 문을 열고 나온 여자가 자신을 알아보지 못했다고 말했다. 그는 어떤 미터기인지는 말하지 않고 미터기를 확인하러 왔다고 말했다. 가스 검침을 한지 일주일도 안 됐다고 여자가 말했고, 그는 배지를 보여드리지 않아 죄송하다고 사과했다. 그리고 외투를 펼쳐서 왼쪽 옷깃에 달린 전기회사 배지를 보여주었다. 그가 복도로 들어갔고 여자는 문을 닫지 않았다. 족히 10분이 지난 후에야 그는 자유로워진 두 손으로 문을 닫을 수 있었다.

"내 잘못이지." 그가 말했다. "그렇게 멍청하게 굴다니." 그리고 그 밖에 다른 것은 자책하지 않는다고 덧붙였다. 그는 아무런 자책 없이 그곳에 서서 자기 소매가 더럽다고 말한 여자를, 커피가 차갑다고 불평한 여자를 떠올렸다. 그곳에 서서 여자의 목소리를 듣고 있을 때 복도의 옷걸이 근처에 있는 작은 테이블 위에서 전화기가 울렸다. 전화벨 소리가 그쳤을 때 그는 손을 씻으러 아래층 화장실로 내려갔고, 화장실 고리에 외투와 남자의 모자가 걸려 있었다. 복도로 올라온 그는 문을 열기 전 자물쇠 위에 화장지 한 장을 덮었다. 그리고 그 화장지는 구겨서 가로등 밑의 쓰레기통에 버렸다.

셰릴은 아무 말도 하지 않았다. 단 한 마디도 없었다. 그녀는 그가 재킷을 입고 있지 않다는 것을 발견한 후 그가 외투 단추를 다시 잠그는 모습을 바라보았다. 여자의 입에서 흐른 피가 소매에 묻었다고, 현미경으로 봐야 보이는, 쉽게 놓칠 수 있는 그런 것이라고 그가 말했다.

언젠가 그는 그녀에게 자신이 범죄를 저지르는 동안 손가락에 생긴 멍을 보여주었고 한번은 자물쇠 위에 덮었다가 잊어버리고 하루 종일 주머니에 넣어둔 화장지를 보여주었다. 언젠가는 그가 그곳에 있는 동안 우편배달이 왔고, 대부분 갈색 종이봉투인 우편물이 덜커덕 소리를 내며 우편함으로 들어갔다고 했다. 여자가 바닥에 쓰러져 있는 동안 우체부의 휘파람 소리와 발소리가 점점 멀어져갔다.

"버스는 안 탔어." 그가 말했다. "버스에 앉아 있고 싶지 않았어. 그 뒤로 가장 처음 먹은 건 간과 완두콩이었어."

지난번에는 감자칩 한 봉지였고, 또 다른 때에는 치킨버거였다. 셰릴이 여전히 아무 말 없이 듣고 있는 동안 그의 목소리가 이어졌다. 그는 오늘 아침 이후로, 고리에 남자의 외투가 걸려 있고 특별히 만든 작은 도자기 받침대에 향기 나는 비누가 놓인 화장실에서 손을 씻은 이후로 줄곧 그녀가 자신의 유일한 친구라 느꼈다고 설명했다. 고양이 한 마리가 바깥쪽 창틱에 뛰어올라 마치 무슨 일이 벌어졌는지 아는 양 야옹야옹 울기 시작했다. 그는 남자가 집에 돌아왔을 때 복도에 고양이가 있도록, 피 묻은 고양이 발자국이 집 안 전체에 남아 있도록 뒷문을 열어 고양이를 들어오게 할까 생각했다.

셰릴은 그와 함께 있을 때 느끼는 감정이 두려움이 아니라는 것을, 심지어 불안도 아니라는 것을 대프에게 한 번도 말하지 않았다. 일어나지 않은 일들을 늘어놓는 그의 행동에 교활한 술수가 있음을 알았지만, 그가 그녀에게 요구하는 것이 너무나도 적었기에 술수처럼 보이지 않는다는 것을 한 번도 말하지 않았다. 자신의 천성이 그와 함께 산책에 나서고 그의 과묵한 포옹을 받아들이게 했으며 자신의 동정이 그의 자양분임을 안다는 것을 한 번도 말하지 않았다. 셰릴은 그에 대한 이야기를 대프에게 하고 싶지 않았다. 와클리 부부는 그의 존재를 몰랐다.

그가 유리잔을 입에 가져갔다. 셰릴은 여전히 말이 없었다. 말할 필요가 없었고, 그저 조금 더 그 자리에 앉아 있었다. 침묵은 그와 함께 있을 때의 한 요소였다. 그녀가 카페를 떠났을 때 그는 그녀를 따라가지 않았다.

그는 차를 마저 마시고 한 잔 더 따를 것이다. 거리에서 셰릴은 그 모습을 상상했다. 빨래방에서 그는 세탁기 문을 열고 통 안에서 흠뻑 젖은 재킷을 꺼낼 것이다. 소매를 펴고 모양을 잡은 다음 두 사람이 너무 짧게 살았던 집으로 향하기 시작할 것이다. 오늘 밤 그는 지금 걷고 있는 그녀 머리 위의 환한 네온 불빛에 기분이 상하지 않을 것이다. 밤이 줄 수 있는 것을 찾아 여기저기를 헤매는 자동차들에 기분이 상하지 않을 것이

다. 너무 꼭 붙어서 지나가는 커플의 목소리에 기분이 상하지
않을 것이다. 오늘 밤에는 그녀의 눈물이 그에게 평온을 가져
다줄 것이다.

무용 선생의 음악

브리지드의 활동 영역은 부엌의 뒷방이었다. 여자아이라면 부엌 뒷방에서, 남자아이라면 날붙이나 신발을 보관하는 곳에서 일을 시작했다. 브리지드가 일을 시작한 것은 열네 살 때였고 무용 선생의 이야기를 들었을 때에도 열네 살이었다. 맨 처음 무용 선생 이야기를 한 것은 크롬 씨였다. 부엌의 열린 문 사이로 크롬 씨의 느리고 처량한 목소리가 들려왔다. 릴리 게이건은 크롬 씨가 입만 열면 설교를 늘어놓는다고 말했다.

"이탈리아인일 거라고 우린 추측하고 있어. 나폴리라는 이탈리아 도시 출신이야. 여기저기 떠도는 사람이고."

"설마." 오브라이언 부인이 끼어들었고 브리지드는 부인이 다른 일을 하느라 바쁘다는 걸 알 수 있었다.

뒷방은 천장이 낮았고 냄비와 주전자들이 벽에 걸려 있었으며 그릇과 접시, 잘 쓰지 않는 젤리 틀이 무려 방 두 개에 걸친 기다란 선반 위에 가득 쌓여 있었다. 방 사이의 문은 오가는 데 방해가 되어 몇 년 전 떼어냈지만 경첩은 너무 뻣뻣해서 그대로 남겨두었다. 넓은 식기 건조대가 달린 네 개의 석판 싱크대가 철창을 친 창문 아래 늘어서 있었고, 창유리에 김이 서리지 않을 때면 브리지드는 마당의 헛간과 펌프를 볼 수 있었다. 정원에서 일하는 남자애들 중 한 명이 가끔가다 한 번씩 양동이에 물을 담아 자갈 위에 흠뻑 뿌린 뒤 깨끗하게 닦아냈다.

"정말이야." 크롬 씨가 말을 이었다. "진짜라니까. 나폴리는 우화로 유명한 도시지."

"그럼 그 사람이 이탈리아식 스텝을 가르쳐주는 거예요, 크롬 씨?"

"추측해보자면 오스트리아가 스텝의 본거지지. 비엔나라는 이야기를 들었어. 또 하나의 유명한 도시지."

그때 왈츠 스텝의 역사에 대한 크롬 씨의 설교가 시작되었고 브리지드는 듣지 않았다. 불 위의 환기구를 조절하는 소리와 오븐 여닫는 소리로 미루어 오브라이언 부인도 듣지 않는다는 것을 알 수 있었다.

그 누구도 크롬 씨의 말을 귀 기울여 듣지 않았다. 그러나 크롬 씨가 화가 나거나, 계단 난간 틈의 먼지나 제대로 지피지 않은 불이나 물병의 오래된 물에 대해 지적하면 누가 됐든 모두가 귀담아들었다.

브리지드는 매일 아침 이른 시각에 글렌모어에서 출발해 스케나킬라 언덕을 넘어 스케나킬라 저택까지 걸어왔다. 뒷문에서 기다리고 있으면 존이나 토머스가 문을 열어주었다. 크롬 씨가 브리지드를 계속 쓰면, 브리지드가 사람들을 만족시키고 성실하게 일하면, 브리지드가 부엌 뒷방에 배치되는 것이 적절하다고 판단되면 그때 이 집에서 살 수 있었다. 크롬 씨가 정확히 이 단어와 표현을 사용해 그 사실을 설명해주었다. 브리지드는 곧장 이 집에 살지 않아도 되어서 기뻤다.

브리지드는 나이에 비해 키가 커서 크롬 씨는 브리지드의 나이를 듣고 깜짝 놀랐다. 금발에 주근깨가 있는 브리지드는 다섯 남매 중 첫째였고 언덕 너머에서 온 시골 소녀였다. "예쁜 데랄 게 없어." 브리지드의 면접을 본 크롬 씨가 부엌에서 이렇게 털어놓았다. 브리지드의 어머니도 부엌 뒷방에서 일한 적이 있었기 때문에 크롬 씨는 그녀를 똑똑히 기억했다. 그러나 안타깝게도 브리지드의 어머니는 이곳에서 계속 일하는 대신 래너핸과 결혼했고, 크롬 씨가 오브라이언 부인에게 전한 것처럼 지금은 가난과 출산으로 힘든 처지가 되었다. 래너핸은 늘 술에 취해 있었다.

처음 뒷방에서 브리지드는 수줍어했다. 다른 사람들이 지나는 길에 브리지드를 힐끗 쳐다보거나 바쁘지 않을 때면 직접 브리지드를 보러 왔다. 사람들이 말을 걸면 얼굴이 뜨거워지는 것이 느껴졌고 그 사실을 인식할수록 얼굴이 더 뜨거워졌다. 브리지드는 당혹스러웠고 때로는 생뚱맞은 말을 내뱉기도 했다. 그러나 몇 주가 지나자 모든 것이 더 수월해졌고, 무용 선생이 이 저택을 찾아왔을 때는 식사 시간도 처음만큼 고되지 않았다.

"나폴리가 어디에 있어요, 크롬 씨?" 크롬 씨가 처음 이탈리아 이야기를 꺼낸 날 하인들이 쓰는 식당에서 토머스가 물었다. "지도에서 어디에 있어요, 크롬 씨?"

토머스는 크롬 씨의 무지를 들추어내려 하고 있었다. 브리지드는 애니 케이트가 킥킥대는 것을 숨기려고 고개를 돌리고 존이 팔꿈치로 릴리 게이건의 팔을 쿡 찌르는 것을 보았다. 음식을 먹는 사이사이 고개를 끄덕이며 미소를 짓지만 귀가 멀어 아무 말도 듣지 못하는, 그러나 먼 옛날의 아름다움이 아직 얼굴에 희미하게 남아 있는 늙은 메리는 크롬 씨가 대화를 이끄는 기다란 식탁의 끝에 앉아 있었다. 크롬 씨의 옆에 앉은 오브라이언 부인은 크롬 씨의 접시에 늘 으깬 감자가 있다는 것을 알았다. 반드시 으깬 감자여야 했는데, 크롬 씨가 다른 식으로 조리된 감자는 먹지 않기 때문이었다. 월요일과 목요일마다 와서 빨래를 하고 브리지드가 아침에 가끔 뒷길에서 목격하는 과부 키나웨가 오브라이언 부인 옆에 앉았고, 정원 일을 하는 제러티가 그 반대편에, 그와 같이 정원에서 일하는 남자애들이 그 옆에 앉았다.

"나폴리는 바다 옆에 있어." 크롬 씨가 말했다.

"저는 강이라고 들었는데요, 크롬 씨. 도시 옆에 있는 게 강이 아닌가요?"

"애야, 네가 들은 건 다뉴브강이란다. 전혀 가깝지 않아." 그리고 크롬 씨는 자신이 짠 여정에 따라 여기저기를 들르며 그 커다란 강의 흐름을 되짚었다. 제목에 다뉴브강이 들어간 왈츠곡이 있었고, 토머스가 다뉴브강 이야기를 들은 것도 그래서일 것이다.

"어머, 엄청나네!" 오브라이언 부인이 말했다.

부인은 저 말을 자주 했다. 부엌 옆의 식당에서 대화의 주제는 주로 저택에서 일어나는 일들과 오고 가는 사람들, 새로 들은 소식, 발표와 예측이었다. 오브라이언 부인은 자주 놀라움을 표했다. 존과 토머스, 침실에서 일하는 두 하녀, 아니면 크롬 씨가 거실이나 식당에서의 대화, 집 안 곳곳에서의 수다가 남긴 끔찍한 이야기를 아래층에 가지고 내려왔다. '끔찍한 이야기'는 오브라이언 부인의 표현으로, 집안사람들의 수다에서 하인들이 가져가는 몫이었다.

브리지드가 부엌 뒷방에서 일을 시작하고 무용 선생이 저택에 찾아온 때는 겨울이었다. 매일 저녁 브리지드는 어둠 속에서 언덕을 넘어 집으로 돌아갔지만, 처음 몇 번이 지나자 길에 익숙해져서 자갈길을 벗어나지 않았고 달빛이 비치는 날에는 감사해했다. 4주에 한 번씩은 크롬 씨가 준 적은 양의 월급을 가지고 돌아갔고 일에 숙달되기 전까지는 더 많은 돈을 기대할 수 없었다. 비가 오면 자신이 할 수 있는 최선을 다했다. 집에 도착하면 난롯가에서 젖은 옷을 말렸고, 옷을 말리기 위해 불을 계속 피워두었다. 아침에 비가 오면 하루 종일 축축함이 몸에 들러붙었다.

하인들은 스케나킬라 저택에 대해 브리지드가 아는 전부였다. 남자 집주인과 에버라드 부인, 그들의 가족에 대해, 터핀 양과 로시 양, 웅장한 가구와 방들에 대해 들어본 적이 있었고 상상도 해보았지만 본 적은 한 번도 없었다. 브리지드는 한자리에 앉아 식사하는 하인들의 현실을 스케나킬라 언덕 너머의 집으로 가져갔다. 죽상을 한 토머스와 땅딸막한 존, 아무도 이어가지 않는 대화를 시작하는 늙은 메리, 음식 앞에서 키득거리는 릴리 게이건과 애니 케이트, 크롬 씨의 처량함, 바쁠 때면 얼굴이 빨개지며 허둥대는 오브라이언 부인까지. 브리지드는 남편을 잃은 과부 키나웨의 낙심과 식사 자리에서 한마디도 안 하는 제러티, 그와 함께 일하고 역시나 말이 없는 남자애들에 대해 이야기했다.

"아, 그 사람 완전 작아. 칼날처럼 말랐다니까"는 무용 선생이 도착했을 때 브리지드가 전해 듣고 스케나킬라 언덕을 넘어 집에 가져간 말이었다. "이탈리아 사람처럼 머리가 새까매. 윤기가 흐르더라고."

크롬 씨가 이 무용 선생은 피아노를 치는 동시에 스텝을 가르친다고 말하며 또 한 명의 무용 선생을 떠올렸다. 그 선생은 시내에 사는 이 지역 사람이었는데 피아노 치는 여자와 바이올린 연주자를 데려왔었다. 이름은 버클리였고, 자신의 작은 마차를 타고 매일 아침 수행원과 함께 집으로 찾아왔다.

"그런데도," 크롬 씨가 말했다. "버클리에게 이 이탈리아 선생의 스타일이 있었는지는 잘 모르겠어. 버클리는 자세가 안 됐어."

언젠가 브리지드는 음악 소리를 들었다. 그 맑은 피아노 건반 소리는 부엌 복도 맨 끝에 있는 녹색 모직 천으로 덮인 문이 열려 있는 동안에만 들렸다. 존이 컵과 받침을 담은 쟁반을 들고 지나가면서 어깨로 문을 활짝 열었다. 그때 애니 케이트는 브리지드에게 복도에 있는 석유등에 석유를 채우는 방법을 보여주고 있었다. 크롬 씨가 브리지드의 일솜씨가 만족스럽다고 판단하면 곧 브리지드의 임무가 될 일이었다. 그날 아침까지 브리지드는 부엌 복도에 나가본 적이 없었고, 뒷방은 부엌 반대쪽에 붙어 있었다. "맨날 똑같은 곡이야." 애니 케이트가 말했다. "멈추질 않는다니까." 그러나 브리지드는 그 곡을 더 오래 듣고 싶었고 모직 문이 닫히며 음악 소리가 끊기자 실망했다. 피아노 연주를 들은 것은 이번이 처음이었다.

그로부터 3일 뒤 식사 시간에 크롬 씨가 말했다.

"그 이탈리아인 선생이 할 일을 마쳤어. 금요일이면 짐을 싸서 스키버린으로 떠날 거야."

"이제 다들 스텝을 밟을 수 있대요, 크롬 씨?" 애니 케이트가 가끔 제 분수를 모르고 식사 자리에서 내보이는 건방진 태도로 말했다. 언젠가 브리지드는 오브라이언 부인이 부엌에서 애니 케이트를 무례하다고 혼내는 소리를 들었다. 애니 케이트는 붉어진 얼굴로 울먹이며 부엌 뒷방으로 들어왔고, 평소 다른 사람에게 그러듯 브리지드가 보든 말든 신경 쓰지 않고 앞치마로 눈물을 닦았다.

"그건 우리가 알 바 아냐." 오브라이언 부인이 애니 케이트를 나무랐지만 크롬 씨는 그 질문을 곰곰이 생각해보았다. 그리고 마침내 입을 열어 방문 목적을 달성하지 않았다면 무용 선생이 떠나지 않을 거라 추측할 수 있다고 말했다. 크롬 씨는 존이 얹은 말을 끊으며 다음과 같이 덧붙였다.

"내가 하려던 말은 그게 아니야. 목요일 밤 그 사람이 우리를 위해 음악을 연주할 거야."

"그게 무슨 뜻이에요, 크롬 씨?" 오브라이언 부인이 이 소식에 깜짝 놀랐고, 브리지드는 예전에 릴리 게이건이 애니 케이트에게 한 귓속말을 떠올렸다. 릴리 게이건은 오브라이언 부인이 크롬 씨가 전하는 중요한 소식을 사전에 먼저 전해 듣지 않으면 불쾌해한다고 했다.

"설명해줄게요, 오브라이언 부인. 우리 모두 위층에 올라가 의자에 앉을 거고, 존과 토머스가 지금 우리가 앉은 의자를 거실로 옮겨서 내 지시에 따라 배치할 거고, 그 선생이 우리를 위해 음악을 연주한다는 뜻이에요."

"어째서요, 크롬 씨?" 애니 케이트가 물었다.

"그러기로 정해진 거야, 애니. 목요일 저녁에 그렇게 대접받기로."

"우린 한 번도 주인님하고 에버라드 부인과 같은 자리에 앉아본 적 없잖아요? 터핀 양하고 로시 양과도요. 지금 우릴 속이는 거죠, 크롬 씨!" 애니 케이트가 웃음을 터뜨렸고 릴리 게이건과 존, 토머스도 웃음을 터뜨렸다. 늙은 메리도 합세했다.

그러나 크롬 씨는 살면서 그 누구도 속여본 적이 없었다. 무용 선생의 연주회를 위해 가족들이 거실을 비워줄 거라고 크롬 씨가 설명했다. 가족은 같은 날 늦은 오후에 먼저 음악을 감상할 것이다. 무용 선생에게 연주 기회를 두 번 제공하는 것은 그동안의 노고에 감사를 표하는 방식이었다.

"그 사람이 늘 두드려대던 그 곡을 들어야 하는 거죠?" 애니 케이트가 물었다. "그 왈츠곡 말이에요. 맞죠, 크롬 씨?"

크롬 씨가 고개를 저었다. 그는 터핀 양에게 무용 선생이 완전히 다른 음악을 골랐다는 이야기를 들었다. 그 음악은 선생의 연주 기량에 잘 어울리는 곡이었고, 직접 작곡한 것은 아니지만 곡조를 전부 외우고 있어서 악보를 볼 필요도 없었다.

"어머, 엄청나네!" 오브라이언 부인이 혀를 내둘렀다. 누가 질문을 했느냐와 상관없이 크롬 씨의 모든 설명이 정확히 오브라이언 부인을 향했기에 마음이 누그러진 상태였다.

*

　목요일 저녁, 브리지드는 집주인과 에버라드 부인, 터핀 양과 로시 양은 보지 못했지만 거실을 보았다. 그리고 크롬 씨의 지시에 따라 배치된 바닥이 동그란 의자 중 하나를 골라 줄의 맨 끝, 과부 키나웨의 옆에 자리를 잡았다. 길쭉하고 어슴푸레한 방의 양 끝에서 불이 타오르고 있었고, 진홍색 벽지 위로 금테 액자를 두른 초상화가 한쪽 벽에 다섯 개, 다른 쪽 벽에 네 개 걸려 있었다. 벽난로와 테이블 위에는 등불이, 구석에는 대리석으로 만든 조각상이 있었고 가족들이 앉는 의자와 소파는 텅 비어 있었다. 그랜드피아노는 가장 잘 보이는 곳에 놓여 있었다.

　브리지드는 이때까지 초상화를 본 적이 없었다. 이런 가구도, 한 방에 벽난로가 두 개 있는 것도 본 적이 없었다. 그랜드피아노는 고사하고 피아노도 본 적이 없었다. 널찍한 마룻장 위에 양탄자가 펼쳐져 있었고 과부 키나웨가 작은 목소리로 천장을 보라고 말했다. 천장은 새하얀 나뭇잎과 꽃잎 패턴으로 덮여 있었다.

　브리지드가 자기 가족에게 묘사해준 것처럼 작고 칼날처럼 마른 무용 선생이 오일 향기를 풍기며 도착했다. 레몬 향과 비슷했지만 더 달달했다. 그는 거실로 들어와 등 뒤로 문을 닫은 뒤 양옆을 쳐다보지 않고 곧장 피아노로 향했다. 그는 아무 말

없이 바로 피아노 의자에 앉았고 깍지를 꼈다가 손가락을 쫙 펼치며 연주 시작 전에 손을 풀었다. 그가 음악을 연주하는 내내 거실의 따뜻한 공기 속에서 오일 향기가 은은하게 풍겼다.

브리지드의 할머니 장례식에 바이올린 연주자가 왔었다. 연주자는 추위를 타는 늙은 남자였고, 난롯가에 앉아 익숙한 장송곡을 연주하고 또 연주했다. 통곡하는 시간이 있었고, 듣기 힘든 소리가 이어졌다. 연주자는 붉게 타오르는 토탄 위로 몸을 구부렸고 브리지드의 할머니는 수의를 입은 채 두 손을 모으고 다른 방에 누워 있었다. 그러나 등불의 불빛이 깜박이고 두 개의 벽난로가 타오르는 동안 무용 선생이 연주한 음악은 그때의 바이올린 연주자가 연주한 것과 차원이 달랐다. 이 음악은 쏜살같이 달려나가다 부드러워졌고, 잔잔했고, 느렸다. 진홍색 벽지와 초상화 속 인물들의 시선 위에서 음악이 춤을 추었다. 음악은 아무도 앉지 않은 의자 위에, 꽃병과 장식품 위에 머물렀다. 그러다 점점 위로 떠올라 천장의 새하얀 꽃잎에 닿았다. 브리지드가 두 눈을 감았고, 무용 선생의 음악이 어둠 속에 서서히 스며들었다. 음악의 선율이 사라졌다가, 다시 돌아왔다가, 달라졌다. 개똥지빠귀의 노랫소리가 있었다. 멀리서 들려오는 천둥과, 브리지드가 스케나킬라 언덕을 넘을 때 옆에서 세차게 밀려들다 졸졸 흐르는 개울이 있었다. 음악이 멈췄을 때 침묵은 전과 같지 않았다. 마치 음악이 침묵을 바꿔놓은 듯했다.

그때 무용 선생이 자리에서 일어나 모여 앉은 하인들에게 고개 숙여 인사를 했다. 하인들도 달리 무엇을 해야 할지 몰라 고개 숙여 인사했다. 무용 선생은 여전히 아무 말 없이 거실을 떠났고, 바닥이 동그란 의자는 원래 있던 곳으로 다시 돌아갔다. 브리지드는 언덕을 넘어 걸어갈 준비를 하다가 릴리 게이건과 존이 키스하는 것을 언뜻 보았다. "확실히 솜씨가 있네"가 무용 선생의 연주에 대한 크롬 씨의 의견이었으나 토머스는 빠른 춤곡을 기대했다고 말했고, 애니 케이트는 한 시간 반 동안 딱딱한 의자에 앉아 있느라 죽는 줄 알았다고 불만을 쏟아냈다. 과부 키나웨는 그런 방을 구경할 수 있어서 좋았다며, 세어봤더니 도자기가 스물세 개였다고 말했다. 늙은 메리는 아무것도 듣지 못했지만 그래도 최고의 저녁을 보냈다고 단언했다. "그런데 그 남자 도대체 누구였어?" 늙은 메리가 오브라이언 부인에게 물었다. 연주를 듣는 동안 오브라이언 부인의 눈도 한두 번 감겼지만 브리지드처럼은 아니었다.

2월의 그날 밤, 언덕의 자갈길에는 서리가 끼어 있었고 하늘에선 별들이 환하게 타올랐다. 브리지드는 그 별들이 아까 들은 음악을, 그 아름다움을, 자신이 느낀 감정을 더욱 찬양하는 것 같았다. 노력해보았지만 그 선율은 다시 들리지 않았다. 그러나 어떻게 보면 쉽게 얻을 수 없는 것이 당연했다. 그 쏜살같음과 느림과 잔잔함, 지금 곁에 흐르는 개울이 만들어내는 음악은 거실에서 눈을 감았을 때 들렸던 것만큼 완벽하지 않왔다. 그러나 스케나킬라 언덕을 넘는 동안 브리지드는 그때 있었던 것을 충분히 지니고 있었고, 그것은 브리지드가 아침에 일어났을 때도, 부엌 뒷방에서 일을 시작했을 때도 충분히 남아 있었다.

크롬 씨가 식사 시간에 무용 선생이 아침을 먹고 저택을 떠났다고 말했다. 선생은 마지막으로 왈츠 스텝을 점검했다. 그런 다음 스키버린으로 떠났다.

*

그 뒤로 이탈리아인 무용 선생이 대화에 다시 등장한 것은 겨우 몇 주나 몇 달에 한 번 정도였다. 오브라이언 부인이 그가 어디로 갔을지 궁금해서 크롬 씨가 터핀 양, 로시 양과의 대화를 통해 소식을 알아냈다. 과연 무용 선생은 방랑자였다. 그는 잉글랜드에 있을 수도 있었고 어쩌면 프랑스에 있을 수도 있었다. 스페인과 인도도 거론되었다. 크롬 씨는 이것만은 확실하게 말할 수 있다고 동료 하인들 앞에서 장담했다. 무용 선생은 이미 오래전에 스키버린을 떠났을 것이다. "누가 그 사람을 탓하겠어?" 토머스가 오돌뼈를 질겅질겅 씹으며 말했고, 곧 씹던 뼈를 살그머니 입에서 뱉었다.

그때가 부엌 옆의 식당에서, 또는 하인들이 대화를 나누는 모든 곳에서 무용 선생의 스케나킬라 저택 방문이 입에 오른 마지막 때였다. 그 사건은 기억의 그림자 속으로 사라졌고 거실에서의 모임은 누군가의 지루한 회상 속을 희미하게 스쳤다. 다른 일들, 예를 들면 폭염과 폭풍, 마당 펌프가 얼어붙은 겨울밤, 벚나무 두 그루를 위해 제작한 지지대 같은 것들이 관심을 더 쉽게 차지했다.

그러나 브리지드에게는 음악이 신의를 지켰고 브리지드도 음악에게 신의를 지켰다. 거실의 두 벽난로에서 불이 타오르고 초상화 속의 눈들이 아래를 바라보는 동안 무용 선생이 손가락을 쫙 펼쳤다. 존이 릴리 게이건을 사랑해주듯 브리지드를 사랑해주는 남자가 아무도 없는 부엌의 뒷방에서 그 음악이 크레센도로 점점 커졌다가 다시 속삭이듯 작아졌다. 브리지드는 곧 릴리 게이건, 애니 케이트와 함께 쓰게 된 침실에 음악을 가져왔다. 매일 필요한 허브를 잘라 오는 정원에도 음악을 가져갔다. 스케나킬라 언덕의 고독을 뚫고 글렌모어로 걸어가는 일요일 오후, 2월의 하늘을 밝혔던 별들은 여전한 찬양이었다.

일을 계속하면서 브리지드는 저택 내부에서 집안사람들을 만날 수 있게 되었고 피아노 소리가 들려올 때마다 하던 일을 멈추었다. 기쁜 마음으로 들었지만 그 무엇도 약간이나 희미하게나마 계속 떠오르거나 귓가에 머무르지 않았다. 처음에는 언젠가 그 피아노가 무용 선생이 연주한 음악을 들려주길 바랐지만 결국에는 다른 사람이 그 음악을 연주하지 않는 것을 고마워하게 되었다.

그때의 음악은 여행 중인 무용 선생의 것이었고 브리지드는 잉글랜드와 프랑스의 거대한 저택을 상상하며 책 속의 그림을 보듯 선명하게 그 모습을 떠올렸다. 회색 코끼리들이 인도의 눈부신 열기 사이를 유유히 걸었고, 무용 선생의 솜씨가 회색빛 스페인 궁전 안에 메아리쳤다. 무용 선생이 머무는 도시에는 성당이 있었고 사제들이 성체를 들고 기다렸다.

브리지드가 일요일 오후마다 글렌모어에 걸어가야 할 이유가 없는 시기가 찾아왔다. 이제 글렌모어에는 방문할 사람이 남아 있지 않았다. 같은 해에 크롬 씨가 이미 와 있던 새 하인에게 자리를 물려주었고, 얼마 지나지 않아 정원에서 일하던 남자애들 중 하나가 제러티 씨의 일을 물려받았다. 늙은 메리는 오래전에 세상을 뜨고 없었고, 어느 날 아침 오브라이언 부인이 사망한 채로 발견되었다.

이후 집안의 운이 기우는 시기가 찾아왔다. 나무는 벌목되어 목재가 되었다. 지붕에서 떨어져 나온 슬레이트가 그 자리에 그대로 남았다. 기억에서 잊힌 방들에는 거미줄이 꼈고, 닫힌 문 위로 까맣고 하얀 곰팡이가 피었다. 하인들이 사용하던 식당은 버려졌다. 식탁 주위에 둘러앉을 만큼 하인의 수가 많지 않기 때문이었다.

브리지드는 매우 슬픈 마음으로 퇴락을 지켜보았다. 저택은 고통 속에 조용해졌고 가족은 뿔뿔이 흩어졌다. 그러나 아무 일도 일어나지 않았다는 듯, 그 어떤 변화도 없었다는 듯 무용 선생의 음악은 그치지 않았다. 음악은 꽃병에 꽃이 없고 천장에 그을음이 끼고 소파의 천이 바랜 거실에 그대로 있었다. 훼손되지 않고 변하지 않은 채, 음악은 부엌과 뒷방과 마당에서 환호를 보냈다. 음악은 현관과 복도의 먼지와 흙, 계단과 층계참 위에서 춤을 추었다. 음악은 반쯤 시든 타라곤과 타임이 있는 허브 정원의 향기와 함께 흘렀다.

더 이상 스케나킬라 언덕에 오를 힘이 없었기에 브리지드는 저택의 창문을 통해 나무를 베고 남은 비탈의 그루터기들을 내다보았다. 이제 늙은 메리만큼 나이를 먹은 브리지드는 개울과 길을 잘 분간하지 못했지만 창문으로 밖을 내다볼 때마다 결국엔 그것들을 알아보았다. 브리지드는 그곳에도 무용 선생의 음악이 있음을 본능적으로 확신했다. 자신이 떠난 후에도 자기 삶의 놀라운 경이였던 그 음악이 이곳의 영혼으로 남으리라는 것을 알았다.

밀회

일본식 카페에서 그는 그녀의 외투를 받아서 분실의 책임을 지지 않는다는 경고문 아래 옷걸이 쪽으로 가져갔다. 8시에서 10분이 지난 이른 시간이었지만 두 사람은 카페의 첫 번째 손님이 아니었다. 거의 매일 아침 이곳을 찾는 한 택시 운전사가 평소처럼 구석에서 〈데일리 메일〉을 읽고 있었다. 음악학교에 다니는 학생 두 명도 들어와 있었다.

그는 희미한 향기를 풍기는 외투를 옷걸이에 걸었다. 오늘은 방수 처리된 이 가볍고 까만 외투만으로도 충분했다. 두 사람 다─그녀는 한 시간 전에 자신의 부엌에서, 그는 돌리스 힐에서 수염을 깎는 동안─좋은 날씨가 며칠 더 이어질 거라고 자신 있게 말하는 일기예보를 들었기 때문이다. 그는 오늘 외투를 가져오지 않았고 여름에는 원래 모자를 쓰지 않았다.

두 사람은 늘 같은 테이블에 나란히 앉았다. 직장인들이 발걸음을 서두르기 시작하는 거리의 풍경을 바라보기 위해서였다. 그 자리에서 그녀는 그가 재킷 주머니를 두드리며 담배와 라이터가 잘 있는지 확인하는 것을 지켜보았다. 오늘 아침에는 뭔가가 달랐다. 칠턴 스트리트에서 걸어오는 길에 그녀는 그들의 연애가 어제와는 다르다는 것을 잠시나마 느꼈다. 두 사람은 거의 언제나 칠턴 스트리트에서 만났고, 각자의 여정이 그곳으로 향했다. 누구도 상대방을 기다리지 않았다. 한 명이 늦으면 카페로 만남 장소를 바꾸었다.

"괜찮아요?" 그녀가 물었다. "괜찮은 거예요?" 말투에 불안한 기색을 드러내지는 않았다. 그럴 필요가 없었다. 그래야 할 이유가 어디 있겠는가? 그녀는 사랑의 까다로운 특성을 잘 알았다. 사랑은 거의 언제나 잘못된 대상을 향했다.

"그럼 괜찮지." 그가 말했다. 그때 일본인 웨이트리스가 미소 지으며 커피와 함께 그가 주문한 크루아상 한 개를 가져다주었다. "괜찮고말고." 그가 크루아상을 반으로 찢으며 또다시 말했다.

클라리넷 케이스를 든 음악학교 학생 한 명이 도착했다. 그리고 조지 스트리트의 호텔에서 나온 커플이 들어왔다. 커플은 미국인들이었고, 파도가 그려진 그림 밑에 자리를 잡았다. 스크램블드에그와 햄을 주문하는 목소리에서 그들이 미국인임을 알 수 있었다. 외국 손님이 이 카페에 종종 오는 것으로 미루어 근처 호텔의 아침 식사가 이곳의 식사보다 비싸다는 사실을 알 수 있었다.

각자 노력했음에도 칠턴 스트리트에서 만난 연인은 마음이 편치 않았다. 괜찮냐고 물었을 때 그의 얼굴에 당혹감이 스쳤었다. 적어도 지금은 그 당혹감이 드러나지 않았다. 그녀는 괜찮다는 그의 말을 믿을 수 없었고, 이내 스스로를 안심시키려 해봤지만 납득이 되지 않았다. 이번에는 그녀가 이 생각을 감추었다.

그녀가 그의 턱에 묻은 크루아상 부스러기를 털어주려고 손을 뻗었다. 이것은 두 사람이 늘 하는 행동 중 하나였다. 그는 그녀의 구겨진 외투 깃을 매만져주었고, 그녀는 그의 넥타이를 고쳐 매주었다. 이런 작은 행동들은, 말로 직접 표현한 적은 없지만 두 사람이 자기들만의 시간에 서로를 소유하는 방식이었다.

"그냥 그런 생각이," 그녀가 입을 연 뒤 그가 고개를 젓는 모습을 바라보았다.

"오늘 당신 정말 멋진데!" 그가 나지막한 목소리로 말했다. 그리고 손가락 끝으로 그녀의 손등을 쓸었다. 그는 종종 이렇게 했다. 딱 한 번의, 늘 똑같은 간결한 손짓이었다.

"늘 당신이 보고 싶어요." 그녀가 말했다.

그녀는 서른아홉이었고 그는 40대 중반이었다. 두 사람의 관계는 사내 연애에서 시작되었고, 그러다 컴퓨터와 소프트웨어가 그녀의 일자리를 빼앗아 갔다. 그녀는 어쩔 수 없이 다음 단계로 나아갔고, 그는 어쩔 수 없이 그 자리에 남았다. 그는 돌리스 힐에 부양해야 할 가족이 있었다. 요즘 두 사람은 오늘처럼 아침에 만났고 점심 때 다시 패딩턴 스트리트 공원에서 만났다. 비가 오는 날이면 미술관에서 몰래 샌드위치를 먹었고, 5시 40분에 다시 러닝풋맨에서 만났다.

그는 옷차림이 단정치 못한 것이 더 어울리는 사람이었다. 그의 느리고 큼직한 몸짓, 햇볕에 자주 그을리는 다부진 얼굴, 고집스럽게 말을 듣지 않는 금발, 쉽게 커지는 몸집, 이 모든 것이 옷과 관련된 요구 사항에 저항할 법한 성격을 보여주었다. 그러나 오늘 아침 그는 옅은 색깔의 가벼운 바지와 재킷, 푸른색의 이튼 셔츠, 파란색과 빨간색 줄무늬의 넥타이를 꽤 잘 차려입고 나타났다. 그녀는 언제나 그의 이런 모순적인 면에 매력을 느꼈다.

오늘 그녀는 방수 처리된 검은색 외투 안에 푸른색과 초록색이 섞인 옷을 입었고 같은 색들로 이루어진 얇은 실크 스카프를 맸다. 부드러운 검은색 머리칼은 군데군데가 희끗했지만 중년에 가까워지면서 나타나는 특성을 최대한 그대로 놔두고 싶었기에 굳이 숨기려 하지 않았다. 그녀는 몸무게가 1온스라도 늘면 진저리를 칠 사람이었고, 절대 살이 찌지 않도록 전략을 짰다. 눈과 코, 입, 광대뼈, 티 없이 깨끗한 목 중 그 어디도 도드라지지 않았고 이목구비의 조화가 그녀의 간소하고 꾸밈 없는 아름다움에 필수적이었다. 점처럼 작지만 반드시 착용하는 좋은 귀걸이가 이미 존재하는 아름다움을 완성하는 강조점이 되었다.

"담배 피워요." 그녀가 말했다.

그가 말보로 담배의 투명 포장지를 벗겼다. 두 사람은 오늘 있을 하루에 대해 이야기했다. 그녀는 의류 수입 회사 이사의 비서였고 그는 회계사였다. 이탈리아에서 수입한 바지 정장이 쇼디치에 있는 창고에 제때 도착하지 않았고 어제 저녁까지도 소재를 파악할 수 없었다. 그녀는 그 문제에 대해 이야기했고, 그는 테라스 사업을 하는 배니스터라는 남자 이야기를 했다. 그 사람이 자기 수입을 실제보다 적게 신고해서 더 이상 그 사람의 일을 맡을 수 없다는 이야기였다. 그는 어제 그 남자에게 편지를 썼다. 아마 편지를 읽고 분노해서 오늘 아침에 전화를 걸어올 것이다.

택시 운전사가 카페를 떠났다. 거의 8시 반이었고 주차 단속원이 나타날 시간이었다. 두 사람은 앉은 자리에서 택시 운전사가 길 건너편에 주차해둔 택시 문을 여는 것을 바라보았다. 운전사는 주황색 등을 번쩍이며 멀어져갔다.

"걱정스러워 보여요." 그녀가 말했다. 이 말을 하고 싶진 않았다. 느낌을 밀고 나가는 건 안 하는 편이 더 나았다.

그는 고개를 저었다. 그리고 배니스터는 특히 그가 담당했던 고객이라고 말했다. 진작에 알았어야 했다. 하지만 문제는 그게 아니었고 그녀도 그 사실을 알았다. 그 순간 그녀는 생각했다. 두 사람은, 그게 침묵의 거짓말인지 뭔지는 몰라도, 서로에게 거짓말을 하고 있었다. 그녀는 둘의 거짓말을 느꼈다. 초조함을 숨기려고 애쓰는 것 외에 자신이 무슨 거짓말을 하고 있는지는 잘 몰랐지만.

"잘 어울리네." 그가 말했다. "스페인 신발 말야."

두 사람은 이틀 전 그 신발을 함께 샀다. 그녀가 신발에 대해 물었고 직원이 스페인에서 온 신발이라고 했다. 그는 오늘 아침 칠턴 스트리트에서 그녀가 처음으로 그 신발을 신은 것을 알아보았다. 잘 어울린다고 말하려 했지만 주로 그 시간에 칠턴 스트리트에 나타나는 여자 노숙자가 옆을 지나가서 그 사람에게 줄 20펜스 동전을 찾기 위해 주머니를 뒤져야 했다.

"편해요." 그녀가 말했다. "놀라울 만큼."

"안 편할지도 모른다고 생각했잖아."

"그랬죠."

그녀가 자신의 이혼 소식을 알린 것도 이곳의 이 테이블에서였다. 그녀는 이혼이 완벽하게 마무리될 때까지 이혼 소식을 알리지도, 심지어 넌지시 의중을 드러내지도 않았다. 조용한 이혼이었다고 말했고, 결혼 생활이 무너졌다는 것을 유일한 이혼의 이유로 제시했을 때 남편이 한 항의도 말로 옮기지 않았다. "아냐, 만나는 사람 없어." 그녀는 교묘하게 얼버무렸고 그 사실도 그에게 전달하지 않았다. "어쨌거나 결국엔 이혼했을 거예요." 카페에서 그녀는 그러지 않았을 수도 있다는 걸 알면서 그렇게 주장했다. 상황이 정리되고 의무와 제약이라는 짐에서 벗어난 느낌이었다. 그걸 원했던 거였다.

"방충망이 문제인 것 같아." 그가 말했다. 이제 대화의 주제는 침실 창문으로 들어오는 골칫거리 고양이로 바뀌어 있었다.

그의 집과 정원, 돌리스 힐의 이웃들 같은 이야기도 가끔 나왔지만 그는 절대 자기 가족에 대해 이야기하거나 묘사하지 않았기에 그의 가족은 쭉 비밀로 남겨졌다. 이혼 이후 그는 그녀의 남편이 떠난 아파트를 찾아와 사소한 일들을 대신 처리해주었다. 이것이 그녀 삶의 다른 부분에 관여하는 한 가지 방식이었다. 그러나 그녀의 아파트는 결코 편안하게 느껴지지 않았다. 두 사람은 다른 곳에서 다른 방식으로 연애를 이어가는 데 너무 익숙했다.

그가 돈을 내고 팁을 남겼다. 그리고 테이블 다리에 기대놓은 낡고 지저분한 서류 가방을 챙기고 그녀를 위해 외투를 잡아주었다. 바깥은 해가 막 따스해지고 있었다. 메릴본 하이 스트리트에서 조지 스트리트로 꺾을 때 그녀는 그의 팔을 붙잡았다. 이 거리들, 더 상세하게는 이 거리에 있는 일본식 카페와 패딩턴 스트리트 공원, 미술관, 러닝풋맨이 두 사람의 연애가 펼쳐지는 곳이었다. 그녀의 아파트는 여기서 몇 킬로미터 떨어져 있었고 돌리스 힐은 그보다도 더 멀었지만, 런던의 이 구역은 두 사람에게 고향처럼 느껴졌다.

그들은 계속 걸었다. 회색빛의 거대한 성당을 지나 맨체스터 광장으로, 피츠하딩 스트리트를 지나 그녀가 버스를 탈 정류장으로 갔다. 버스가 오자 두 사람은 가볍게 포옹을 나누었다. 안전하게 자리를 잡은 뒤 그녀가 손을 흔들었다.

*

그는 서두르지 않고 두 사람이 걸어온 길을 되돌아 걸었다. 점심에 먹을 샌드위치밖에 들어 있지 않은 낡은 서류 가방이 오른손에 가볍게 들려 있었다. 그는 건물 앞면에 보기 싫은 비계(飛階)가 설치된 미술관을 다시 지나갔다. 짐꾼이 호텔 문의 놋쇠 손잡이에 광을 내고 있었고 사람들이 성당에서 나오고 있었다.

그는 계속해서 천천히 사무실이 있는 도싯 스트리트로 향했다. 그녀가 이곳에서 일했을 때 모두가 둘 사이를 의심했고 결국은 알게 되었다. 그러나 두 사람이 가끔 이보다도 더 이른 아침에, 파티션이 만들어낸 비좁은 공간에서 공기가 순환되기도 전에 축축한 냄새를 뚫고 좁은 계단을 올랐다는 것은 알지 못했다. 휴지통을 비우고 의례적으로 청소기를 미는 것은 보통 전날 밤에 일어나는 일이었다. 청소부가 밤 대신 아침에 일하기로 하고 사무실에 나와 있을 때는 언제나 비극이었다.

이제 그 모든 것은 오래전 일처럼 보였지만 그래도 선명함이 남아 있었다. 바닥의 비좁은 공간과 그 서두름, 계단에서 불쑥 들리는 발소리, 그녀의 옷에 붙은 먼지를 털고 자신의 옷을 털던 것. 심지어 그녀가 더 이상 그곳에서 일하지 않을 때도 두 사람은 두어 번 이른 아침의 사무실을 이용했지만 그녀가 좋아하지 않아서 그만두었다. 그녀의 아파트는 점심시간에 방문하기엔 너무 멀어서 이혼 이후 한 번도 이런 식으로 사용되지 않았다. 자주는 아니고 이따금 그는 그곳에서 하룻밤을 보냈고, 그럴 때면 아침에 함께 집을 나서기 전에 그녀가 그날을 위해 모아둔 일들을 처리했다.

그는 아직 버스에 있을 그녀를 생각했다. 버스 1층의 뒷자리와 무릎 위에 놓인 그녀의 얇은 검은색 핸드백과 스페인 신발을 생각했다. 그녀는 무엇을 알아챈 것일까? 왜 "괜찮아요?"라고, 그것도 두 번이나 물었을까? 그러고 싶지 않았고 그러지 않으려고 노력했지만, 그는 자기 안에서 나타난 기분을 그녀에게 전달했다. 마음을 갉아먹는 그 불안을 설명하고 싶지 않았다. 설명할 수도 없고 이해되지도 않았으니까. 그녀가 늘 보고 싶다고 말했을 때 그도 늘 그녀가 보고 싶다고 말했어야 했다. 정말로 그녀가 보고 싶었기 때문에, 언제나 그랬기 때문이었다.

자신에게 할당된 파티션 뒤의 업무 공간에 도착한 후 창문을 열고 아침에 처리할 서류를 여러 개의 파일에 나누어 정리했을 때 전화벨이 울렸다.

"이봐요!" 테라스 설치업자 배니스터의 목소리가 거칠게 따져 물었다. "이게 무슨 개 같은 말이오?"

*

"화요일이었을 거예요." 그녀가 말했다. "지난주 화요일요. 24일."

침묵이 흐르다 먹먹한 소란이 일었다. 한 손으로 수화기를 막은 듯했다.

"다시 전화드릴게요." 전에 대화를 나눈 적 없는 사람이 장담했다. "5분 뒤에요."

그녀가 다시 전화하자 또 다른 목소리가 바지 정장이 요크로 배송되었다고 알려주었다. 90퍼센트 확실하다고 했다. 살바도르 드레스가 요크로 배송되는 중이었고, 바지 정장도 분명 그 노선으로 배송되었을 것이다.

몇 시간 후 아침이 다 지나고, 전화를 몇 통 더 걸고 팩스를 몇 번 주고받고 사라진 바지 정장이 확실히 요크에 도착해 승합차에 실려 급히 런던으로 운송되기 시작한 뒤, 이 위기는 패딩턴 스트리트 공원에서 다시 이야기되었다. 테라스 설치업자 배니스터의 분노와 고소하겠다는 위협, 이미 청구되어 지불한 수임료를 되돌려달라는 요구도 다시 이야기되었다.

"그 사람이 고소하는 게 가능해요?" 예의상이 아니라 정말로 궁금했다. 그녀는 전화기 너머의 분노와 무뚝뚝한 응대를 상상했다. 당연히 그런 사람에게는 공감을 표할 수 없었다.

그의 이야기를 들으며 그녀는 오는 길에 오처드 스트리트의 프레타망제에서 사 온 샐러드의 플라스틱 뚜껑을 열었다. 그는 이미 샌드위치 포장을 뜯어 마마이트 잼 냄새를 희미하게 풍기고 있었다. 흰 식빵 사이에 양상추 끝이 튀어나와 있었다. 영양가가 별로 없네. 처음 그의 샌드위치를 보았을 때 그렇게 생각했지만 말하진 않았다. 보통은 달걀이나 토마토도 들어 있었는데 그게 훨씬 나았다. 아침에 돌리스 힐에서 그를 위해 만든 샌드위치였다.

작고 조용하며 잔디에 들어갈 수 없는 패딩턴 스트리트 공원은 한때 묘지가 있던 곳이어서 그 사실을 아는 사람들에겐 약간의 공포가 더해졌다. 그러나 장미가 활짝 핀 오늘 그 사실을 모르는 사람들에게 이곳은 음산할 것이 전혀 없었다. 여자들이 잠시 바깥에 나와 일광욕을 즐겼고 재킷을 입지 않은 남자들이 느긋하게 산책을 했다. 야구 모자를 거꾸로 쓴 청년이 잔디 깎는 기계를 작동시키기 시작했다. 워크맨에서 흘러나온 재즈가 일순간 공원의 규칙을 깼다가 순식간에 사라졌다.

그녀는 이 샐러드를 먹고 싶지 않았다. 투명한 뚜껑을 다시 덮고 까만 쓰레기통 중 하나에 통째로 버린 뒤 다시 돌아와 그의 손을 잡고 아무 말 없이 옆에 앉아 있고 싶었다. 그가 문제가 뭔지 말해주는 동안, 다른 직장인들이 전부 떠나고 저 멀리 놀이터에 아이들을 데려온 젊은 엄마들과 두 사람만 공원에 남는 동안, 함께 그곳에 앉아 있고 싶었다. 자신도 그도 그들의 것이 아닌 오후는 신경 쓰지 않고 계속 그곳에 앉아 있고 싶었다. 그러나 그녀는 그처럼 천천히 음식을 먹었고, 비둘기들이 근처를 맴돌았다.

이혼 때문이라고, 그녀는 짐작했다. 그녀가 저지른 일을 결국 그는 받아들이기 주저하는 것이었다. 그가 한밤중에 잠들지 못하고 시간이 흐를수록 더 많이, 더 오래, 이혼에 발이 묶였다고 느끼는 모습을 쉽게 상상할 수 있었다. 그는 아내의 숨소리와 꿈을 꾸며 웅얼거리는 소리를 들을 것이고, 자기도 모르는 사이 아내에게 한 손을 뻗을 것이다. 침실을 습격하는 고양이들이 지나다니는 커튼의 틈 사이로 한 줄기 빛이 들어와 어둠을 가르는 모습을 지켜볼 것이다. 다른 것을 생각하려고, 인생의 다른 시기를 무의식 속에 끼워 넣으려고 노력할 것이다. 어린 시절, 사무실에서의 첫날, 그곳에서 일어난 그 모든 이상한 일들. 그러나 그 안에는 언제나 그 일이 있었다.

"끝난 거죠, 그렇죠?" 그녀가 말했다.

그가 샌드위치를 감싸고 있던 포장지를 구긴 다음 앉은 자리에서 가장 가까운 쓰레기통으로 던졌다. 언제나 빗나가는 법이 없었다. 이번에도 그랬다.

"내가 당신 삶을 허비하고 있어." 그가 말했다.

다 먹지 않은 그녀의 샐러드가 그의 서류 가방과 함께 두 사람 사이에 놓여 있었다. 같은 사무실에서 근무할 때는 비 오는 날 졸려 보이는 미술관 직원들 틈에서 남몰래 점심을 먹을 필요가 없었다. 파티션으로 가려진 그의 공간에서 눈을 피할 수 있었고, 그때는 건물 안이 고요했다. 닫힌 문 뒤의 트랜지스터 라디오에서 조용한 음악이 흘러나올 때도 있었지만 보통은 그 소리마저 들리지 않았다. 그러나 두 사람은 언제나 공원에서의 피크닉을 더 좋아했다.

"내가 원한 거예요." 그녀가 말했다.

"당신은 더 나은 대접을 받아야 해."

"이혼 때문이에요?" 그녀가 똑같이 차분한 목소리로 덧붙였다. "알잖아요, 그것도 내가 원한 거예요. 나 자신을 위해서요."

그가 고개를 저었다. "이혼 때문이 아냐." 그가 말했다.

*

"무더위가 영 끝날 것 같지 않네요." 사무실에서 차를 끓여 내오는 넬이 커다란 금속 주전자로 그에게 차를 따라주며 말했다. 우유는 이미 담겨 있었고 컵받침에 설탕 두 덩이가 놓여 있었다. 넬은 작고 깡말랐으며 인생의 끝에 가까워지고 있었다. 그녀가 떠나면 새 직원 대신 음료 자판기가 놓일 것이다.

"고마워요, 넬." 그가 말했다.

이혼 때문이 아니었다. 그는 이혼의 동요를 견뎌냈고, 그녀

가 너무나도 덤덤하게 끝마친 일을 들었을 때의 충격이 지나
간 후로는 그녀의 침착한 결단에 감탄했다. 그는 자신의 초조
함을, 이혼이 결국 두 사람 모두에게 감정적 부담이 될지 모른
다는 처음의 불안을 그녀가 털어내도록 두었다.

우유 섞인 차를 마시면서 그는 유리 조각처럼 날카롭고 격
렬한 욕구를, 그의 감각과 마음을 향한 공격을 느꼈다. 지금
당장 그녀에게 가고 싶었다. 카펫을 깔지 않은 계단을 요란하
게 내려간 뒤 상쾌한 여름 공기 속으로 뛰쳐나가 택시를 잡고
싶었다. 한 번도 그런 적이 없었는데, 그녀가 일하는 고급스러
운 사무실 건물에서 그녀를 불러내 그녀가 엘리베이터에서 나
오면 당연히 우리는 서로 없이 살 수 없다고 말하고 싶었다.

그는 오후에 처리할 서류를 살펴보았다. *섹션 TMA(1970)에*
관한 당신의 코멘트를 보았습니다. 상당한 지연이 발생하지
않을 경우 섹션 88 조항을 적용하지 않는 것이 세입 정책이나,
다가오는 4월 5일까지 지연이 계속되면 이 조항을 적용할 수
있습니다. 이 모든 상황에서, 명백한 조세 감소액을 보상할 추
정 과세를 발행하고자 합니다.

그는 서류에 이의를 끼적인 뒤 타이핑할 서류 더미에 올려
두었다. 그녀는 둘 중 더 강인하고 꿋꿋한 사람이었고, 그는
그 꿋꿋함을 언제나 사랑했다. 비록 현재 상황은 다르게 말하
고 있지만, 두 사람이 가진 것을 빼앗긴 후에 그녀는 더 잘 살
아갈 것이다.

*

    그녀가 도착했을 때 그는 러닝풋맨에 없었다. 평소에는 늘 그곳에 있었고, 그녀는 결국 그가 오리라는 것을 알았다. 그가 도착했고, 오늘 저녁은 그의 차례였기에 그가 음료를 주문했다. 그리고 그녀가 자리를 맡아둔 곳으로 음료를 가지고 왔다. 그녀의 것은 적당히 달콤한 셰리였다. 그의 것은 폴란드에서 만든 이 주의 레드와인이었다. 재즈풍의 감상적인 배경음악이 흘러나오고 있었다.

    “미안해.” 다른 말에 앞서 그가 말했다.

    “전 괜찮아요.” 그녀는 말을 이어가려고 했다. 오후 동안 생각해두었기에 모든 문장이 준비되어 있었다. 그러나 그의 옆에서 그녀는 어떤 말도 필요치 않다는 것을 알았다. 말을 해야 하는 사람은 그녀가 아니라 그였다. 그는 또다시 그녀가 더 나은 대접을 받아야 한다고 말했다. 그리고 자신이 그녀의 인생을 허비하고 있다는 말을 되풀이했다.

    그때, 그들의 것인 그 40분 동안, 두 사람은 사랑을 이야기했다. 전에도 그랬고 지금도 여전히 그러한 어쩔 수 없는 사랑의 구속에 대해, 사랑의 강렬함에 대해, 사랑의 고통에 대해 이야기했다. 사랑이 너무나도 자주 비웃음처럼 느껴진다는 것, 깜깜한 영화관 속에서 말없이 앉아 있거나 두 사람이 그녀의 아파트에서 보낸 얼마 안 되는 밤 내내 자버림으로써 그 사랑을 낭비한 적이 한 번도 없다는 것에 대해 이야기했다. 그들은 연인의 다툼이나 언쟁으로 사랑을 낭비하지 않았다. 지금 나누는 대화에서도 사랑을 낭비하지 않았다.

"이유가 뭐예요?" 술잔이 거의 비었을 때, 러닝풋맨이 더 소란스러워지고 다른 직장인들이 하루가 끝났음에 행복해할 때 그녀가 속삭이듯 말했다. "제발 말해줘요."

그는 대답이 없다가 억지로 말을 끌어냈다. 다른 사람들의 눈 때문이라고, 그가 말했다. 칠턴 스트리트에서 그가 돈을 준 거지 여자의 눈, 일본식 카페에 있던 택시 운전사와 웨이트리스의 눈, 미술관의 졸린 직원들과 공원에서 두 사람을 힐끗 쳐다보는 사람들의 눈 때문이었다. 지금 이곳을 포함해 그들의 연애가 펼쳐지는 모든 공간에서 사람들이 둘을 바라보는 시선 때문이었다. 그녀는 그의 불륜 상대였다.

"사람들이 그렇게 생각하는 걸 참을 수가 없어."

"사람들 생각은 중요하지 않아요. 지금 내 아파트로 가요."

그가 고개를 저었다. 그녀는 그가 그러리라는 것을 알았다. 충동은 결코 있을 수 없었다. 그가 말하는 것은 아무것도 아니었다. 당연히 그건 중요치 않았다. 그녀는 또다시 그렇게 말했고, 안도감이 밀려들었다. 무엇보다도 그녀는, 두 사람이 서로 사랑한 그 어느 때보다 더 그와 함께 있고 싶었다. 그가 지하철 표를 사는 모습을 지켜보고, 인디아 스트리트의 모퉁이에 있는 어두컴컴한 킹앤드퀸 주점과 마권 판매소, 빨래방 옆을 그와 함께 지내고 싶었다. 그는 지금껏 그녀의 아파트에 네 번 왔다. 이틀의 시간이 있을 때는 리버풀이나 노리치에 갔다. 그가 돌리스 힐에 무어라 말하는지는 전혀 알고 싶지 않았다.

"전 조금도 신경 안 써요." 그녀가 말했다. "사람들이 어떻게 생각하는지는요. 정말이에요." 그녀가 미소 지었고, 테이블 너머에 있는 그의 팔에 손을 올려 손가락을 지그시 눌렀다. "절대 신경 안 써요."

그가 눈길을 돌렸고 그녀도 바 뒤에서 환히 빛나는 술병들을 가만히 바라보았다. "나는 신경 써." 그가 조용히 말했다. "젠장, 나는 신경이 쓰인다고."

"알잖아요, 사람들은 그렇게 생각 안 해요."

"당신은 내 전부야. 이 세상의 전부."

"전화해서 말해요." 그녀가 여전히 낮은 목소리로 말했다. 방금 느낀 안도감이 벌써 사라지고 있었다. "갑자기 일이 생길 수도 있는 거잖아요." 아파트 방문을 제안하는 쪽은 언제나 그였고, 그 제안은 언제나 그가 염두에 둔 날보다 몇 주 앞섰다. "아니에요." 그녀가 말했다. "그러지 말아요. 미안해요."

왜 이혼하지 않는지, 그녀는 한 번도 물어본 적 없기에 알지 못했다. 사람들이 보통 대는 그런 이유일 거라고 짐작했다. 두 사람은 오늘 저녁 어두컴컴한 주점 옆을 함께 지나거나 와인을 사러 주류 판매점에 들르지 않을 것이다. 그녀는 편안하지만 완전히 편하지만은 않은 자신의 아파트에서 그를 평소와 다르게 바라보지 않을 것이다. 별것 아닌 문제 때문에 이토록 많은 것을 끝내야 한다는 게 놀라웠다. 그녀는 한밤중에 잠에서 깨어나 자신이 어떤 두려움 때문에 잠에서 깼는지 알지 못한 채로 갑작스레 돌아온 의식을 더듬다 무의미한 진실과 헛된 절망을 발견하는 것이 어떤 느낌일지 생각해보았다.

"그냥 해본 말이에요." 그녀가 말했다.

*

그는 그녀가 그렇게 항의를 해도 결국 이해하리란 걸 알았다. 그녀가 이혼했을 때 자신이 그랬던 것처럼. 다른 사람과 결혼 생활을 유지하는 건 그녀에게 마음 불편한 일이 되었지만 그는 그녀의 결혼 생활을 전혀 신경 쓰지 않았다. 끝이 난 결혼, 사랑하는 이를 향한 다른 사람의 시선에 시달리는 것은 사랑 자체의 본질과 거리가 멀었지만 이런 것들이 마음을 불편하게 했다. 두 사람은 한 번도 함께인 적 없이 함께 늙어갈 것이고 주름이 그녀의 얼굴을 상하게 할 것이며 기대의 장난으로 두 눈이 흐려질 것이다. 이 행복한 시간을 뒤로하고 세월이 흐르면 둘은 드물었던 만남을 되돌아보며 위안을 얻을 것이다. 이 또한 거지 여자의 눈 속에 있을까? 이 또한 슬쩍 관심을 보이는 낯선 이들의 생각을 헛되이 통과할까?

"잘 설명하질 못했어." 그가 말했고, 내일이 있다는 그녀의 말을 들었다. 그는 고개를 저었다. 아니, 내일은 없을 거야, 라고 그가 말했다.

*

훨씬 오래전부터 그녀는 이때를 준비했다. 당연히 그래야 했다. 처음 시작할 때부터 준비했고, 처음 시작할 때부터 잔해에서 파편을 그러모으려 하지 않겠다고 다짐했다. 그는 틀렸다. 그는 잘 설명했다.

그녀는 사랑한다는 그의 말을 다시 들었다. 그리고 너무나도 바꿔주고 싶었지만 그러지 못했던 서류 가방으로 그가 손을 뻗는 모습을 지켜보았다. 그녀는 살짝 미소 지으며 자리에서 일어났다.

*

바깥에서는 술 취한 사람들이 인도 위에 모여 마지막 햇빛을 쬐고 있었다. 둘은 사람들 사이를 지나갔다. 그녀가 의자 뒤에 걸어두었던 외투가 그의 팔에 들려 있었다. 그가 그녀를 위해 외투를 잡아주었고, 외투의 단추를 잠그고 벨트를 아무렇게나 묶는 동안 기다려주었다.

두 사람이 포옹하는 모습이 백화점 유리창에 반사되어 새겨졌다. 두 사람은 순간 그 이미지에서 우아함이 드러나는 것을 보지 못했다. 그들은 그 우아함이 자신들의 것이라 주장하지 않았을 것이다. 이 연애에서 자신들에게 우아함이 있었으리라 짐작하지도 않았을 것이다. 말하지 않았으나 이해한 사랑의 규칙은 끝나지 않은 것을 끝내는 괴로움 속에서도 깨지지 않았고 앞으로도 깨지지 않을 것이었다. 오늘 사랑은 조금도 부서지지 않았다. 둘은 그 사랑을 지니고서 몸을 떼고 서로에게서 멀어져갔다. 미래가 지금 보이는 것만큼 절망적이지 않다는 것, 그 미래 안에 여전히 두 사람의 과묵한 섬세함과 한때 사랑이 만든 그들의 모습이 남아 있으리라는 것을 알지 못하는 채로.

트레버를 만나는 자세에 대하여

    윌리엄 트레버는 단편 문학의 거장이라 불리는 아일랜드의 소설가로, 20대에 영국으로 이주한 후에도 아일랜드의 색채가 뚜렷한 작품들을 남겼다. 대학을 졸업한 뒤 조각가로 활동하며 학생들을 가르치기도 하고 광고회사에서 카피라이터로 일하기도 하다가 36세에 호손덴 문학상을 받은 뒤 전업 작가의 길로 들어섰다. 20대 중반에 결혼한 아내와 평생을 함께 살았고, 2016년에 88세의 나이로 세상을 떠날 때까지 글쓰기를 멈추지 않았다. 트레버의 아들은 아버지가 오전에는 집필을, 오후에는 정원 일을 하며 조용한 삶을 살았고, 웬만한 일로는 오래 화를 내지 않았으며, 말년에 더 이상 글을 쓸 수 없게 되었을 때 처음으로 아버지의 불행한 모습을 보았다고 말했다. 우리 독자들은 단편적인 정보만 얻을 수 있을 뿐이지만, 이처럼 대중에게 공개된 트레버의 삶은 그의 작품처럼 고요하고 차분하다. 트레버가 더 궁금하다면 인터넷에서 사진을 찾아보는 것도 좋다. 그의 주름진 얼굴이 많은 것을 말해준다.

트레버는 여러 작가가 사랑한 작가이기도 하다. 내가 이 책의 번역 의뢰를 덥석 승낙한 것도 "트레버의 작품은 나에게 큰 위안을 준다. 그의 글을 읽으면 따뜻함을 느낄 수 있다. 그의 글이 없었다면 나는 아마 길을 잃었을 것이다"라는 줌파 라히리의 추천사 때문이었다.

그러나 막상 책을 읽기 시작하자 난감한 기분이 들었다. 이 섬세한 문장들과 여백의 깊이를 내가 그대로 전달할 수 있을까? 초반에 스트레스가 무척 컸는데, 작업을 마친 지금 다시 그때를 돌이켜보면 남김없이 '이해'하려던 나의 자세에 문제가 있었던 듯싶다.

지금까지 번역을 대하는 나의 태도는 '분명하게 이해하고, 내가 이해한 내용을 정확하게 옮긴다'였다. 작가가 왜 그러한 말을 했는지, 이 문장 뒤에 왜 그 문장이 이어지는지 바로바로 이해하며 문장을 옮겼다. 그러나 트레버의 인물들은 미묘하고 복잡했으며, 나의 조급한 이해를 받아쳤다.

이해라는 말은 주로 긍정적인 의미로 사용되지만, 생각해보면 무엇인가를 이해한다는 말은 곧 그것을 분류해서 내가 가진 생각의 틀 안으로 밀어 넣는 데 성공했다는 뜻이기도 하다. 그러므로 쉽고 빠른 이해는 그만큼 자신의 좁은 세계에서 벗어나지 못했다는 의미일 수 있다. 답답한 마음으로 작업을 해나가면서 문득 그런 생각이 들었다. 쉽고 빠르게, 남김없이 바로바로 이해하려는 것은 어쩌면 나의 오만이 아닐까.

작업을 마치고 거듭 원고를 읽으면서 비로소 이 책의 아름다움을 느꼈다. 이해의 영역 너머에는 트레버가 만들어낸 미묘한 순간들이 있었다. 동족을 알아보는 올리비에와 '그 소녀'의 엇갈리는 시선. 매브의 눈 속에 스친 그릇된 희망과 어둑해지는 거리를 홀로 걷는 클로헤시 신부의 모습. 난데없이 터져버린 로즈의 눈물과 말없이 흐른 셰릴의 눈물. 백화점 유리창에 반사되어 새겨진 불륜 남녀의 우아한 포옹 같은 것들……. 그래서 마침내 이 책을 통해 알게 되었다. 어떤 소설은 빠르게 이해하려는 자세가 아니라 가만히 따라가는 자세로 읽어야 한다는 것을. 슬픔과 기쁨, 실망, 불안, 후회로 이루어진, 내가 가진 편협한 시각으로는 포착하지 못하는 삶의 순간들. 이것이야말로 현실이라서, 트레버의 글이 없어 내가 길을 잃지는 않았을지 몰라도, 나 또한 그에게서 큰 위안을 얻었다.

김하현

290

밀회

초판 1쇄 발행 2021년 12월 8일
초판 2쇄 발행 2022년 2월 7일

지은이 윌리엄 트레버
옮긴이 김하현
펴낸이 이상훈
편집인 김수영
본부장 정진항
문학팀 김다인 하상민
마케팅 김한성 조재성 박신영 조은별 김효진 임은비
경영지원 정혜진 엄세영

펴낸곳 (주)한겨레엔 www.hanibook.co.kr
등록 2006년 1월 4일 제313-2006-00003호
주소 서울시 마포구 창전로 70 (신수동) 화수목빌딩 5층
전화 02-6383-1602~3 **팩스** 02-6383-1610
대표메일 munhak@hanien.co.kr

ISBN 979-11-6040-685-6 03840